中国诗词名篇名句赏析

李定广 评注

下

中国出版集团公司
華文出版社

图书在版编目（CIP）数据

中国诗词名篇名句赏析 ：下 / 李定广评注. -- 北京 ：华文出版社，2020.1
ISBN 978-7-5075-5243-0

Ⅰ. ①中… Ⅱ. ①李… Ⅲ. ①诗歌欣赏－中国 Ⅳ. ①I207.2

中国版本图书馆CIP数据核字（2019）第286284号

中国诗词名篇名句赏析・下
ZHONGGUO SHICI MINGPIANMINGJU SHANGXI・XIA

评　　注： 李定广
责任编辑： 张明华
出版发行： 华文出版社
社　　址： 北京市西城区广外大街 305 号 8 区 2 号楼
邮政编码： 100055
网　　址： http://www.hwcbs.com.cn
电　　话： 总 编 室 010－58336239　发 行 部 010－58336267
责任编辑 010－63421256
经　　销： 新华书店
印　　刷： 三河市刚利印务有限公司
开　　本： 710×1000　1/16
印　　张： 22.5
字　　数： 280 千字
版　　次： 2020 年 1 月第 1 版
印　　次： 2020 年 1 月第 1 次印刷
标准书号： ISBN 978－7－5075－5243－0
定　　价： 42.00 元

出版说明

诗词是中华传统文化中的瑰宝，学习诗词是贯彻党中央“完善中华优秀传统文化教育”重要决定的题中应有之义。近年来，随着《中国诗词大会》等名牌电视栏目的播出，各大广播电视机构和互联网音视频分享平台纷纷推出诗词大赛、诗词诵读赛等节目，诗词学习一时风生水起，观者、听者、读者也是好评如潮；而诗词也因其底蕴深厚、意境优美、短小精悍、易记易诵、便于呈现等特点，成了互联网时代生活快节奏、时间碎片化的“手机控”们掌上阅读、学习的“新宠”。在此背景下，中国诗词的各种纸质读物、电子读物、手机APP纷纷“出笼”，鱼龙混杂，泥沙俱下，包括大中小学生在内的广大读者、诗词爱好者、诗词大赛参与者一时良莠难辨，他们急需一本学习诗词、备战诗词大赛的可靠读本、范本。因此，我们特邀请权威专家编选了《中国诗词名篇名句赏析》，相信大家一定会喜欢。

首先，《中国诗词名篇名句赏析》是一“善本”。本书由中央广播电视总台热播节目《中国诗词大会》学术总负责人、命题专家组组长、著名文史学者李定广教授编选并评注。李定广教授既擅长版本考证，又深谙古诗词音乐、音韵，他对版本歧异的诗词一一做了考辩，在此基础上适应诗词普及推广之需，呈现给读者的诗词，其字、词、音都十分精准可靠，经得住推敲，可谓“定本”。李定广教授还擅长艺术分析，他对诗词的赏析，不仅包含了自己的研究心得，还吸收了学界的最新研究成果，赏析代表了当今学界的最新学术水平，这样既为读者学习诗词打好了“底子”，又提高了他们学习诗词的起点，有助于他们在诗词学习的道路上更上层楼。

其次，《中国诗词名篇名句赏析》是一“足本”。本书分上下两册，共收录诗词500多首。作为《中国诗词大会》的题库专家，李定广教授所选诗词基本覆盖了《中国诗词大会》第一季、第二季、第三季、第四季、第五季的内容，以及备选但实际未播出的诗词若干首，这样就为读者备战下一季大赛留足了“空间”。由于诗词大赛命题的高复现率，本书可以说是不带题干和选项的“真题”“题库”，是诗词大赛命题的“母本”，大而精，广而全，一本在手，参赛无忧。

最后，《中国诗词名篇名句赏析》编排科学，实用性强。本书依时代顺序、同一时代按作者生年编选诗词（为节约篇幅，近现代诗词未作注释和赏析），这样能使读者对我国诗词文学的发展脉络有一个大致了解。鉴于《中国诗词大会》在读者心目中的分量和各类诗词大赛的共通性，凡是在历届《中国诗词大会》节目中出现的诗词，都会随文附上出现的频次，以便读者学习、参赛能主次有别，有的放矢。诗词中的名句无疑是诗词皇冠上的明珠，必记必考，本书特将名句用红色突出，同时在诗词赏析文后特设计方格供读者摹写名句，读写合一。每册书后还附有本册诗词的名句索引，依首字音序排列，方便读者查找和背诵全篇。一书多用，贴心省心。

本书旨在为广大读者学习诗词、备考备赛提供一权威、可靠、优秀的版本和“母本”。读者朋友在使用本书过程中，有好的建议和意见，欢迎来信来电告诉我们，以期再版再印时改进和完善。

加强古诗词诵读，练好优秀传统文化“童子功”

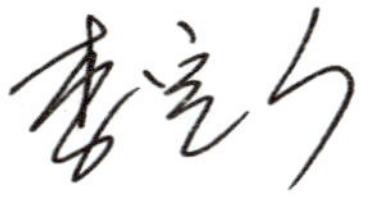

《中国诗词大会》掀起了全民诗词狂欢，把古诗词从边缘地带推入了社会大广场，成为社会大众学习、谈论的重要内容。随之而来的问题是，中小学古诗词的学习与教学，将如何更好地开展，以适应时代的潮流。

“古诗词”与“古文”不同

有的人把“古诗词”与“古文”相混淆，以为古诗词也是古文，这很不妥，反映出其对古诗词的基本特点模糊不清。

“古诗词”就是广义上的古诗，主要包含诗、词、散曲三大类。古诗词是中华审美文化的精粹，其外在特点主要表现在三个方面：一是富有音乐性或音乐美，尤其是节奏美；二是形式固定，诗歌语言齐整，词曲语言虽不齐整但格式固定；三是语言凝练，一般不允许用“之乎者也”之类的虚词。其内在特点最主要的也有两个：抒情性和意境美。“古文”又称为文言文，其所用的语言是“文言”，而诗词的语言则介于文言与白话之间。有老师常说唐宋诗词是用文言文写的，其实不对。我们当代人创作的诗词以及毛泽东诗词，语言上与唐宋诗词没太大差别。与诗词相比，“古文”以思想内容见长，但生僻难懂的语词较多，语法结构也更复杂，特别是常用“之乎者也”之类的结构和语气虚词，变化很多，但在美感和“天然吸引力”方面远不及古诗词。古诗词的上述特点，古文基本不具备，古文的上述特点，古诗词也基本不具备，在性质和特点上二者差异很大。因而在教学和学习的方法上二者也应不相同，古诗词教学特别重视大声朗诵和背诵以及整体诗意的把握，古文教学则更重视小声读和默读以及字词句段的分解。因此，切不可将“诗词”与“古文”混为一谈。

学习古诗词有什么用

如果从眼前实用性来看，学习古诗词除了应付考试，似乎看不出有太多的用处。实际上，学习古诗词，至少在四个方面“有用”：一是审美教育。人类除了物质需求，在精神需求上最主要的追求是真、善、美。而古诗词就是真善美融为一体，而又以“美”为最突出的特点。尤其是其中的节奏美和意境美，颇能提升孩子对“美”的感觉和领悟能力。二是人格教育。诵读欣赏古诗词，有助于提升孩子的人文情怀和人格修养。古代伟大文人的高尚情操和人格力量，通过古诗词能感染激发孩子的心灵，其效果比任何思想政治课要强十倍百倍。读“少壮不努力，老大徒伤悲”“男儿须读五车书”这样的励志诗，可以激发孩子的奋斗精神。读杜甫、罗隐、陆游、文天祥等人的爱国诗，很少有不被感染的。读孟郊的孝亲诗“谁言寸草心，报得三春晖”，大都会流下热泪。读白居易的《观刈麦》，郑板桥的“衙斋卧听萧萧竹，疑是民间疾苦声。些小吾曹州县吏，一枝一叶总关情”，会对古代这些关爱人民的官员发自肺腑的敬佩。三是气质和修养的提升。所谓“腹有诗书气自华”，学古诗词能提升孩子的气质和修养是无须多解释的。四是语言能力的提升。古诗词语言凝练，是汉语浓缩的精华，又没有古文那么难读，常读古诗词，其口头表达以及书面表达能力会大大提升。

如何学习古诗词

学诗词要从娃娃抓起，然而不同年龄段教学与学习方法也要有所变化。我把从小学到研究生各个阶段学习诗词的重点概括为由低到高的五个层次：认读加背诵——认知加背诵——理解加背诵——鉴赏加背诵——鉴赏加判断。背诗词比背古文要更容易记住，小孩子背诗词没什么不好，既可以感受节奏美，又可以促进记忆力。对于小学低年级学生来说，认读加背诵，感受诗词音韵之美。对于小学高年级学生来说，认知加背诵，感受诗词意蕴和意境之美。初中生要理解加背诵，适当学习诗词知识，比如朗诵要点、格律、修辞、典故等知识。高中生要鉴赏加背诵，更多学习诗词知识，读懂诗词，知妙在何处，知何以成为名篇名句，尤其对于名句要重点鉴赏。大学以上学生要鉴赏加判断，在对一首诗词进行鉴赏的基础上，能够做出审美判断，能判断一首诗词的优劣，全面掌握诗词知识，及诗词艺术规律。

学生背诵诗词，特别需要注意的是，要学会正确的节奏和读音。古代五言诗的正确节奏是前二后三，古代七言诗的正确节奏是前四后三。古诗词的读音与平仄格律、韵脚、特殊含义等相关联，与读古文不是一回事，决不能轻视或忽视读音问题。一旦读错，容易先入为主，以后很难纠正。譬如“遥看瀑布挂前川”“相看两不厌”“青鸟殷勤为探看”的“看”，都读第一声（平声），“分明怨恨曲中论”的“论”应读第二声（平声），等等。

总之，古诗词的学习，特别强调以“诵读”为基础，也就是要大声地朗读和背诵，要能尽量多地背诵下来。加强古诗词诵读，实际上就是在练好优秀传统文化“童子功”。

目录

隋唐五代（下）

徐凝

忆扬州 / 3

庐山瀑布 / 4

朱庆馀

近试上张水部 / 5

温庭筠

商山早行 / 6

新添声杨柳枝词二首（其二） / 8

梦江南 / 9

菩萨蛮 / 10

更漏子 / 11

杜牧

山　行 / 12

清　明 / 13

江南春绝句 / 14

遣　怀 / 15

过华清宫绝句三首（其一） / 16

泊秦淮 / 17

赠别二首 / 18

题乌江亭 / 20

赤　壁 / 21

登池州九峰楼寄张祜 / 22

齐安郡后池绝句 / 23

齐安郡中偶题二首（其一） / 24

秋　夕 / 25

寄扬州韩绰判官 / 26

陈陶

陇西行（其二） / 27

赵嘏

长安晚秋 / 28

李商隐

登乐游原 / 30

蝉 / 31

晚　晴 / 32

无　题 / 33

无题（其一） / 34

无题（其二） / 35

无　题 / 36

无题（其一） / 37

无题（其二） / 38

夜雨寄北 / 39

贾　生 / 40

宿骆氏亭寄怀崔雍崔衮 / 41

代赠二首（其一） / 42

常　娥 / 43

马嵬（其二） / 44

锦　瑟 / 46
严恽
落　花 / 49
李频
春日思归 / 50
黄巢
题菊花 / 51
不第后赋菊 / 52
陆龟蒙
别　离 / 53
新　沙 / 54
浮　萍 / 55
曹松
己亥岁二首（其一） / 56
罗隐
自　遣 / 57
嘲钟陵妓云英 / 58
牡丹花 / 59
牡　丹 / 60
水边偶题 / 61
蜂 / 62
西　施 / 63
筹笔驿 / 64
夏州胡常侍 / 65
章碣
焚书坑 / 66
韦庄
台　城 / 67
菩萨蛮 / 68
聂夷中
伤田家 / 69
秦韬玉
贫　女 / 70
韩偓
哭　花 / 71
张泌
寄　人 / 72
鱼玄机
赠邻女 / 73
王驾
雨　晴 / 74
李山甫
寒食二首（其一） / 75
杜荀鹤
题弟侄书堂 / 76
小　松 / 77
崔涂
春夕旅怀 / 78
郑谷
淮上与友人别 / 79
王贞白
白鹿洞 / 80
牛希济
生查子 / 81
顾敻
诉衷情 / 82
冯延巳
谒金门 / 83
李璟
摊破浣溪沙 / 84

李煜

忆江南 / 85

相见欢 / 86

相见欢 / 87

清平乐 / 88

浪淘沙 / 89

虞美人 / 90

翁宏

春　残 / 91

佚名

画 / 93

宋辽金

林逋

山园小梅（其一） / 97

柳永

望海潮 / 99

雨霖铃 / 101

蝶恋花 / 102

鹤冲天 / 103

范仲淹

江上渔者 / 104

苏幕遮 / 105

渔家傲·秋思 / 106

张先

千秋岁 / 107

天仙子 / 108

晏殊

无　题 / 109

蝶恋花 / 110

浣溪沙 / 111

玉楼春·春恨 / 112

张俞

蚕　妇 / 113

宋祁

玉楼春·春景 / 114

欧阳修

生查子 / 115

画眉鸟 / 116

蝶恋花 / 117

踏莎行 / 118

玉楼春 / 119

玉楼春 / 120

采桑子 / 121

浪淘沙 / 122

邵雍

山村咏怀 / 123

王安石

梅　花 / 124

元　日 / 125

泊船瓜洲 / 126

登飞来峰 / 127

夜　直 / 128

明妃曲二首（其一） / 129

北陂杏花 / 131

王观

卜算子·送鲍浩然之浙东 / 132

苏轼

於潜僧绿筠轩 / 133

春　宵 / 135

和子由渑池怀旧 / 136

惠崇春江晚景二首（其一） / 138

题西林壁 / 139

饮湖上初晴后雨 / 140

食荔枝 / 141

赠刘景文 / 142

和董传留别 / 143

正月二十日与潘郭二生出郊寻春忽记去年是日同至女王城作诗乃和前韵 / 145

狱中寄子由二首（其一） / 146

念奴娇·赤壁怀古 / 147

水调歌头 / 148

蝶恋花·春景 / 150

定风波 / 151

卜算子·黄州定慧院寓居作 / 152

临江仙·夜归临皋 / 153

西江月 / 154

南乡子·重九涵辉楼呈徐君猷 / 155

江城子·密州出猎 / 156

江城子·乙卯正月二十日夜记梦 / 157

望江南·超然台作 / 158

定风波·南海归赠王定国侍人寓娘 / 159

晏几道

阮郎归 / 161

鹧鸪天 / 162

临江仙 / 163

黄庭坚

戏呈孔毅父 / 164

寄黄几复 / 166

鄂州南楼书事（其一） / 167

登快阁 / 168

牧童诗 / 170

秦观

春　日 / 171

满庭芳 / 172

八六子 / 173

千秋岁 / 174

鹊桥仙 / 175

望海潮 / 176

虞美人 / 178

李之仪

卜算子 / 179

贺铸

青玉案 / 180

周邦彦

满庭芳·夏日溧水无想山作 / 182

聂胜琼

鹧鸪天·寄李之问 / 184

李清照

夏日绝句 / 186

如梦令 / 187

如梦令 / 188

醉花阴 / 189
一剪梅 / 190
凤凰台上忆吹箫 / 191
武陵春 / 192
声声慢 / 193
鹧鸪天 / 194
菩萨蛮 / 195
李重元
忆王孙·春词 / 196
陈与义
临江仙·夜登小阁忆洛中旧游 / 197
岳飞
满江红·写怀 / 198
陆游
冬夜读书示子聿 / 200
剑门道中遇微雨 / 202
十一月四日风雨大作 / 203
病起书怀 / 204
游山西村 / 206
临安春雨初霁 / 208
书　愤 / 210
夜泊水村 / 212
示　儿 / 214
金错刀行 / 215
卜算子·咏梅 / 217
诉衷情 / 218
钗头凤 / 219
范成大
夏日田园杂兴 / 220
杨万里
小　池 / 221
晓出净慈寺送林子方 / 222
下横山滩头望金华山四首（其二） / 223
宿新市徐公店二首（其一） / 224
朱熹
春　日 / 225
观书有感二首（其一） / 227
偶　成 / 228
张孝祥
念奴娇·过洞庭 / 229
张栻
立春偶成 / 231
林升
题临安邸 / 232
志南
绝　句 / 234
辛弃疾
清平乐·村居 / 235
永遇乐·京口北固亭怀古 / 236
西江月·夜行黄沙道中 / 238
菩萨蛮·书江西造口壁 / 239
青玉案·元夕 / 240
破阵子·为陈同甫赋壮词以寄之 / 241
摸鱼儿 / 242
南乡子·登京口北固亭有怀 / 244
丑奴儿·书博山道中壁 / 245
水龙吟·登建康赏心亭 / 246

姜夔
鹧鸪天·元夕有所梦 / 248
暗　香 / 249
赵师秀
约　客 / 251
翁卷
乡村四月 / 253
叶绍翁
游园不值 / 254
吴文英
唐多令·惜别 / 256
卢梅坡
雪梅（其一） / 257
文天祥
正气歌 / 258
过零丁洋 / 263
郑思肖
寒　菊 / 265
蒋捷
一剪梅·舟过吴江 / 267
虞美人·听雨 / 268
张炎
解连环·孤雁 / 269
元好问
摸鱼儿·雁丘 / 271

元明清

虞集
风入松·寄柯敬仲 / 275
王冕
墨　梅 / 277
于谦
石灰吟 / 278
立春日感怀 / 280
钱福
明日歌 / 281
唐寅
画　鸡 / 282
夜　读 / 283
杨慎
临江仙 / 284
孙承宗
渔　家 / 286
吴伟业
圆圆曲 / 287
纳兰性德
木兰花令·拟古决绝词柬友 / 291
长相思 / 293
浣溪沙 / 294
采桑子 / 295
郑燮
竹　石 / 297
潍县署中画竹呈年伯包大中丞括 / 298
曹雪芹
临江仙 / 299

红豆曲 / 301

赵翼

论诗五首（其二） / 303

林则徐

赴戍登程口占示家人（其二） / 304

高鼎

村　居 / 306

龚自珍

己亥杂诗（其五） / 307

己亥杂诗（其一二五） / 308

佚名

劝学诗 / 309

近现代

丘逢甲

离台诗（六首其一） / 313

春　愁 / 313

谭嗣同

狱中题壁 / 313

梁启超

读《陆放翁集》 / 313

秋　瑾

满江红 / 314

黄海舟中日人索句，并见日俄战争地图 / 314

王国维

蝶恋花 / 314

于右任

望大陆 / 315

鲁迅

自题小像 / 315

无　题 / 315

答客诮 / 316

自　嘲 / 316

题三义塔 / 316

无　题 / 317

马君武

哀沈阳 / 317

苏曼殊

本事诗（其一） / 317

郁达夫

钓台题壁 / 317

初秋杂感二首（其一） / 318

元旦因公赴槟榔屿闻有汪电主和之谣车中赋示友人 / 318

乱离杂诗（其十一） / 318

毛泽东

七绝·改诗赠父亲 / 319

七古残句 / 319

沁园春·长沙 / 319

菩萨蛮·黄鹤楼 / 320

西江月·井冈山 / 320

清平乐·蒋桂战争 / 320

采桑子·重阳 / 321

菩萨蛮·大柏地 / 321
清平乐·会昌 / 321
十六字令三首 / 322
忆秦娥·娄山关 / 322
七律·长征 / 322
念奴娇·昆仑 / 323
清平乐·六盘山 / 323
六言诗·给彭德怀同志 / 324
沁园春·雪 / 324
七律·人民解放军占领南京 / 324
七律·和柳亚子先生 / 325
浣溪沙·和柳亚子先生 / 325
浪淘沙·北戴河 / 326
水调歌头·游泳 / 326
蝶恋花·答李淑一 / 326
七律二首·送瘟神 / 327
七律·到韶山 / 327
七律·登庐山 / 328
七律·答友人 / 328
七绝·为女民兵题照 / 339
卜算子·咏梅 / 329
七律·冬云 / 329
七律·吊罗荣桓同志 / 330
满江红·和郭沫若同志 / 330
水调歌头·重上井冈山 / 331
念奴娇·鸟儿问答 / 331

陈毅

梅岭三章（其一） / 332

名句索引 / 333

【隋唐五代（下）】

徐凝（生卒年不详），睦州分水（今杭州桐庐）人，与施肩吾同里。唐宪宗元和中即有诗名，方干曾跟他学诗。穆宗长庆中，赴杭州参加秋试，因“千古长如白练飞，一条界破青山色”而获得杭州刺史白居易的赏识。今存诗 102 首，擅长绝句一体，有若干名篇名句传世。

忆扬州

萧娘脸下难胜泪，桃叶眉头易得愁。①
天下三分明月夜，二分无赖是扬州。②

（第一季 1 次，第四季 1 次）

① 萧娘：南朝以来，诗词中的男子所恋的女子常被称为萧娘，女子所恋的男子常被称为萧郎。胜（shēng）：能承受。桃叶：原指晋王献之爱妾名。《古今乐录》载，晋代王献之有妾名桃叶，笃爱之，故作《桃叶歌》。后常用作咏歌妓的典故。这里代称少女，或指思念的佳人。

② 无赖：可爱、可喜。

扬州在唐代繁荣至极，时有“扬一益二”之称，从徐凝这首七绝亦可知扬州之盛况。但这首诗在名目上虽云所“忆”的是扬州，实际上这是一首怀人之作。“萧娘”“桃叶”都是指代所思念的佳人。这首《忆扬州》艺术的绝妙处在于，前两句一“难”一“易”刻画出“怀人”之意，末两句则运用“一笔荡开”的技法，不把思念之意说尽说透，而是话锋突转，转而盛赞扬州月色之“无赖”，留给读者无限的情思和遐想，产生了惊人的艺术效果。成语“二分明月”即出自本诗，原指扬州繁华甲于天下，今多用以比喻当地的月色格外明朗。

天	下	三	分	明	月	夜	，
二	分	无	赖	是	扬	州	。

庐山瀑布

虚空落泉千仞直，雷奔入江不暂息。①
千古长如白练飞，一条界破青山色。②

① 仞（rèn）：古代计量单位。息：止。前两句一作“瀑布瀑布千丈直，雷奔入海不暂息”。
② 练：白绢。

谈到描绘庐山飞瀑的诗篇，李白的《望庐山瀑布》总是首先映入思绪。相比之下，徐凝的这首《庐山瀑布》则稍显落寞。关于两诗的优劣，苏轼游庐山时曾作一绝云：“帝遣银河一派垂，古来惟有谪仙辞。飞流溅沫知多少，不与徐凝洗恶诗。”可见苏轼认为李诗为优，而以徐凝之作为“恶诗”（事见《东坡志林·记游庐山》）。的确，李白之作在想象新奇、夸张大胆、气势雄浑上，皆超过徐诗。但徐凝这首诗是否真如苏轼所言为“恶诗”？答案是否定的，相反，徐凝之作在艺术上还有超越李白的地方。李诗尽管想象奇特，却只从视觉角度来极写庐山飞瀑之雄伟。徐作前两句气势雄伟，不减李诗，分别从视觉、听觉角度描绘瀑布，三、四两句化动为静，把瀑布比成白练，与青翠的山色在色彩上形成鲜明对比，将前两句蓄积的雄伟逼人之气，巧妙地转为新奇、柔和的景象，第三句从时间写，第四句从空间写，多层次、多角度地描绘出了庐山瀑布之美。“飞”“破”两字极为传神。

千古长如白练飞，
一条界破青山色。

朱庆馀（797？—839），名可久，字庆馀，越州（今浙江绍兴）人。因为得到张籍的推荐，宝历二年（826）进士及第，任秘书省校书郎，与张籍、贾岛友好。今存诗 170 多首，诗学张籍，擅长绝句。

近试上张水部①

洞房昨夜停红烛，待晓堂前拜舅姑。②
妆罢低声问夫婿：画眉深浅入时无？

（第一季 1 次，第二季 1 次）

① 近试：将近考试的时候。张水部：水部员外郎张籍。诗题一作《闺意献张水部》。
② 舅姑：指公婆。古代同姓氏聚居一处而不能通婚，相邻两大姓氏之间通婚，造成丈夫的父母是妻子的舅舅和姑姑，而妻子的父母也是丈夫的舅舅和姑姑，为了区别，丈夫称妻子的父母为外舅、外姑。

朱庆馀在临考前作这首诗献给张籍，希望得到他的推荐。在考试前向文坛名流进呈诗文，来赢得声誉，这在唐代称为“行卷”。诗用比兴手法，以新娘自比，以新郎比况张籍，又以舅姑（公婆）比况主考官，很绝妙。新娘打扮得入不入时，能否讨得公婆的欢心，最好是先问问新郎。表面上是在问“画眉”合不合当今的时样，实际上是在问张籍：自己的诗写得怎样？合不合当今的流行风格？据说，张籍看了这首诗后，大为赞赏，也写一首《酬朱庆馀》回答他：“越女新妆出镜心，自知明艳更沉吟。齐纨未足时人贵，一曲菱歌敌万金。”说朱庆馀是越州的采菱女，不仅长得艳丽动人，而且有绝妙的歌喉，是其他越女所不能比的。“画眉深浅入时无”一句，现在常用来询问准备工作是否充足。

画眉深浅入时无？

温庭筠（801—866），原名岐，字飞卿，太原祁（今山西省祁县）人，唐初宰相温彦博之后。他恃才傲物，生活放荡不羁，好讥讽权贵，多犯忌讳，因此怀才不遇，仕途坎坷，只做过襄阳巡官、国子监助教、方城县尉等小官。他多才多艺，兼善诗词文赋，精通音乐。诗与李商隐齐名，号“温李”。他是唐代第一个大力填词的作家，号称“花间鼻祖”，与韦庄齐名，并称“温韦”。其词题材狭窄单一，多写妇女的容貌、服饰和情态，语言浓艳精美。

商山早行

晨起动征铎，客行悲故乡。①
鸡声茅店月，人迹板桥霜。
槲叶落山路，枳花明驿墙。②
因思杜陵梦，凫雁满回塘。③

（第一季 2 次，第二季 1 次，第三季 2 次，第四季 1 次）

① 动征铎（duó）：震动出行的铃铛。征铎，车行时悬挂在马颈上的铃铛。
② 槲（hú）：一种落叶乔木，木材坚硬。枳（zhǐ）：也叫枸橘，一种落叶灌木。
③思：想到，挂念。杜陵：在长安城南，因汉宣帝陵墓所在而得名，这里指长安。凫（fú）：野鸭。回塘：回曲的水池。

这是一首抒写游子感受的羁旅诗。首联承题中“早行”之意铺开；颔联尤为精妙，全为名词的组合，音韵铿锵，意象密集，尽管“鸡声”“茅店”“人迹”“板桥”都是偏正词组，但由于作定语的都是名词，所以仍然保留了名词的具体感，梅尧臣曾经对欧阳修说最好的诗应是“状难写之景如在目前，含不尽之意见于言外”，并举出这两句为例证，欧阳修也认为这两句“道路辛苦，羁愁旅思”“见于言外”。颈联写途中的景色；尾联则以昨夜在梦中出现的故乡景色收束。前人称温庭筠“尤工小诗”，从此可见一斑。

明·谢缙《云阳早行图》

鸡声茅店月，
人迹板桥霜。

新添声杨柳枝词二首（其二）

井底点灯深烛伊，共郎长行莫围棋。①
玲珑骰子安红豆，入骨相思知不知？②

① 长行：古代的一种赌博游戏。有局有子，掷两个骰子定先后。
② 骰（tóu）子：博具，相传为三国曹植创制，初为玉制，后演变为骨制，因其点着色，又称色（shǎi）子。

这是一首代言体的七绝小诗。作者以女子口吻，抒写她对情郎的眷恋与情思。首起两句写离别前的叮嘱之辞，深回婉曲、情意绵绵；后两句以相思子（红豆）为喻，意为那骰子上的红点，颗颗像是入骨的红豆，正似我对你的入骨相思，这是一语双关，可谓思致神妙，极度烘托出女子的挚爱深情。诗多处用双关手法，“烛”字隐喻“嘱”，“长行”隐喻“长别”，“围棋”隐喻“违期”，这是学习六朝乐府中隐语诗的写法。

玲珑骰子安红豆，
入骨相思知不知？

梦江南[①]

梳洗罢，独倚望江楼。[②]过尽千帆皆不是，斜晖脉脉水悠悠。[③]肠断白蘋洲。[④]

（第四季2次）

① 梦江南：词调名，又叫《忆江南》《望江南》等。
② 独倚望江楼：源自《西洲曲》："望郎上青楼。"
③ 脉脉：默默相对的样子。悠悠：江水长远的样子。
④ 白蘋洲：开满白色蘋花的洲渚，古人常作为送别之地的替代词。

这首词勾勒出一个倚楼等待丈夫归来，却一再失望的思妇形象。前两句设定思妇所处情境，所谓"女为悦己者容"，精心装扮的思妇孤身倚楼盼望丈夫归来。第三、四句是点睛之笔，写思妇从早晨望到日暮，千帆已过不见归舟，以时间之久反衬失望之深，以景喻情，把思妇的惆怅、凄楚之情含蓄而委婉地表现了出来。最后一句承接上文，眼前景折射心中境，"肠断"表现得极为自然有力，"白蘋洲"也契合了全诗的相思之情。

过尽千帆皆不是，
斜晖脉脉水悠悠。

菩萨蛮[①]

小山重叠金明灭，鬓云欲度香腮雪。[②]懒起画蛾眉，弄妆梳洗迟。[③]

照花前后镜，花面交相映。[④]新帖绣罗襦，双双金鹧鸪。[⑤]

（第一季1次，第四季3次）

① 菩萨蛮：唐教坊曲名，又名《子夜歌》《重叠金》等。

② 小山：旧解为屏风，或小山枕，或小山眉，其实指的是小山形的额黄，也称山额或额山。金明灭：指唐代女子在额头上涂黄色，叫“额黄”，隔了一夜，浓淡不均，故曰明灭。鬓云：轻盈松散像云朵似的乱发。欲度：将掩未掩的样子。香腮雪：雪白或敷粉的面颊。

③ 弄妆：打扮，妆饰。

④ 照花：对镜簪花。因两镜前后对照，故说“交相映”。

⑤ 帖：缝帖。罗襦（rú）：丝绸短袄。金鹧鸪：指用金线绣成的鹧鸪图案。

这首词为温词之首，写一个深闺女子早晨梳妆的一系列情态。上阕开头两句写她隔夜的残妆、额山、鬓云、腮雪，这些形象而生动的比喻，将女主人公娇懒的姿态一笔勾勒出来。第三、四句的“懒”与“迟”两字交相呼应，人物内在心绪表现在外在行为之上。下阕第一、二句写女子妆后精细的姿态，两镜相交，人面与花饰相映，人面如花却空闺独自一人，暗示其命运如花，写女子在意自己妆容实则是暗喻对男子的在乎。末两句写女子衣服，重在刻画衣上新帖的成双的鹧鸪图案，“双双”一词反衬了女子内心的孤独难过。这首词通过描述女子懒起、照镜、穿衣等举动，含蓄委婉地暗示了女子内心的幽怨，给人充分的想象空间。

照花前后镜，

花面交相映。

更漏子[①]

玉炉香，红蜡泪，偏照画堂秋思。[②]眉翠薄，鬓云残，夜长衾枕寒。[③]

梧桐树，三更雨，不道离情正苦。[④]一叶叶，一声声，空阶滴到明。

① 更漏子：词调名，为温庭筠首创，共六首，多写更漏，抒离情。
② 红蜡泪：红烛燃烧时垂滴的蜡油。画堂：华美的堂舍。秋思（sì）：秋日的愁思。
③ 眉翠薄：眉间翠色已淡薄。衾（qīn）：被子。
④ 不道：不堪、无奈。

这首词刻画了一位彻夜不眠、为离情所苦的女子形象。上阕前三句室内的奢华富贵反衬了女子精神上的空虚寂寞，接下来“薄”“残”两字写女子妆容的凌乱，可能彻夜难眠，衾枕寒冷之时，更觉离情之苦。下阕由室内转到室外，写夜雨梧桐，情景交融，将“秋思”之深和“离情”之苦巧妙地表达出来，一泻千里。最后三句写听到雨打梧桐，滴在空阶直到天明，将离情之苦推向高潮，表现得酣畅淋漓，耐人寻味。后来李清照有“梧桐更兼细雨，到黄昏，点点滴滴”，蒋捷有“一任阶前点滴到天明”等名句，都是学习温庭筠而来。

一叶叶，一声声，
空阶滴到明。

杜牧（803—852），字牧之，号樊川居士，京兆万年（今陕西西安）人。祖父是三朝宰相杜佑，著名史学家。杜牧自幼受祖父熏陶，好读书，善论兵。唐文宗大和二年（828）26 岁时进士及第，官至中书舍人。晚年居长安南樊川别墅，故后世称其为“杜樊川”。为区别于杜甫，后世称其为“小杜”，又与李商隐并称“小李杜”。杜牧为晚唐杰出的诗人、散文家，诗歌以七言绝句著称，擅长咏史怀古，风格英发俊爽，脍炙人口的名篇名句很多。

山　行

远上寒山石径斜，白云生处有人家。
停车坐爱枫林晚，**霜叶红于二月花。**[①]

（第一季 3 次，第二季 1 次，第三季 1 次，第四季 1 次）

① 坐：因为。

七言绝句是杜牧成就最高的诗体，传世的名篇名句非常之多。这首《山行》描绘的是深秋时节醉人的山林景色。首句“寒”字点明深秋季节，“远”和“斜”字写出山路的绵长，引出乘车出游赏秋之事。次句描写山行途中所见的远处风光。“生”字极妙，烘托出山势之高，也与前句的“远”和“斜”照应；“有人家”三字则照应上句的“石径”。第三句写因为秋景太过迷人，诗人决定下车观赏。末句将镜头聚焦于晚秋红枫的特写，用比喻与对比结合的手法，充分流露出诗人对于这番深秋景象的喜爱。深秋本来冷落，杜牧却能发现美景，所以人们觉得新奇。“霜叶红于二月花”现多用来赞美精神健旺的老年人。

霜叶红于二月花。

清 明[1]

清明时节雨纷纷，路上行人欲断魂。
借问酒家何处有？牧童遥指杏花村。[2]

（第一季 1 次，第二季 2 次，第三季 6 次，第四季 4 次）

① 清明：二十四节气之一。旧俗当天有扫墓、踏青、插柳等活动。
② 杏花村：杏花深处的村庄，在今安徽贵池。一说在今山西汾阳。受此诗影响，后人多用“杏花村”作为酒肆名。

清明在春分之后 15 天，此时正是杏花盛开的时候，唐代清明节的风俗以家人团聚取新火、扫墓、游春、荡秋千、蹴鞠等喜庆娱乐的活动为主。这样的佳节，杜牧却一人在外行走，不能回家，所以心情不太好，恰好又碰上“雨纷纷”的天气，心情格外沉重，所以用“断魂”来形容。后两句来个转折，想找个酒店躲躲雨，顺便喝两杯解解愁，于是问牧童，牧童指向杏花深处的村庄，那里有家酒店，真有一种柳暗花明、心情温暖之感啊。“清明时节雨纷纷”一句准确地概括了清明前后多雨的特点，常为人们引用。

清明时节雨纷纷

江南春绝句

千里莺啼绿映红，水村山郭酒旗风。①
南朝四百八十寺，多少楼台烟雨中。②

（第一季 1 次，第二季 2 次）

① 郭：外城，此处指城镇。酒旗：挂在门前以作为酒店标志的旗帜。
② 南朝：420 年至 589 年期间存在于中国南方的宋、齐、梁、陈四个政权的总称。四百八十寺：南朝皇帝和大官僚好佛，在京城建康（今南京市）大建佛寺。《南史》载："都下佛寺五百余所。"

唐文宗大和七年（833）春，杜牧奉幕主沈传师之命由宣州经江宁（今南京市）往扬州访淮南节度使牛僧孺，在旅途中写下这首诗。诗人以明快而不失隽永的笔调，为我们勾勒出一幅美不胜收的"江南水乡春景图"。诗人在后半首通过对南朝遗留下来的众多寺庙的描绘，暗暗讽刺了统治者的佞佛行为，唐朝穆宗、敬宗、文宗三朝皆提倡佛教，杜牧是有感而发。"千里莺啼绿映红"一句，对江南春景做出高度概括，简洁而传神，有人以为"千里"听不见看不见，不如改为"十里"，实则不然。

千里莺啼绿映红

遣　怀

落魄江湖载酒行，楚腰纤细掌中轻。①
十年一觉扬州梦，赢得青楼薄幸名。②

（第二季 1 次）

① 落魄（tuò）：一作“落托”，放浪不羁。江湖：一作“江南”。楚腰：指美人的细腰。史载楚灵王喜欢细腰，“楚腰”就成了细腰的代称。《韩非子·二柄》：“楚灵王好细腰，而国中多饿人。”掌中轻：相传汉成帝的皇后赵飞燕身体轻盈，能在掌上翩翩起舞。《飞燕外传》载：“赵飞燕体轻，能为掌上舞。”
② 觉：读 jiào。薄幸：薄情，负心。

近人俞陛云说：“此诗着眼在‘薄幸’二字。”（《诗境浅说续编》）杜牧曾于唐文宗大和七至九年（833—835）居扬州，在淮南节度使牛僧孺幕府任推官，转掌书记，期间诗酒风流，放浪形骸。“薄幸”两字透露出作者对扬州生活的自责，如今追忆往事，又对自己的现实处境不满，遂发出前尘恍惚、如梦如幻之叹。“十年一觉扬州梦”一句，现多用来表达对往日繁华今已成空或往日沉迷今已悔悟的感叹。

十年一觉扬州梦

过华清宫绝句三首（其一）[①]

长安回望绣成堆，山顶千门次第开。[②]
一骑红尘妃子笑，无人知是荔枝来。

（第一季 1 次）

① 华清宫：唐代行宫。在今陕西西安市临潼区骊山，其地有温泉。
② 次第：依次，按照次序一个接一个地。

杜牧的咏史七绝组诗《过华清宫绝句》共有三首，此为第一首。这三首诗是杜牧在经过骊山华清宫时有感而作，诗人选取了与唐玄宗相关的三个场景加以艺术概括，讽刺了唐玄宗的穷奢极欲和荒淫误国，同时借古讽今，深刻地讽喻了现实。这首诗通过对唐玄宗不惜劳民伤财，为杨贵妃供应鲜荔枝这一典型事件的描绘，深刻鞭挞了唐玄宗与杨贵妃骄奢淫逸的生活。为什么“无人知是荔枝来”？因为马跑得太快，只看到红尘滚滚。

一骑红尘妃子笑，
无人知是荔枝来。

泊秦淮

烟笼寒水月笼沙，夜泊秦淮近酒家。[①]

商女不知亡国恨，隔江犹唱后庭花。[②]

（第一季3次，第二季1次）

① 秦淮：即秦淮河，发源于江苏句容大茅山与溧水东庐山两山间，经南京流入长江。相传为秦始皇南巡会稽时开凿，用来疏通淮水，故称秦淮河。

② 商女：以卖唱为生的歌女。后庭花：《玉树后庭花》的简称，唐教坊曲名。南朝陈代后主陈叔宝沉湎声色，作此曲与后宫美女寻欢作乐，终致亡国，所以后世把此曲作为亡国之音的代表。

此诗为诗人夜泊秦淮时的触景感怀之作。这首七绝采用的是前半写景，后半议论抒情的写作模式。前两句写夜泊秦淮时所见之夜景，渲染出一种凄清暗淡的氛围，为下文引出商女的靡靡之音做铺垫；后两句触景生情，抒情兼带议论，借用南朝陈后主荒淫误国的典故，揭露当时统治阶级沉溺声色、醉生梦死而不问国家前途与黎民福祉的腐朽生活，表现了诗人对国家命运的深切忧虑和关怀。

商女不知亡国恨，

隔江犹唱后庭花。

赠别二首

其一

娉娉袅袅十三余，豆蔻梢头二月初。[①]

春风十里扬州路，卷上珠帘总不如。

其二

多情却似总无情，唯觉樽前笑不成。[②]

蜡烛有心还惜别，替人垂泪到天明。

（第一季 2 次，第二季 2 次，第三季 3 次，第四季 1 次）

① 豆蔻：草本植物，产于南方，初夏开花，南人取其未大开者，谓之“含胎花”。常以比喻少女。

② 樽：古代用来盛酒的器皿。

明 · 无名氏《江城送别图》

这组赠别诗大约作于大和九年（835）。杜牧当时由淮南节度使掌书记升任监察御史，准备离开扬州奔赴长安，与在扬州结识的歌妓分别时写下这两首诗。第一首着重赞扬这位歌妓的妙龄丰韵，扬州虽佳丽云集，但在诗人看来唯她独俏。第二首承前面一首未尽之意，并照应诗题着重写惜别，描绘筵席之上与其难分难舍的情思。有人认为“多情却似总无情”一句写得精妙，这句写情细腻，然而词义浅露，略无余蕴，不似后面“蜡烛有心还惜别，替人垂泪到天明”一联含蓄有味。诗人不直接点明离别，而转以蜡烛来比况，含思深婉，缠绵悱恻，“替人”两字，又使意思更深一层，产生了极佳的审美效果。成语“娉娉袅袅”“豆蔻年华”皆出自本诗，前者形容女子苗条俊美，体态轻盈，后者比喻十三四岁的姑娘。

春风十里扬州路，
卷上珠帘总不如。

蜡烛有心还惜别，
替人垂泪到天明。

题乌江亭[1]

胜败兵家事不期，包羞忍耻是男儿。
江东子弟多才俊，卷土重来未可知。[2]

① 乌江亭：在今安徽省和县东北的乌江浦，相传为西楚霸王项羽自刎之处。
② 江东：在汉魏至隋唐时期，以安徽芜湖以下的长江南岸地区为江东。

这是一首怀古七绝。杜牧于会昌元年（841）赴任池州刺史时，路过乌江亭，感于当年项羽之事，写了这首怀古诗。怀古诗通行的写作模式是先描绘眼前之景，再发思古之幽情，以议论或抒情作结。杜牧的这首诗却摒弃了这种常见的模式，不写乌江亭之景，而大胆地采用开门见山、通篇议论的做法，对项羽负气自刎感到惋惜，并提出自己对历史上已有结局的战争的假设性推想，强调兵家须有远见卓识和不屈不挠的意志。这种艺术处理手法，清人吴景旭称之为“翻案法”。成语“包羞忍耻”“卷土重来”皆出自本诗，前者形容羞愧与耻辱，后者比喻失败之后重新恢复势力。

江东子弟多才俊，
卷土重来未可知。

赤　壁[①]

折戟沉沙铁未销，自将磨洗认前朝。[②]
东风不与周郎便，铜雀春深锁二乔。[③]

（第一季3次，第二季1次，第四季4次）

① 赤壁：赤壁之战的古战场，位于今湖北省赤壁市西北部。
② 戟：古代兵器。
③ 周郎：指周瑜，字公瑾，年轻时即有才名，人称“周郎”。后任吴军大都督。铜雀：即铜雀台，曹操在今河北省临漳县建造的一座楼台，楼顶里有大铜雀，台上住姬妾歌妓，是曹操暮年行乐处。二乔：东吴乔公的两个女儿，一人嫁与孙策，称“大乔”，一人嫁与周瑜，称“小乔”，两人合称“二乔”。

这首诗是诗人经过赤壁之战的古战场时，有感于三国时代的英雄成败事迹而写下的怀古诗。第一联描写场景，诗人从赤壁之战的遗物联想到当年激烈的战事，战戟折断沉于沙中却未被销蚀，暗含着岁月流逝而物是人非之感，为后文的议论抒怀做出铺叙；第二联转向议论，提出作者对历史事件的假设性推想，意为倘若当年东风不帮助周瑜的话，那么二乔就会被抓到铜雀台来了，可见杜牧对这一战事的看法是：周瑜战胜曹操是侥幸成功，并不是靠实力取胜。这一首诗在艺术上，也采取了与《题乌江亭》相类的“翻案法”。成语“折戟沉沙”就出自本诗，形容失败惨重。

东风不与周郎便，
铜雀春深锁二乔。

登池州九峰楼寄张祜[1]

百感中来不自由，角声孤起夕阳楼。
碧山终日思无尽，芳草何年恨即休？
睫在眼前长不见，道非身外更何求。
谁人得似张公子，千首诗轻万户侯。[2]

（第三季2次）

① 九峰楼：一作“九华楼”，在今安徽贵池东南的九华门上。
② 张公子：即张祜。万户侯：食邑万户的列侯。这里借指高官。

此诗大约作于唐武宗会昌四至六年间（844—846），当时杜牧在池州刺史任上。关于这首诗还有个故事：唐穆宗长庆年间（821—824），张祜和徐凝同应贡举，两人皆欲得到时任杭州刺史的白居易的首荐，白居易遂出试题命两人比赛，结果徐凝胜出。张祜遂“行歌而返”。武宗会昌五年（845）秋，张祜从丹阳住所来到池州看望杜牧，两人交谊甚洽，杜牧也对当年杭州斗诗一事替张祜不平，遂作此诗以勉好友。这首诗的妙处在于情感的容量极大，诗人将与好友张祜融洽的知己之情，离别后的怀念不舍之情，对张祜高妙诗才的赞叹之情，对白居易不识人才的愤慨之情，以及对张祜的勉励之情等巧妙地融合在一起，具有高度的艺术概括力。从末句“千首诗轻万户侯”可见，在杜牧看来，张祜写得千首好诗就可以鄙视万户侯了，这是文人应有的清高和傲骨。

千首诗轻万户侯。

齐安郡后池绝句[①]

菱透浮萍绿锦池，夏莺千啭弄蔷薇。[②]
尽日无人看微雨，鸳鸯相对浴红衣。

（第四季2次）

① 齐安郡：即黄州，今湖北省黄冈一带。唐玄宗天宝年间（742—756）曾改州为郡，黄州改为齐安郡。
② 啭（zhuàn）：指鸟婉转地鸣叫。

此诗作于唐武宗会昌二年四月至四年九月（842—844）之间，当时杜牧因受人排挤而左迁黄州刺史。这首七绝以生动的笔触描绘出初夏时节的后池景象，首句承题中的“后池”展开；次句描画池岸景致，点明时间为初夏时节；第三句“尽日无人看微雨”，写下了小雨的后池更美，却无人关注；尾句在意义上补足第三句，以人之所见的鸳鸯相对洗浴红色羽衣的场景作结，同时，尾句与首句形成多方面照应，尾句的动物（鸳鸯）照应首句的植物（菱、萍），红色调照应绿色调，动态描写照应静态描写。“鸳鸯相对浴红衣”是名句，多被用来形容情侣两人世界的美好。

鸳鸯相对浴红衣。

齐安郡中偶题二首（其一）

两竿落日溪桥上，半缕轻烟柳影中。
多少绿荷相倚恨，一时回首背西风。

这首诗也是杜牧在黄州刺史任上所作。从内容可知，此诗描写的是秋日黄昏之时的景象。前半首着力写景，首句“两竿落日溪桥上”，引出场景，点明时间（黄昏）和地点（溪桥）；次句写从溪桥上所见的岸柳含烟之景，“烟”“影”也与首句的黄昏时分相照应。后半首从写景转向抒情，诗人在溪桥上带着自己的感情色彩，去看荷叶“相倚”“回首”等受风之状，觉得它们似若有情，心怀怨恨，这里用了移情手法。荷叶恨什么呢？原来是受到西风的摧残，即将枯萎。同时，也隐隐暗喻了自己受排挤无所作为而逐渐变老的现实处境。末句观察细致，用词传神。“一时”是同时、一齐的意思。一阵西风（即秋风）吹来，大片荷叶同时回首躲避，多么壮观而又凄楚的画面！

多少绿荷相倚恨，
一时回首背西风。

秋　夕

银烛秋光冷画屏，轻罗小扇扑流萤。
天阶夜色凉如水，卧看牵牛织女星。①

（第四季 1 次）

① 牵牛织女星：两个星座的名字，指牵牛星、织女星。亦指古代神话中的人物牛郎和织女。

这是一首宫中秋怨诗。描写了一名孤单苦闷的宫女，在七夕之夜卧看银河两侧的牛郎、织女星，不时扇扑流萤，排遣心中寂寞。自初夜写至夜深，层层绘出，宛然为宫人作一幅幽怨图。天上星星那么多，她为什么只“卧看”牵牛织女星？是羡慕啊！牛郎织女毕竟能在七夕相会一次，而自己呢？这首诗反映了宫中妇人百无聊赖的生活和苦闷失意的心情，揭示了她们不幸的命运。艺术上，语言轻快明丽，风格含蓄隽永。

天	阶	夜	色	凉	如	水	，
卧	看	牵	牛	织	女	星	。

寄扬州韩绰判官[1]

青山隐隐水迢迢，秋尽江南草木凋。
二十四桥明月夜，玉人何处教吹箫？[2]

（第二季 1 次，第三季 2 次）

① 韩绰：时在扬州（今江苏省扬州市）任淮南节度使判官，曾与杜牧同僚。

② 二十四桥：唐代扬州有二十四座桥。北宋沈括《梦溪笔谈》中对每座桥的方位和名称做了记载。玉人：指韩绰。

唐文宗大和七至九年（833—835），杜牧曾在扬州任淮南节度使掌书记，与韩绰为同僚。杜牧另有一首《哭韩绰》诗，可见两人交情甚笃。此诗为开成二年（837）秋杜牧在宣州（今安徽宣城市）任职时所作，在表达对昔日同僚韩绰判官的思念之情的同时，也透露出诗人对过往扬州生活的深切怀念。这首诗写景清丽，情虽切而辞不露，为晚唐佳品，历来为人传诵。后两句今多用作调侃语。明代杨慎认为“草木凋”不如“草未凋”更有味，可备一说。

二十四桥明月夜，
玉人何处教吹箫？

陈陶（804？—874？），字嵩伯，举进士不第，漫游各地，足迹至岭南，唐宣宗大中三年（849），隐居于洪州（今江西南昌）西山，自称“三教布衣”。

陇西行（其二）

誓扫匈奴不顾身，五千貂锦丧胡尘。①
可怜无定河边骨，犹是春闺梦里人！②

（第三季1次）

① 匈奴：西北边境部族。貂锦：这里指战士。
② 无定河：位于陕西北部榆林地区的一条河流。

《陇西行》是乐府旧题，内容主要写边塞战争。陈陶的组诗《陇西行》共四首，这是第二首。该诗主要反映了唐代长期的边塞战争给人民带来的痛苦和灾难。首两句描绘了一个悲壮激烈的战争场面，表现出边关战士英勇善战的气概和敢于献身的精神。末两句说，这些战死的将士已成白骨，可家里的妻子并不知道，还在做着美好的春梦与丈夫相聚呢。河边白骨与温馨期盼形成巨大的反差，具有强大的震撼力，读之令人痛彻心扉。

可	怜	无	定	河	边	骨	，
犹	是	春	闺	梦	里	人	！

赵嘏（806—852），字承祐，楚州山阳（今江苏省淮安市）人。青年时曾北游塞上，南游越中，后与杜牧共事于宣城幕府。唐武宗会昌四年（844）进士及第，为渭南尉，世称“赵渭南”。因其《长安晚秋》有“长笛一声人倚楼”之句，被杜牧誉为“赵倚楼”。

长安晚秋

云物凄凉拂曙流，汉家宫阙动高秋。①
残星几点雁横塞，长笛一声人倚楼。
紫艳半开篱菊静，红衣落尽渚莲愁。②
鲈鱼正美不归去，空戴南冠学楚囚。③

（第一季 1 次）

① 拂曙：拂晓，天要亮还未亮的时候。
② 红衣：指红色莲花的花瓣。渚：水中小块陆地。
③ “鲈（lú）鱼”句：西晋齐王司马冏当政时，任吴人张翰为大司马东曹掾。他预知司马冏将败，又因秋风起，想念故乡的莼菜鲈鱼脍的美味，便弃官归乡。南冠：楚冠，楚国在南方，所以称楚冠为南冠。春秋时楚国囚犯钟仪曾戴南冠，后以“南冠”指囚徒或战俘。

赵嘏曾于唐文宗大和六年（832）举进士不第，遂流寓长安。诗人独在异乡，志不得伸，在深秋拂晓时分看见长安凄凉的景象，顿生羁旅思归之情，于是创作了这首七言律诗。首联描绘了一幅拂晓时分萧索的长安秋景，“凄凉”两字奠定了全诗的情感基调。颔联精警，写仰观时所见的空寂景象，沉思之时忽闻一声长笛，使诗人倍感凄切。据《唐摭言》记载，诗人杜牧对此激赏不已，称赵嘏为“赵倚楼”。颈联写俯看之秋景，也是一片萧索落寞之状。尾联转向议论抒情，借用西晋张翰事和春秋钟仪事，表示诗人毅然归去的决心。这首诗将凄凉秋景与失意之情融合在一起，构成感人的意境。

明·王綦《秋景山水图》

长笛一声人倚楼。

李商隐（813—858），字义山，号玉谿生，怀州河内（今河南沁阳）人，生于郑州荥阳。开成二年（837）进士及第，任秘书省校书郎，后来卷入“牛李党争”的旋涡，仕途一直不顺，大半生都是四处奔走，寄人篱下。李商隐是晚唐最出色的诗人之一，擅长七律和七绝，其诗构思新奇，风格秾丽，尤其是一些无题诗写得缠绵悱恻，优美动人，广为传诵。但部分诗歌过于隐晦迷离。白居易晚年很欣赏李商隐的诗，甚至想下辈子做李商隐的儿子。李商隐以诗与杜牧并称“小李杜”，与温庭筠并称“温李”。其骈文与段成式、温庭筠并称为“三十六体”。

登乐游原①

向晚意不适，驱车登古原。
夕阳无限好，只是近黄昏。②

（第一季 1 次，第二季 2 次，第四季 1 次）

① 乐游原：在长安城东南，地势高敞，是当时游览胜地。
② 只是：只因为。

这是一首写景抒情诗。诗人傍晚时心情不舒适，于是驱车登乐游原赏景散心，古原上最美好的景色是火红的夕阳，这确实让诗人得到一种享受和满足。但美景虽好，可惜不能久留，随着太阳西下，美好的景象转瞬即逝。“夕阳无限好，只是近黄昏”两句是千古名句。今人周汝昌认为，“只是”应解释为“正是”。也有人认为最后两句是诗人暗示唐王朝正在逐渐没落，这可能是过度联想。

夕阳无限好，
只是近黄昏。

蝉

本以高难饱，徒劳恨费声。①
五更疏欲断，一树碧无情。②
薄宦梗犹泛，故园芜已平。③
烦君最相警，我亦举家清。

（第四季 2 次）

①“本以”两句：古人误以为蝉是餐风饮露的。这里是说，蝉既然想要栖息在高处，自然难以饱腹，那么声音虽然带恨声，也徒然无用。以，因。

②“一树”句：意谓蝉虽哀鸣，树却自呈苍润，像是无情相待，实是隐喻受人冷落。

③薄宦：官卑职微。梗犹泛：断梗仍在水中漂浮，这里是自伤沦落意。芜已平：杂草遍地。

这是李商隐的一首咏物诗，用蝉的高洁对应诗人的廉正清贫，表面上看好像在写蝉，实际上在写诗人自己。前四句写蝉的境遇，是实写也是虚指作者本人，后四句实写诗人境况，但是又回归到蝉，用蝉来警醒自己：我这个与蝉境遇相似的小官，也当坚持操守。整首诗虚虚实实，层层推进，在蝉和“我”之间来回转动，钱锺书评论这首诗说：“蝉饥而哀鸣，树则漠然无动，油然自绿也。树无情而人有情，遂起同感。蝉栖树上，却恝置（犹淡忘）之；蝉鸣非为‘我’发，‘我’却谓其‘相警’，是蝉于我亦‘无情’，而我与之为有情也。错综细腻。”“本以高难饱，徒劳恨费声”与虞世南“居高声自远，非是藉秋风”、骆宾王“露重飞难进，风多响易沉”并称写蝉三大名句，流传甚广。

本以高难饱，
徒劳恨费声。

晚晴

深居俯夹城，春去夏犹清。[①]
天意怜幽草，人间重晚晴。[②]
并添高阁迥，微注小窗明。[③]
越鸟巢干后，归飞体更轻。[④]

① 夹城：城门外的曲城。
② 幽草：幽暗地方的小草。
③ 并：更。高阁：指诗人居处的楼阁。迥：高远。微注：因是晚景斜晖，光线显得微弱和柔和，故说“微注”。
④ 越鸟：南方的鸟。

这首诗是大中元年（847）李商隐在桂林时所作，当时在郑亚手下充当幕僚，这期间他暂时摆脱了牛李党争的倾轧，精神上获得了解放，并且在幕府中感受到一些人情的温暖，心情比在长安时要轻松愉悦。总览全诗，这是诗人登高览眺之际，从眼前景物联想到自身，将一瞬间的感受融化在对晚晴景物的描写之中，同时用“幽草”“越鸟”寄寓自己的身世之慨。“天意怜幽草，人间重晚晴”历来为人所称道，这一联紧扣“晚晴”，从不被人注意的幽草着笔，将幽草人格化。桂林夏季多雨，角落里的幽草苦雨良久，不料这天傍晚雨过天晴，使得幽草平添一股生机，这让灵心善感的诗人不禁发出深深的感叹。也让作者从这一幕中联想到自身的遭遇，感叹往昔的艰难，欣慰现在的幸遇，“晚晴”虽然短暂，但是诗人十分珍惜，从中可以窥见作者此时积极乐观的心态，所以才会有“越鸟巢干后，归飞体更轻”的振奋。“人间重晚晴”一句已为成语，多用来比喻社会上尊重德高望重的老前辈。

天意怜幽草，
人间重晚晴。

无　题

昨夜星辰昨夜风，画楼西畔桂堂东。①
身无彩凤双飞翼，心有灵犀一点通。②
隔座送钩春酒暖，分曹射覆蜡灯红。③
嗟余听鼓应官去，走马兰台类转蓬。④

（第一季 2 次，第三季 1 次，第四季 3 次）

① 画楼、桂堂：喻富贵人家的屋舍。
② 灵犀：旧说犀牛有灵异，角中有白纹如线，直通两头。
③ “隔座送钩”两句：一种游戏。分两组较量胜负，一组把一个钩互相传送后，让对方猜藏在哪个人手中，猜不中罚酒。分曹，分组。射覆，猜物（钩）。
④ 听鼓应官去：听到击晨鼓该到官府上班了。兰台：即秘书省，李商隐时任秘书省校书郎。类转蓬：就像蓬草被风吹得乱转，隐含自伤飘零意。

李商隐在感情上有许多难言之隐，无法用简单的题目完全概括，所以干脆用《无题》为题。

这首诗是回忆一次热闹的宴会上与一个女子秘密传情的场景。首联写宴会的时间和地点，后面三联写宴会的场面，以及天亮后不得不上班的无可奈何的心情。“身无彩凤双飞翼，心有灵犀一点通”是写爱情的千古名句，将恋人之间美好的感触用“彩凤”“灵犀”来表述，显得鲜活又富有情致，让人不禁会心一笑。“心有灵犀一点通”已为七字成语，现多比喻双方对彼此的心事都能心领神会。

身无彩凤双飞翼，
心有灵犀一点通。

无　题（其一）

来是空言去绝踪，月斜楼上五更钟。①
梦为远别啼难唤，书被催成墨未浓。②
蜡照半笼金翡翠，麝熏微度绣芙蓉。③
刘郎已恨蓬山远，更隔蓬山一万重！④

（第四季 1 次）

① 空言：不切实际的话。当初说要来见面却一去无踪。
② 啼难唤：哭也哭不回来。书：信。墨未浓：墨汁还不够浓。
③ 半笼：指烛光半照。金翡翠：用金线绣成翡翠鸟的被子。麝熏：麝香熏炉的香烟。度：透过。绣芙蓉：指绣花的帐子。
④ 刘郎：相传东汉时刘晨入山采药，遇到两个仙女，留他过了半年才还乡，回家一问，已经过了七代，再想回山，却渺远难寻。蓬山：仙境蓬莱山。比喻所思女子的住处。

这组《无题》诗共四首，这是第一首。写自己与一个女子的爱情遭到重重阻隔，只能在梦中相见。梦里为远别而哭泣，醒来急着给她写信，房间里朦胧的烛光和淡淡的麝香犹如刚才的梦幻，可人已远去，再也见不到她了。当然，也可把诗的主人公理解为女性。“梦为远别啼难唤，书被催成墨未浓”“刘郎已恨蓬山远，更隔蓬山一万重”都是写爱情的名句。特别是末两句，今多用来形容对爱情的绝望。

刘郎已恨蓬山远，
更隔蓬山一万重！

无　题（其二）

飒飒东风细雨来，芙蓉塘外有轻雷。①
金蟾啮锁烧香入，玉虎牵丝汲井回。②
贾氏窥帘韩掾少，宓妃留枕魏王才。③
春心莫共花争发，一寸相思一寸灰！

（第四季2次）

① 飒飒（sà）：风声。芙蓉塘：荷塘。轻雷：双关语，既指雷声，又指车声。

② 金蟾啮（niè）锁：一种香炉，炉上有金蟾咬着开锁香炉的鼻钮。啮，咬。玉虎牵丝：一种辘轳，看起来像玉虎牵着丝绳。汲：引。

③“贾氏”一句：晋朝韩寿相貌英俊，大臣贾充招他为掾（yuàn，副官），贾充的女儿（贾氏）在帘后偷看韩寿，又把家藏的西域异香赠给韩寿。贾充知道后就把女儿嫁给韩寿。少：年轻。“宓（fú）妃”一句：曹植曾作《洛神赋》，赋中叙述他和洛水女神宓妃相遇的事。留枕：留下枕头，这里指思念。魏王：指曹植。

这首诗写一位闭锁深闺的女子追求爱情而最终失望的痛苦之情。头两句以景衬情，三、四两句分别写“香”（相）和“丝”（思），五、六两句欣赏对方的年少和才华，结尾两句写春心（爱情）不能如愿的悲愤。“春心莫共花争发，一寸相思一寸灰”，表达对美好爱情被毁灭的绝望与愤恨，具有一种动人心弦的悲剧美，不愧为千古名句。

春心莫共花争发，
一寸相思一寸灰！

无 题

相见时难别亦难，东风无力百花残。①
春蚕到死丝方尽，蜡炬成灰泪始干。②
晓镜但愁云鬓改，夜吟应觉月光寒。③
蓬山此去无多路，青鸟殷勤为探看。④

（第一季 2 次，第二季 1 次，第三季 4 次，第四季 1 次）

① “东风”一句：指相别时为暮春时节。
② 丝：与“思”谐音。蜡炬：蜡烛。
③ 云鬓改：变老的意思。云鬓，古代妇女的一种发型，两鬓如云。
④ 蓬山：仙境蓬莱山，比喻对方的住处。青鸟：西王母的信使。常指丫鬟。探看（kān）：探望。

这是一首表达两情至死不渝的爱情诗。主人公可以理解成女子，与男方约会又离别，向男方表示自己感情的坚贞不渝。担心自己会变老，又担心对方熬夜苦吟，伤害身体。最终希望信使频传佳音。全诗也可看作两人分别时互相安慰。“春蚕到死丝方尽，蜡炬成灰泪始干”是歌颂忠贞爱情的千古名句，也可用于表达一个人志向坚定，现在多用来形容教师。而“春蚕到死丝方尽”一句，已单用为成语，多用来比喻感情深长，至死不渝。“青鸟殷勤”也用作成语，比喻常通消息。

春蚕到死丝方尽，
蜡炬成灰泪始干。

无　题（其一）

凤尾香罗薄几重，碧文圆顶夜深缝。[①]
扇裁月魄羞难掩，车走雷声语未通。[②]
曾是寂寥金烬暗，断无消息石榴红。[③]
斑骓只系垂杨岸，何处西南待好风？[④]

（第一季 1 次）

① 凤尾香罗：织有凤尾纹的绫罗。碧文圆顶：有碧色花纹的圆顶罗帐。

② 扇裁月魄：指像明月一样的团扇。车走雷声：车走的声音如雷。

③ 曾是：曾经多少次都是。金烬暗：蜡烛点完了。石榴红：石榴花红了（指春天消逝了）。

④ 斑骓（zhuī）：杂色的马。系（xì）：拴住。垂杨：垂柳。待好风：等到你。好风，西南风，比喻女子。典出曹植《七哀诗》："愿为西南风，长逝入君怀。"

这大概是抒写诗人对一个女子的痛苦思念之情。首联设想对方深夜缝制罗帐，等待两人欢聚；颔联回忆最后一次相遇的情景，她拿着团扇害羞地遮着脸，我乘车匆匆而过，一句话也没说上；颈联写别后的相思寂寥：每夜等到蜡烛点完，每年等到石榴花红，也没有你的消息；尾联写自己仍然会在垂杨岸边等待西南风（她）的到来。真是痴心不改，将自己浓浓的相思与忠诚之意融在诗句中。"曾是寂寥金烬暗，断无消息石榴红"是写痴情的名句。这首诗也可以理解为女子思念男子。

曾是寂寥金烬暗，
断无消息石榴红。

无　题（其二）

重帏深下莫愁堂，卧后清宵细细长。①
神女生涯原是梦，小姑居处本无郎。②
风波不信菱枝弱，月露谁教桂叶香？③
直道相思了无益，未妨惆怅是清狂。④

（第一季次，第四季 2 次）

① 重帏深下：重叠的帏帐深深地垂下。莫愁：传说中的莫愁女，后为少女的代称。

② 神女生涯：宋玉《高唐赋》序中写楚王梦遇巫山神女，神女主动向他献身。“小姑”一句：自己到现在还是独身居住。古乐府《青溪小姑曲》：“小姑所居，独处无郎。”

③“风波”两句：风波欺负我这菱枝弱质，月露也不让我这桂叶飘香。谁教，不教。

④“直道”两句：即使相思全无好处，也不妨这样惆怅下去，算是痴情了。直道，即使。清狂，痴狂。

这首诗写一个自称“莫愁”的女子因思念所爱的人而满腹忧愁。首联写在重重帏帐封锁的幽静环境中，长夜的孤寂难熬；颔联写自己向往的巫山神女原是好梦一场，如今还是像青溪小姑一样独身居住；颈联用“风波”“月露”两个意象写出自己的爱情追求遭到压制和摧残；尾联写出了自己坚定的信念和执着的追求。“神女生涯原是梦，小姑居处本无郎”“直道相思了无益，未妨惆怅是清狂”都是名句。此诗也可以理解为李商隐写自己不遇知己（赏识他的当权者）的感伤。李商隐大部分《无题》诗是借爱情的幌子委婉含蓄地表明自己的志向。

直道相思了无益，
未妨惆怅是清狂。

夜雨寄北[①]

君问归期未有期，巴山夜雨涨秋池。[②]
何当共剪西窗烛，却话巴山夜雨时。[③]

（第一季 1 次，第二季 2 次，第三季 1 次，第四季 1 次）

① 寄北：寄给住在北方的妻子。
② 巴山：大巴山，在今四川省。
③ 何当：何时。却：再。

这首诗抒发了诗人思念妻子，渴望北归团聚的感情。李商隐长期滞留在巴蜀，收到妻子的来信，就写了这首诗作答。开头两句以问答和对眼前巴山夜雨的描写，渲染了长夜难眠的离愁别恨；后两句设想有一天和你在家中西窗下一起剪烛谈心，就谈我现在巴山夜雨时的处境。诗人用将来的欢乐，反衬今夜的孤寂，将此时此刻的孤独以及盼望和妻子团聚的心情写得淋漓尽致。“何当共剪西窗烛，却话巴山夜雨时”是被世人传诵的名句，这其中的渴望、孤独、愁思在千百年后依然能让读者感同身受。成语“巴山夜雨”“剪烛西窗”（或“西窗剪烛”）皆出自本诗，前者比喻客居异地的孤寂，后者比喻亲友聚谈。

何当共剪西窗烛，
却话巴山夜雨时。

贾　生[1]

宣室求贤访逐臣，贾生才调更无伦。[2]
可怜夜半虚前席，不问苍生问鬼神。[3]

（第二季1次）

① 贾生：贾谊，西汉文学家、政治家，才华横溢，胸怀大志，遭人排挤，被贬为长沙王太傅。汉文帝后来召他回来，在宣室接见他。

② 宣室：宫殿名，汉未央宫前正室。逐臣：指贾谊，他曾被贬谪。才调：才气。

③ 可怜：可惜。虚前席：徒然向前移席。指文帝听得入神，不觉将坐席移近贾谊。

这是一首讽刺诗。作者借贾谊的遭遇，抒写自己怀才不遇的感慨，讽刺了皇帝只知求仙，荒于政事，不能任贤，不顾民生疾苦的昏庸。“可怜夜半虚前席，不问苍生问鬼神”是讽刺名句。第一、二两句貌似在写皇帝求贤若渴，终于找到了博学多才的贾生，紧接着皇帝又貌似很虚心地连休息也顾不上，竟然在半夜向贾生求教，但求教的是什么呢？哦！原来和民生没有半点关系，而是毫无用处的鬼神之说，真是让人大跌眼镜，讽刺意味呼之欲出。欲抑先扬，先给予读者期待，再狠狠粉碎，讽刺意味更加浓烈。

不问苍生问鬼神。

宿骆氏亭寄怀崔雍崔衮[①]

竹坞无尘水槛清，相思迢递隔重城。[②]
秋阴不散霜飞晚，留得枯荷听雨声。[③]

（第二季2次）

① 骆氏亭：在长安城东南。崔雍、崔衮：崔戎的两个儿子，李商隐的从表兄弟。

② 竹坞（wù）：从竹掩映的池边高地。水槛（jiàn）：指临水有栏杆的亭榭。此指骆氏亭。迢递：遥远的样子。重城：指长安城的城墙。

③ 秋阴不散霜飞晚：秋日阴云连日不散，霜期来得晚。枯荷听雨声：听雨滴枯荷，暗示自己百无聊赖。

这是李商隐暂宿骆氏亭时，因思念远在长安的崔氏兄弟有感而发的一首抒情小诗。全诗向我们描绘了一幅“秋亭夜雨图”，从这些景色中流露出作者对友人深厚的思念，以景寄情、寓情于景。第一句用“竹坞无尘”“水槛清”等意象渲染了骆氏亭环境的清幽，在这安静无垢的小世界里，诗人的思念之情被无限放大，感情也更容易深化。“秋阴不散霜飞晚”一句点明如今的气候，也为最后一句中的“枯荷”做铺垫。“留得枯荷听雨声”既是全诗的神来之笔，也是历来称道的名句。《红楼梦》中林黛玉尤其喜爱李商隐的这句诗，只不过原诗被曹雪芹改成了“留得残荷听雨声”。“残荷”意为残存的荷叶，不一定“枯”，强调的是“少”，自有特定的韵味。“留得枯荷听雨声”记录了诗人情感的变化，本来在秋风秋雨的环境里，诗人的相思之情要更加浓烈，氛围也更加萧瑟，但是雨滴落在枯荷上的声音消解了诗人一部分的愁思，并从中得到了美的享受。

留得枯荷听雨声。

代赠二首（其一）

楼上黄昏欲望休，玉梯横绝月中钩。
芭蕉不展丁香结，同向春风各自愁。[1]

（第三季 1 次）

① 芭蕉不展：芭蕉的蕉心没有展开。丁香结：丁香之花蕾，丛生如结。象征固结不解的愁绪。同向春风：芭蕉和丁香一同对着黄昏清冷的春风。这两句是说，芭蕉的蕉心尚未展开，丁香的花蕾丛生如结；同是春风吹拂，而两人异地同心，都在为不得与对方相会而愁苦。

这是一首女子思念远在他方的情人的诗，抒发了女子孤寂失望的相思之情。第一句用“楼上”“黄昏”的意象既点明了时间、地点又渲染了离愁相思的氛围。在这样的环境下，诗中的女子渴望与自己的情人相见，想要到高处远眺，希望日思夜想的情人能够出现，但是理智又阻止了她痴傻的行为，只能欲望还休，就在这种矛盾失望的心情下，一轮弯月倾泻而下，再次渲染了这种相思苦等的氛围。第二句中“玉梯横绝”是说玉梯横断，无由得上，暗指情人被阻，不能来此相会。“芭蕉不展丁香结，同向春风各自愁”是名句，诗人以芭蕉喻情郎，以丁香喻女子，既是思妇眼前实景的真实描绘，同时又是暗指思妇与情人。暗示虽然有情人被迫分隔两地，但两个人都在为不能与对方相聚而愁苦，移情入景，将抽象的情感具体化，意境也很美，韵味无穷。后来李清照有“一种相思，两处闲愁”，意思与此相同。

芭蕉不展丁香结，
同向春风各自愁。

常　娥[①]

云母屏风烛影深，长河渐落晓星沉。[②]
常娥应悔偷灵药，碧海青天夜夜心。[③]

（第一季 1 次，第二季 1 次，第四季 3 次）

① 常娥：即嫦娥，古代神话中的月中仙女。《淮南子·览冥训》："羿请不死之药于西王母，恒娥窃以奔月。"恒又作姮，后避汉文帝刘恒讳，改为"常"，后又写作"嫦"。
② 云母屏风：嵌着云母石的屏风。此言嫦娥在月宫居室中独处，夜晚，唯烛影和屏风相伴。"长河"句：银河逐渐向西倾斜，晓星也将隐没，又一个孤独的夜过去了。
③ 碧海青天：青天如碧色大海。

李商隐的诗常常晦涩难懂，就这首诗来说，表面上看好似是一首咏嫦娥的诗歌，但是也有人认为是一首讽刺诗或是一首自伤境遇的感怀诗，还有人认为这是在咏意中人的私奔、女道士求仙的诗歌，种种论调，不一而足。但有一点可以肯定的是，这不单纯是一首咏嫦娥的诗作，而是借嫦娥别有寄托。第一联紧紧抓住嫦娥的身份，描写了寂寞冷清的月宫里，主人公长夜独坐的孤寂情形。"常娥应悔偷灵药，碧海青天夜夜心"是这一首诗的名句，在众多咏嫦娥的诗作中独树一帜。嫦娥想必也懊悔当初偷吃了不死药，以致年年岁岁，面对碧海青天，寂寥清冷之情难以排遣吧。这是诗人联系自身境遇的揣测之语，有一种同病相怜的感悟在里面。诗人用高超的语言艺术表达了一种伤感的美学效果，容易引发读者的共鸣。"碧海青天"已为成语，今天多用来比喻女子对爱情的坚贞。

常	娥	应	悔	偷	灵	药	，
碧	海	青	天	夜	夜	心	。

马　嵬（其二）

海外徒闻更九州，他生未卜此生休。①
空闻虎旅传宵柝，无复鸡人报晓筹。②
此日六军同驻马，当时七夕笑牵牛。③
如何四纪为天子，不及卢家有莫愁？④

（第二季 1 次）

①“海外”句：战国时齐国的邹衍曾宣扬“大九州”之说，声言除中国的九州外，海外还有九个同样的“九州”。杨贵妃死后，有术士说在海外的仙山找到了她，并带回金钗之类的装饰物给唐玄宗看。徒闻：空闻，指没有根据的传闻。传说唐玄宗和杨贵妃曾誓约“世世为夫妻”。这句是说，不管来生怎样，今生的夫妻缘分已经断了。

②虎旅：指跟随唐玄宗赴蜀的禁卫军。宵柝（tuò）：夜间巡逻时用的梆子。鸡人：皇宫中报时的卫士。汉代制度，宫中不得畜鸡，卫士候于朱雀门外，传鸡唱。晓筹：指拂晓时刻。筹，计时的用具。

③“此日”两句：天宝十五载（756）六月十四日，随唐玄宗西行的军队在马嵬驿哗变，杀死杨国忠，并要求处死杨贵妃。当年李隆基、杨玉环在长生殿盟誓恩爱，朝朝暮暮，还笑话天上的牛郎织女一年只能相会一个夜晚。

④四纪：48 年。古人以木星绕日一周（12 年）为一纪。唐玄宗实际在位 45 年。南朝乐府歌辞《河东之水歌》：“莫愁十三能织绮，十四采桑南陌头，十五嫁为卢家妇，十六生儿字阿侯。”此以平民女子莫愁婚嫁生活的幸福与杨贵妃的悲剧命运对比。

这是李商隐的一首政治讽刺诗，具有很强的批判力度。首联第一句叙述，第二句议论，既点明了事件又表明了自己的立场，让读者从首联中就能明确作者对李、杨两人的态度。颔联、颈联回忆了“他生未卜此生休”的原因：马嵬兵变，无奈之下，唐玄宗赐死了杨贵妃。“空闻”“无复”将今昔不同的处境点染开来，同时，也讽刺了唐玄宗沉迷女色、荒

唐·李昭道《明皇幸蜀图》

废政事的行为。“当时七夕笑牵牛”多么讽刺啊，这时批判的力度渐渐显露出来，为尾联蓄势。“如何四纪为天子，不及卢家有莫愁”是流传不歇的名句，通过前几联的铺垫，这里的诘问显得更加掷地有声。为什么嫁给当了 40 多年皇帝的唐玄宗还不如普通百姓莫愁女呢？讽刺矛头直指唐玄宗。本诗第三联对仗极其巧妙，第二联中“空闻”与首句“徒闻”有重复之病。

如何四纪为天子，
不及卢家有莫愁？

锦　瑟[①]

锦瑟无端五十弦，一弦一柱思华年。[②]
庄生晓梦迷蝴蝶，望帝春心托杜鹃。[③]
沧海月明珠有泪，蓝田日暖玉生烟。[④]
此情可待成追忆，只是当时已惘然。[⑤]

（第一季 4 次，第二季 1 次，第三季 2 次，第四季 4 次）

① 锦瑟：装饰华美的瑟。瑟，拨弦乐器，自先秦以来现实中的瑟一般二十五根弦。李商隐妻王氏生前爱弹锦瑟，李商隐悼亡诗《房中曲》：“归来已不见，锦瑟长于人。”

② 无端：没来由。五十弦：传说神女所鼓之瑟是五十弦，后以“五十弦”代替瑟的名称。作者的意思是说锦瑟实际是二十五弦啊，为何要称“五十弦”呢？柱：瑟上撑弦的三角形可移动小木块，可移动以调节音高，一弦配一柱。华年：青春之年。

③ “庄生”两句：意思是说，庄周早晨做梦陶醉于变成蝴蝶的快乐，但太短暂；望帝在春天通过杜鹃的叫声表达悲伤的心情，但为时已晚。《庄子·齐物论》：“庄周梦为胡蝶，栩栩然胡蝶也；自喻适志与！不知周也。俄然觉，则蘧蘧然周也。不知周之梦为胡蝶与？胡蝶之梦为周与？”春心：指男女之间相思之情。相传蜀帝杜宇，号望帝，让位于有功的大臣，死后其魂化为子规，即杜鹃，暮春啼叫，叫声悲怨，口中带血。《华阳国志·蜀志》：“杜宇称帝，号曰望帝。……其相开明，决玉垒山以除水害，帝遂委以政事，法尧舜禅授之义，遂禅位于开明。帝升西山隐焉。时适二月，子鹃鸟鸣，故蜀人悲子鹃鸟鸣也。”子鹃即杜鹃。

④ “沧海”句：沧海月明之夜，鲛人泣泪成珠，聊作回报。《博物志》：“南海外有鲛人，水居如鱼，不废织绩，其眼能泣珠。……鲛人从水出，寓人家，积日卖绡，将去，从主人索一器，泣而成珠满盘，以与主人。”又传说每当月明之夜，海蚌就向月张开，借月光养珠，晶莹如泪。“蓝田”句：意思是妻子如同紫玉已化成烟，可望而不可即。《搜神记·紫玉》：“玉如烟然。”又传说美玉埋在山中，日光一照，远看会有一股烟气升腾，近观就看不见了。唐戴叔伦曰：

“诗家之景，如蓝田日暖，良玉生烟，可望而不可置于眉睫之前也。”蓝田：山名，在今陕西，以产美玉而著名。这一联两个用典，与李商隐祭岳父王茂元文相同：“植玉求归，已轻于旧日；泣珠报惠，宁尽于兹辰？”（《重祭外舅司徒公文》）

⑤ 可待：岂待。惘然：忧思貌。王氏于开成三年（838）嫁给李商隐，长期患病，于大中五年（851）病逝。李商隐在会昌四年（844）所作的祭岳父王茂元文中说：“昔公爱女，今愚病妻。”（《重祭外舅司徒公文》）

明·张灵《织女图》

这是一首悼亡诗。全诗的意脉是这样的：锦瑟实际是二十五弦啊，为何要称“五十弦”呢？因为二十五弦已经让我的痛苦够多了，叫“五十弦”不是又翻倍吗？锦瑟你一弦一柱的完美配合，让我想起我的青春年华。想当年，我与爱妻佳偶天成、恩爱美满，就好比庄周早晨做梦陶醉于变成蝴蝶“栩栩然”双飞的快乐，但“晓梦”太短暂了；也好比望帝失去帝位后通过杜鹃啼血表达悲伤的心情，但为时已晚，再也唤不回我的爱妻了。沧海月明之夜，我就像鲛人一样泣泪成珠，以回报妻子和岳父，但也不过是沧海遗珠而已。妻子已经如同紫玉一样化成烟，在暖阳下飘逝，可望而不可即。我和妻子恩爱不能长久的情况，岂是等到今天来追忆，就是在当时已经对妻子的病体非常忧虑了。

这首《锦瑟》可以归入李商隐《无题》诗一类中，因其内容晦涩难懂，诗中典故、意象繁多，故历代对这首诗的解释众说纷纭。北宋刘攽说是写给令狐楚家一个叫“锦瑟”的侍女的爱情诗，苏轼说是咏瑟的四种音调的咏物诗。清朝朱鹤龄、朱彝尊、冯浩认为是为去世妻子王氏而作的悼亡诗，还有自伤身世、影射政治、自序诗集等多种说法。其中以“悼亡”和“自伤”说者为多，近年在刘学锴先生的影响下，“自伤”说成为主流。之所以莫衷一是，主要有两个原因：一是诗人借用庄生梦蝶、杜鹃啼血、鲛人泣珠、良玉生烟等典故，进行组合，创造出朦胧的境界，给人以多种理解的可能性。二是历代解诗的文人多不通乐，不太了解乐器，未能懂得“五十弦”和“一弦一柱”的真正含义。当然了，各家的解释大多仍有存在的价值，使得这首诗更有扑朔迷离之美。“此情可待成追忆，只是当时已惘然”现在常常用来表达痴男怨女的情感纠葛。

此情可待成追忆，
只是当时已惘然。

严恽（814？—870），字子重，吴兴（今浙江湖州）人。曾举进士不第。与杜牧友善，皮日休、陆龟蒙爱重其诗，曾专程造访。今存诗仅一首。

落　花

春光冉冉归何处，更向花前把一杯。①
尽日问花花不语，为谁零落为谁开？

① 冉冉：形容柔媚美好。

所谓“琪花瑶草，正以不多为贵”，晚唐诗人严恽今虽仅存诗一首，但这一首已足以让其诗名万世不朽。这首《落花》是咏春之作，诗人以拟人的手法，把春花当作有感情的生物，不仅和春花交谈，还询问它是为谁开放，又为何凋零，饱含诗人对春光、春花的喜爱和珍惜之情。全诗流畅平易，老妪能解，故能脍炙人口。杜牧曾作《和严恽秀才落花》和之，诗云：“共惜流年留不得，且环流水醉流杯。无情红艳年年盛，不恨凋零却恨开。”温庭筠、韦庄、欧阳修、苏轼等名家也竞相模仿后两句。苏轼模仿得最有意思：“太守问花花有语，为君零落为君开。”

尽日问花花不语，
为谁零落为谁开？

李频（815—876），字德新，睦州寿昌（今浙江建德）人。少时师从乡人方干学诗，后奔走千里师从姚合。唐宣宗大中八年（854）进士及第，官至建州（在今福建）刺史。李频性格耿介刚直，擅长律诗，风格清新俊逸。有《梨岳诗集》，存诗200余首。

春日思归

春情不断若连环，一夕思归鬓欲斑。①
壮志未酬三尺剑，故乡空隔万重山。
音书断绝干戈后，亲友相逢梦寐间。②
却羡浮云与飞鸟，因风吹去又吹还。

①连环：一个套着一个的一串环。
②音书：音讯，书信。

唐末的诗歌，普遍带有一种漂泊思乡的感伤情调。李频的诗歌自然也难以跳脱出来，像这首《春日思归》，“鬓欲斑”“壮志未酬”“音书断绝”等字句处处昭示着这种感伤、衰飒的气象。不过李频这首诗在衰飒之中仍有一丝豪情在，尤其是颔联“壮志未酬三尺剑，故乡空隔万重山”，乃一篇之警策，虽不似盛唐诗之雄壮，却仍有一股悲壮之气回荡其中。成语“壮志未酬”即是从此处而来，喻指宏大的愿望没有能够实现。

壮志未酬三尺剑，
故乡空隔万重山。

黄巢（820—884），曹州冤句（今山东菏泽）人。出身盐商家庭，以贩私盐为业。善于骑射，亦有诗才，但屡试不第。唐僖宗乾符元年（874），王仙芝在河南起兵造反，次年六月黄巢在山东起兵响应。乾符五年（878）王仙芝死，黄巢被推为主帅，次年冬攻入长安，即皇帝位，国号“大齐”，建元金统。中和四年（884）六月，黄巢败死狼虎谷。今仅存诗两首。

题菊花

飒飒西风满院栽，蕊寒香冷蝶难来。①
他年我若为青帝，报与桃花一处开。②

（第四季1次）

① 飒飒：形容风吹动树木枝叶等发出的声音。
② 青帝：司春之神。古代传说中的五天帝之一，住在东方。

这是黄巢所作的一首咏物七绝，对菊花在寒冷的秋天才开放的处境抱不平，于是表达了要主宰自然规律、重新安排事物命运的宏伟抱负，也昭示了青年时期的黄巢想要变革现有社会秩序的远大抱负。在艺术上，采用了比兴寄托的手法，兴味盎然。“他年我若为青帝，报与桃花一处开”一联，语虽跋扈，却也不失领袖人物应有的雄壮豪迈。

他年我若为青帝，
报与桃花一处开。

不第后赋菊[1]

待到秋来九月八，我花开后百花杀。[2]
冲天香阵透长安，满城尽带黄金甲。

（第一季1次，第二季1次，第三季1次，第四季1次）

① 不第：科举落第。
② 九月八：九月九日为重阳节，有登高、赏菊、插茱萸等习俗。这里用“九月八”主要出于押韵的角度所做的变通。

黄巢在造反之前，曾到长安参加科举考试，但无功而返。此诗当是其科举落第后所作。科场的失利以及整个社会的黑暗和吏治的腐败，使他对李唐王朝越发不满，借咏菊花来抒发自己的抱负。黄巢在诗中采用比拟手法，将菊花塑造成为一位性格坚韧、气势强盛，且富于斗争精神的强者形象。黄巢造反时，就自号“冲天大将军”。“满城尽带黄金甲”想象大胆新颖，因被一部电影用为片名而广为流传。

满城尽带黄金甲。

陆龟蒙（830？—881），字鲁望，号天随子、江湖散人、甫里先生，吴郡（今江苏省苏州市）人。举进士不第，隐居松江甫里（今江苏省甪直镇），不与流俗交接，与皮日休、罗隐、吴融为友，其中与皮日休唱和很多，世称“皮陆”。今存诗600余首。诗歌之外，小品文亦有重要成就。

别　离

丈夫非无泪，不洒离别间。
杖剑对尊酒，耻为游子颜。[1]
蝮蛇一螫手，壮士疾解腕。[2]
所思在功名，离别何足叹。

① 尊：酒器。
② 蝮蛇：一种剧毒蛇类。螫（shì）：毒虫刺人。

这是一首五律体裁的离别诗。古来的离别诗，一般以抒发离愁别恨为主要内容，以低回缠绵为情感基调。陆龟蒙的这首离别诗却令人耳目一新，写得挺拔刚健、慷慨激昂。“丈夫非无泪，不洒离别间”，开篇即施以洒脱之笔，奠定了全诗的昂扬基调；颔联塑造了一位潇洒壮伟、气宇轩昂的大丈夫形象；颈联又通过“蝮蛇螫手，壮士解腕”的事例揭示大丈夫不畏险阻的牺牲精神；尾联以议论作结，点明大丈夫的志向在于建功立业，昂扬基调始终贯串全篇。

丈夫非无泪，
不洒离别间。

新　沙[1]

渤澥声中涨小堤，官家知后海鸥知。[2]
蓬莱有路教人到，应亦年年税紫芝。[3]

① 新沙：海边新涨成的沙洲。
② 渤澥（xiè）：渤海的别称。
③ 蓬莱：传说中的海上三座仙山之一。紫芝：紫色的灵芝，传说中的仙草。

陆龟蒙生活的唐末咸通、乾符年间，吏治腐败、民不聊生，社会矛盾尖锐，这首讽刺诗就是以这种黑暗的社会现实为背景创作的。诗人通过叙述渤海中新出现的沙洲被官府迅速知悉的事实，揭露了统治者对百姓敲骨吸髓的赋税剥削，已经到了无孔不入的疯狂地步。该诗运用了夸张的艺术手法，并用幽默诙谐的口吻表达出来，具有强烈的讽刺意义。

蓬莱有路教人到，
应亦年年税紫芝。

浮　萍

晚来风约半池明，重叠侵沙绿罽成。[1]
不用临池更相笑，最无根蒂是浮名。

①绿罽（jì）：绿色毛毡。比喻池面上绿色浮萍。

咸通十年（869），陆龟蒙和皮日休在苏州结识，以后两人交情日笃，经常互相唱和，这首诗就是陆龟蒙给皮日休的和诗之一。皮日休先作《木兰后池三咏》，分咏浮萍、白莲、重台莲花三物，陆龟蒙继作《和袭美木兰后池三咏》以和皮作。皮日休的《浮萍》诗云："嫩似金脂飏似烟，多情浑欲拥红莲。明朝拟附南风信，寄与湘妃作翠钿。"皮日休的这首诗典故充塞、遣词华艳，充满雕琢之气；而陆龟蒙之作则显得平易畅达，语言朴淡，末句"最无根蒂是浮名"更在立意上高出皮作。此句今天多用来告诫人们不要太在意虚名。

最无根蒂是浮名。

曹松（831？—902？），字梦徵，舒州（今安徽省潜山县）人。屡试不第，直到光化四年（901）才以71岁高龄及第，因同榜中王希羽、刘象、柯崇、郑希颜等皆年逾古稀，故时称“五老榜”。今存诗140首，主要学贾岛，工于炼字炼句。

己亥岁二首（其一）①

泽国江山入战图，生民何计乐樵苏。②
凭君莫话封侯事，一将功成万骨枯。

（第四季2次）

① 己亥岁：唐僖宗乾符六年（879）。
② 樵苏：砍柴刈草，引申为日常生计。

曹松所处的唐末时期，社会矛盾已经累积到临近总爆发的关口，千疮百孔的唐王朝已经摇摇欲坠。唐代战事多发生在边关或中原地区，江南则相对安宁，诗人在首联采用以点见面的手法，通过江南地区汇入“战图”这一点，即可反映出整个唐王朝在此时已是烽烟四起、兵荒马乱的全面战争的状态。随战乱而来的是生灵涂炭，黎民百姓连打柴、割草这种简单平安的“樵苏之乐”都不再拥有。尾联转向议论，面对民不聊生、无可救药的社会现实，诗人发出沉痛的呼喊：莫要再提什么拜将封侯之事，因为一个将帅的功成名就，不知是由多少战士的无辜牺牲换来的！这一联中的“一”与“万”，“成”与“枯”形成强烈对比，将诗人的沉痛、悲愤的情感烘托到极致。“一将功成万骨枯”已为成语，今天多用来表达一个领袖人物的成功是靠牺牲成千上万人的利益换来的。

一将功成万骨枯。

罗隐（833—909），字昭谏，杭州新城（今杭州市富阳区新登镇）人，唐末著名的文学家、思想家。科举生涯长达 28 年，终未及第。晚年在杭州钱镠幕府终老，屡劝钱镠发兵兴复大唐，其忠义人格非一般诗人可比。罗隐诗文兼擅，以讽刺诗和小品文成就最高。今存诗 500 余首。毛泽东对罗隐诗特别偏爱，在其圈画、批注过的唐诗中，罗隐诗最多。此外，“罗隐秀才”的传说故事达 200 多种，在唐代文人中独一无二。

自 遣

得即高歌失即休，多愁多恨亦悠悠。
今朝有酒今朝醉，明日愁来明日愁。

由于生活在极度黑暗腐败的唐末时代，罗隐一生坎坷，志不得伸，曾十举进士而不第。受这种生存处境和人生遭际的影响，罗隐的诗歌中常常出现许多不平之鸣，或以锐利笔锋揭露现实之丑恶，或以豁达笔调自遣胸中之愤懑。这首诗塑造了一个纵酒高歌的旷士形象，他个性鲜明，心态豁达，不为得失所累，只顾眼前喝酒。实际上暗含作者怀才不遇的悲愤。全诗不用典故，无生僻字，虽言浅而意深。“今朝有酒今朝醉”一句广为传诵，也常用作劝解语，劝喻人们应乐观豁达，而不要过分执着于忧愁。现已为成语，比喻过一天算一天，形容人没有长远打算。

今朝有酒今朝醉

嘲钟陵妓云英[1]

钟陵醉别十余春，重见云英掌上身。[2]

我未成名君未嫁，可能俱是不如人？[3]

（第一季次，第二季1次）

① 诗题一作《偶题》。钟陵：指今江西南昌市。

② 掌上身：此用赵飞燕典故。据《飞燕外传》载，汉成帝皇后赵飞燕体态轻盈，能为掌上舞。此用于赞美云英体态窈窕美妙。

③ 可能：怎能。

罗隐曾于大中十三年（859）初赴举之日，在钟陵宴上结识了当地一个颇有才思的歌妓云英。十二年后再遇云英，见她仍没有出嫁，未脱风尘，而自己也久试不第，感叹各自身世，遂写下这首《嘲钟陵妓云英》。全诗采用欲扬先抑和侧面衬托的手法，以人写己，寓愤慨于诙谐，耐人寻味。成语“云英未嫁”即出自本诗，多用来比喻女子年龄很大尚未出嫁。

我未成名君未嫁，
可能俱是不如人？

牡丹花

似共东风别有因，绛罗高卷不胜春。[①]
若教解语应倾国，任是无情亦动人。[②]
芍药与君为近侍，芙蓉何处避芳尘。
可怜韩令功成后，辜负秾华过此身。[③]

（第二季1次）

① 胜（shēng）：能承受、禁得起。
② 解语：懂得说人话。
③ 韩令：指韩弘，唐宪宗元和年间曾为中书令（即宰相）。韩弘功成名就后，曾下令砍牡丹。

这是一首用七律写作的咏物诗。牡丹贵为花中之王，与生俱来一种倾国之美貌和高贵之气质，即使美艳如芍药也只是牡丹的近侍，芙蓉也为避开牡丹之芳尘而屈身池中。尽管如此，如若牡丹被韩弘这干人等砍去之后，即使再高贵、再美艳，这些“秾华”也只能被辜负，而没有任何存在的意义。作者在此借牡丹花自喻，表明自己满腹才华，却一直无人赏识、志不得伸，同时也讽刺了这世间的不公。“任是无情亦动人”一句常常为后人所引用，如秦观《南乡子》词云：“尽道有些堪恨处，无情，任是无情也动人。”再如《红楼梦》第六十三回宝钗抽得牡丹花签，上题“艳冠群芳”四字，签云“任是无情也动人”。此句是唐人咏牡丹诗中最传神最有韵致的诗句。

任是无情亦动人。

牡丹

艳多烟重欲开难，红蕊当心一抹檀。[①]
公子醉归灯下见，美人朝插镜中看。
当庭始觉春风贵，带雨方知国色寒。
日晚更将何所似？太真无力凭阑干。[②]

（第二季 1 次，第三季 1 次）

① 一抹檀：一抹檀晕，指火红色。
② 太真：即杨贵妃，道号太真。凭：倚靠。阑干：即栏杆。

以七律体来咏物议论，可谓罗隐首创。这首《牡丹》可与前一首《牡丹花》参看，都是借咏牡丹来自况。沈德潜《唐诗别裁》选唐代牡丹诗只选这一首。“带雨方知国色寒”一句写尽了牡丹的娇媚富贵以及人们对它的怜爱和疼惜。清人认为这七个字乃写牡丹的千秋绝唱。

带雨方知国色寒。

水边偶题

野水无情去不回，水边花好为谁开？
只知事逐眼前过，不觉老从头上来。
穷似丘轲休叹息，达如周召亦尘埃。①
思量此理何人会，蒙邑先生最有才。②

① 丘轲：指孔丘、孟轲，即孔子、孟子。周召（shào）：即周成王时共同辅政的周公旦和召公奭的并称。两人皆有美政。
② 蒙邑先生：即庄子，战国时宋国蒙（今安徽蒙城）人。

罗隐借这首诗表达了自己的人生态度。在他看来，生老病死乃人生之常理，即使穷愁困顿如孔子、孟子一般也不应暗自哀叹，即使显达如周公旦和召公奭，最终也将归于尘土。诗人赞赏的是庄子的人生态度，淡泊自守、顺应自然。但实际上，这首诗更深的一层意蕴，仍然是一种对于自身遭际的“不平之鸣”，透露出的是内心的愤懑和无奈。颔联“只知事逐眼前过，不觉老从头上来”是描写人生短暂或人生易老的名句。

只知事逐眼前过，
不觉老从头上来。

蜂

不论平地与山尖，无限风光尽被占。[1]
采得百花成蜜后，为谁辛苦为谁甜？

（第一季 1 次，第三季 3 次）

① 占：此处为韵脚，应押平声韵，故变读为 zhān。

罗隐一生作了大量的咏物诗，基本都用七律或七绝体写成，这首七绝咏蜂诗便是其中广为流传的一首。这首诗赞美了蜜蜂不论艰难险阻，一生辛勤劳作的高贵品性，同时也对那些不劳而获的剥削者予以无情的讽刺。罗隐诗歌中名篇名句甚多，该诗“采得百花成蜜后，为谁辛苦为谁甜”一联通俗易懂、寓意深厚，后世常用来形容努力的成果被别人占有。

采得百花成蜜后，
为谁辛苦为谁甜？

西　施①

家国兴亡自有时，吴人何苦怨西施。②
西施若解倾吴国，越国亡来又是谁？③

（第三季 2 次）

① 西施：越国美女，春秋末期出生于浙江诸暨苎萝村。天生丽质，美貌动人，与王昭君、貂蝉、杨玉环并称为“中国古代四大美女”，其中西施居首。
② 时：时运，时势。
③ 是：因为。

这是一首七绝体的咏史诗。历来咏西施的诗篇甚多，大多从其美貌和历史作用两方面着眼。传统的观点就是认为西施“红颜祸水”，把亡吴的主要原因归之于女色。罗隐不赞同这种观点，在他看来，家国的兴亡成败实际是“时”的结果，将亡吴之责归于西施，实际上是为封建统治者开脱或减轻罪责。罗隐的观点有理有据，富于逻辑性。尾联“西施若解倾吴国，越国亡来又是谁？”通过反问的手法，引起人们对“红颜祸水”这种褊狭观念的反思，启示人们应全面而深刻地认识家国兴亡的历史原因。诗用顶针手法，有民歌风味。

西施若解倾吴国，
越国亡来又是谁？

筹笔驿[①]

抛掷南阳为主忧，北征东讨尽良筹。[②]
时来天地皆同力，运去英雄不自由。
千里山河轻孺子，两朝冠剑恨谯周。[③]
唯余岩下多情水，犹解年年傍驿流。[④]

① 筹笔驿：相传蜀相诸葛亮出兵伐魏，曾驻军筹划于此，在今四川广元县。
② 南阳：诸葛亮曾隐居的隆中（今湖北襄阳），当时属南阳郡。
③ 孺子：指蜀后主刘禅。两朝：指刘备、刘禅两朝。冠剑：指文臣、武将。谯周：蜀臣，曾力劝后主刘禅降魏。
④ 驿：驿站，指筹笔驿。

这是一首七律体的咏史诗。诗人对诸葛亮的政治、军事才能十分欣赏，但他却时运不济、英雄末路，最终未能在有生之年结束分裂、统一全国，罗隐对此感到无奈和惋惜。同时诗人也对懦弱昏庸的蜀国后主刘禅加以贬斥，对力主降魏的奸臣谯周之流投以嘲讽。颔联“时来天地皆同力，运去英雄不自由”是这首诗的点睛之笔，意为事情的成败与时运密切相关。毛泽东一生非常喜爱这两句，曾引用这一联来点评南朝梁武帝萧衍。现在常用来作为人在成功或失败时的感叹语。尤其是“运去英雄不自由”一句，是罗隐一生的写照，写尽了英雄人物生不逢时、无力施展才华的悲哀。“时来”“运去”不是英雄人物所能左右的。

时来天地皆同力，
运去英雄不自由。

夏州胡常侍①

百尺高台勃勃州，大刀长戟汉诸侯。②
征鸿过尽边云阔，战马闲来塞草秋。
国计已推肝胆许，家财不为子孙谋。
仍闻陇蜀由多事，深喜将军未白头。③

（第三季1次）

① 夏州：故址在今陕西靖边东北。东晋时赫连勃勃称夏王，筑统万城，后改为夏州。
② 勃勃州：即夏州，夏王赫连勃勃占据的地方。
③ 陇蜀：陇即甘肃一带，蜀即四川一带。两处都是边关地带，多战事。

地处西北边塞的夏州一带历来是兵家必争、战事多发之地，东晋时赫连勃勃就曾占领此地建立割据政权。罗隐在经过夏州时，见到驻守此地的胡常侍的部队军容整齐、兵强马壮、骁勇善战，认为这乃是边关之幸、国家之福，遂对其大加赞扬和鼓励。其中颈联“国计已推肝胆许，家财不为子孙谋”最为精辟，寄寓其应为民族和国家利益肝脑涂地，而不应利用权位谋求私利。这一联后来也成为历代官员廉洁奉公、勤政爱民的座右铭。

家财不为子孙谋。

章碣（836—905），字鲁封，桐庐（今浙江省杭州市桐庐县）人，诗人章孝标之子。咸通末已有诗名，然累试不第。隐居故乡而终。章碣首创“变体”七律，所谓“变体”，即在律诗八句之中单句、偶句平仄声各自为韵。今存诗 26 首。

焚书坑①

竹帛烟消帝业虚，关河空锁祖龙居。②
坑灰未冷山东乱，刘项元来不读书。③

① 焚书坑：秦始皇焚烧诗书之地，故址在今陕西省临潼县东南的骊山上。
② 竹帛：代指书籍。帝业：皇帝的事业。这里指秦始皇统治天下，巩固统治地位的事业。关河：代指险固的地理形势。关，函谷关。河，黄河。祖龙：代指秦始皇。
③ 山东：崤山之东。刘项：即刘邦和项羽。元来：本来。

章碣所创的“变体”七律虽一时风行，但这种诗除了读来音节响亮之外，内容和艺术上实无甚可取之处，流传下来的名篇也很少。倒是这首七绝咏史诗《焚书坑》令人眼前一亮，作者对秦始皇焚书的荒唐行为予以冷峻而幽默的讽刺，委婉诙谐，怨而不怒，可谓历来咏“秦火”诗的上乘之作。尾联尤妙，以近乎喜剧的表现手法讽刺秦始皇的焚书策略。后来这一联常常被用来比喻那些违反事物发展规律的人，最终必将事与愿违、自食其果。

刘项元来不读书。

韦庄（836—910），字端己，京兆万年（今陕西西安）人。早年屡试不第，乾宁元年（894）年近60才进士及第。中和三年（883）在洛阳作长诗《秦妇吟》，人称“秦妇吟秀才”。天复元年（901）入蜀为王建掌书记，后来王建称帝，以韦庄为相。韦庄诗词兼善，今存诗300余首，词50余首。诗多以伤时、怀古为主题；词多写离情别绪及自身的生活体验。有《浣花集》十卷。

台　城[①]

江雨霏霏江草齐，六朝如梦鸟空啼。[②]
无情最是台城柳，依旧烟笼十里堤。

① 台城：也称苑城，旧址在今南京市鸡鸣山南。原为三国时代吴国的后苑城，东晋成帝时改建。

② 六朝：指吴、东晋、宋、齐、梁、陈六个朝代，皆都于建康（今江苏南京）。

唐僖宗中和三年（883），韦庄客游江南，于金陵凭吊六朝遗迹，感叹历史兴亡，遂写下了这首吊古伤今之作。金陵曾是六朝古都，从东晋至南朝台城一直是皇宫和中央政府所在地，当年曾繁华至极，在唐朝被降格为江宁县（后又改名上元县），加上晚唐王朝已经全面走向衰落，覆亡之势已成，昔日繁华的台城已经荒废不堪。今昔的强烈对比，激起了诗人内心无限的感伤与怅惘。尾联“无情最是台城柳，依旧烟笼十里堤”采用反衬手法，不问兴亡、终古如斯的台城烟柳，与转瞬即逝、繁华成空的六朝时代形成鲜明对比，以柳的“无情”反托出了人的无限伤痛，深寓世事沧桑之感。

无情最是台城柳，
依旧烟笼十里堤。

菩萨蛮

人人尽说江南好，游人只合江南老。[1]春水碧于天，画船听雨眠。

垆边人似月，皓腕凝霜雪。[2]未老莫还乡，还乡须断肠。[3]

（第三季1次）

① 游人：这里指漂泊江南的人，即作者自称。合：应当。

② 垆边人：这里指当垆卖酒的女子。皓腕：洁白的手腕。凝霜雪：像霜雪凝聚那样洁白。

③ 须：必定。断肠：形容非常伤心。

词中的“江南”，是江浙一带水乡，韦庄避黄巢之乱，从家乡长安逃到江南，投靠镇海节度使周宝达六七年时间，此词即写于此间。张惠言《词选》和俞陛云《唐五代两宋词选释》都说“江南”指西蜀，大误。这首词描写了江南水乡的风景美和人物美，通过江南水乡的令人依恋，反衬故乡的离乱残破和令人伤痛。

全词情真意切，具有较强的艺术感染力。在谋篇布局上，开首两句与结拍两句抒情，中间四句写景、写人，纯用白描写法，如芙蓉出水，自然秀丽；起结四句虽直抒胸臆，却又婉转含蓄，饶有韵致。

人人尽说江南好，

游人只合江南老。

聂夷中（837—907？），字坦之，河南中都（今河南洛阳）人。出身寒微，咸通十二年（871）进士及第，授华阴尉。擅长五言古诗，多描写民生疾苦，揭露统治者的荒淫奢侈，语言朴实。今存诗 30 余首。

伤田家[1]

二月卖新丝，五月粜新谷。[2]
医得眼前疮，剜却心头肉。[3]
我愿君王心，化作光明烛。
不照绮罗筵，只照逃亡屋。[4]

① 题目一作《咏田家》。
② 粜（tiào）：出卖谷物。
③ 剜（wān）却：用刀挖掉。
④ 绮罗筵：即绮筵，华美丰盛的筵席。逃亡屋：指贫苦农民无法生活，逃亡在外留下的空屋。

唐朝末年，吏治腐败，社会黑暗，统治者加紧了对黎民百姓的盘剥压榨。聂夷中的这首诗高度概括了唐末社会的黑暗现实，愤怒地控诉了统治阶级形形色色的高利贷给农民所带来的深重苦难，表达了诗人对弱势的底层人民的深切同情。颔联“医得眼前疮，剜却心头肉”言简意赅，运用比喻手法，形象地揭示出高利贷吮血噬骨的残酷剥削本质。后来“挖肉补疮”逐渐演变为一个成语，比喻只顾眼前，用有害的方法来救急。

医得眼前疮，
剜却心头肉。

秦韬玉（生卒年不详），湖南人。屡试不第，因巴结宦官，被归入“芳林十哲”之一。黄巢军攻入长安时（880），随唐僖宗逃到成都，因而在中和二年（882）被赐进士及第。今存诗 36 首，多为七律，取材狭窄，诗风清丽，气格较弱。

贫　女

蓬门未识绮罗香，拟托良媒益自伤。①
谁爱风流高格调？共怜时世俭梳妆。②
敢将十指夸偏巧，不把双眉斗画长。
苦恨年年压金线，为他人作嫁衣裳！③

（第二季 1 次）

① 蓬门：茅屋的门，指贫女之家。绮罗香：指富贵人家妇女的服饰。
② 风流高格调：指格调高雅的妆扮。怜：爱。时世俭梳妆：当时妇女的一种妆扮。称“时世妆”，又称“俭妆”。
③ 苦恨：非常懊恼。压：刺绣的动作。裳：读 cháng。

秦韬玉诗歌虽取材狭窄，气格较弱，大多数作品并不出彩，但这首《贫女》却堪与第一流的诗歌相媲美。在这首诗中，诗人通过独白揭示贫女内心深处的抑郁和苦闷，着意刻画贫女持重清高的品行，对其遭际表示深切的同情。作者也可能是以贫女自况，抒发怀才不遇的不平之情。末句“为他人作嫁衣裳”一句广为流传，后来浓缩为“为人作嫁”的成语，用来比喻空为别人忙碌辛苦。《红楼梦》中的《好了歌》曾化用此句：“甚荒唐，到头来都是为他人作嫁衣裳！”

为他人作嫁衣裳！

韩偓（842—923），字致光，小名冬郎，自号玉山樵人，京兆万年（今陕西西安）人。少有诗才，姨父李商隐称赞其“雏凤清于老凤声”。唐昭宗龙纪元年（889）进士及第，官至翰林学士承旨。唐亡隐居福建南安。中年自编《香奁集》，多写男女闺情，风格绮艳，后世称“香奁体”。今存诗 300 余首。

哭　花

曾愁香结破颜迟，今见妖红委地时。①
若是有情争不哭，夜来风雨葬西施。②

① 香结：花苞。委地：散落于地。
② 争（zhēng）：怎，怎么。

这是一首咏物七绝。诗人感于花之美艳不能长久，流露出其细腻、惆怅的惜花之情。但伤心人自有怀抱，不仅借哭花表达世间美好事物转瞬即逝的无奈和惋惜，也隐隐透露出时世、韶华的凋丧。末二句以西施喻花，描写美艳的花朵被夜来风雨打落于地，这种情形怎能不令人痛惜？一般诗词都是以花喻美人，而这里以美人喻花，颇为新颖。后两句曾为北宋著名词人周邦彦的《六丑·落花》化用，词云：“为问花何在，夜来风雨，葬楚宫倾国。”

若是有情争不哭，
夜来风雨葬西施。

张泌（bì）（842？—914？），字子澄，唐末至五代初期人，诗词兼擅。今存词 28 首，诗 20 首。《浣溪沙》（晚逐香车入凤城）被鲁迅翻译改编为《唐朝的钉梢》，收入《二心集》。

寄　人

别梦依依到谢家，小廊回合曲阑斜。①
多情只有春庭月，犹为离人照落花！

① 谢家：泛指闺中女子。晋代谢奕之女谢道韫、唐代李德裕之妾谢秋娘等皆有盛名，故后人多以“谢家”代指闺中女子。阑：栏杆。

这首七绝小诗曾入选《唐诗三百首》，历来知名度较高。该诗描写的是诗人与情人别后的情景和心绪，表达出深切的相思之苦。首句写梦中重聚，依依不舍；次句写当年景象，物是人非；三句写明月有情而伊人无意；四句写落花有恨，却慰藉无人。三、四两句乃是“情痴”之语，情景交融，含蓄深婉，写出了离别后诗人的思忆之深切，以及思而不见的无奈和惆怅，极易引发有相同境遇之人的共鸣。

多情只有春庭月，
犹为离人照落花！

鱼玄机（844？—868），初名幼微，字蕙兰，长安（今陕西西安）人。初为补阙李亿妾，因正室不容而至长安咸宜观出家为女道士。后因私刑打死婢女绿翘，被京兆尹温璋处死。鱼玄机生性聪慧，与温庭筠为忘年交，与李冶、薛涛并称唐代三大女诗人。今存诗 50 余首。

赠邻女[①]

羞日遮罗袖，愁春懒起妆。
易求无价宝，难得有心郎。
枕上潜垂泪，花间暗断肠。
自能窥宋玉，何必恨王昌[②]。

（第二季 2 次，第三季 2 次）

① 题目一作《寄李亿员外》。

② 宋玉：战国楚辞赋家，曾作《九辩》《高唐赋》等。王昌：冯浩《玉溪生诗笺注》引《襄阳耆旧传》："王昌，字公伯，为东平相、散骑常侍，早卒。"又引钱希言《桐薪》："意其人，身为贵戚，则姿仪俊美，为世所共赏可知。"唐人常常以其代指情郎或夫婿。此处指李亿。

这是一首爱情诗。作于唐懿宗咸通四年（863）冬，是鱼玄机在长安咸宜观当道士时所写。诗人觉得有心郎超过无价宝，抒发了女子对爱情的渴望与追求。但有心郎难得，女子追求爱情的道路充满艰辛。她以自身的不幸遭际，道出了封建时代处于弱势地位的妇女的悲惨、苦闷的心声。颔联"易求无价宝，难得有心郎"精警，通过强烈的对比显示出真爱的难得。这两句曾被《神雕侠侣》等影视作品引用，流传很广。

易求无价宝，
难得有心郎。

王驾（851—？），字大用，自号守素先生，河中（今山西永济）人。唐昭宗大顺元年（890）进士及第，官至礼部员外郎，后弃官归隐。与郑谷、司空图为诗友，诗风亦相近。今存诗七首。其妻陈玉兰亦能诗，曾作《寄夫》诗云：“夫在边关妾在吴，西风吹妾妾忧夫。一行书信千行泪，寒到君边衣到无？”

雨　晴

雨前初见花间蕊，雨后兼无叶底花。[①]
蛱蝶飞来过墙去，却疑春色在邻家。

① 兼：一作“全”。意为全、尽。

王驾存诗虽仅七首，这首七绝《雨晴》在历代却广为传诵。该诗选取简单平常的景物，用平易自然的语言，描绘出了一幅春雨过后花园的别样景致，表达了作者的惜春之情。首联从象征春天的“花”来切入，通过雨前和雨后花的景象的对比，艺术性地概括出这场“春雨”的过程。尾联则选取了动物“蛱蝶”，转换至动态的视角。通过这样的艺术安排，多层次多角度地展现出了雨晴后的花园景象。北宋王安石曾将这首诗改动三五字，题目换成《晴景》，收入自己的文集中。“却疑春色在邻家”一句，今多用来表达对同行成就的羡慕。

却疑春色在邻家。

李山甫（生卒年不详），咸通中累举不第，光启年间，曾依魏博节度使乐彦祯幕府为判官，后又事魏博节度使罗弘信、罗绍威父子。诗歌以七律为工，多咏物诗作。今存诗 70 多首。

寒食二首（其一）①

柳带东风一向斜，春阴澹澹蔽人家。②
有时三点两点雨，到处十枝五枝花。
万井楼台疑绣画，九原珠翠似烟霞。③
年年今日谁相问，独卧长安泣岁华。

① 寒食：寒食节，在冬至后一百零五日、清明节前两日，有禁烟火、吃冷食等习俗。
② 澹澹：水波微微荡漾的样子。
③ 万井：千家万户。九原：九州。

李山甫的这组七律描绘的是寒食节的春景，这一首主要写“雨景”，另一首则主要写“晴景”。这个时节众人皆出门踏春，而诗人却孤身一人，落寞、苦闷之情显见。这首诗写得自然流利，尤其是颔联，以轻活之笔写眼前之景，全在不着力处见工，可谓妙笔天成，为描写春景的佳句。虽是拗救句法，却不觉其拗。全诗用了七个数字，很有特色。

有时三点两点雨，
到处十枝五枝花。

杜荀鹤（846—904），字彦之，自号九华山人，池州石埭（今安徽省石台县）人。出身寒微，自称“江湖苦吟士，天地最穷人”。早年读书九华山，屡试不第。唐昭宗大顺二年（891）进士及第，官至翰林学士、主客员外郎。诗歌多描写民生疾苦，语言浅俗，严羽称之为“杜荀鹤体”。

题弟侄书堂

何事居穷道不穷，乱时还与静时同。①
家山虽在干戈地，弟侄常修礼乐风。②
窗竹影摇书案上，野泉声入砚池中。
少年辛苦终身事，莫向光阴惰寸功。

（第三季1次）

① 居穷道不穷：处于穷困之境仍要注重修养。
② 干戈：指战事。

这首七律是杜荀鹤为侄子的书堂所题写的，意在告诫弟侄要在少年时期辛勤求学，为一生的事业扎下根基，切莫有丝毫懒惰，不要浪费了大好光阴。前两联赞扬弟侄虽未入仕却能于世道纷乱之时谨守礼道，勤奋修业的精神风貌。颈联从写人转向写书堂之景，出句从视觉角度描绘，对句则从听觉角度烘托。尾联以议论收束，劝勉弟侄要勤勉向学，莫要荒废光阴。这一联在后世常用作劝人向学、珍惜光阴的警句名言。

少年辛苦终身事，
莫向光阴惰寸功。

小 松

自小刺头深草里，而今渐觉出蓬蒿。①

时人不识凌云木，直待凌云始道高。

（第三季 1 次，第四季 1 次）

① 刺头：埋头。蓬蒿（hāo）：一种草本植物。

这是一首七绝咏物诗。作者以松喻人，托物以讽，就像时人在松树幼年时不知它将来会长成凌云木一样，世俗之人也难有及早发现人才的慧眼。最后两句尤其富于哲理，意指有才能之人起初往往无人赏识，直到他功成名就之时才会受到关注和赞扬。这也是作者的自况。

时	人	不	识	凌	云	木	，
直	待	凌	云	始	道	高	。

崔涂（848—？），字礼山，睦州桐庐（今属浙江）人。常年漂泊各地，为科举奔忙。唐僖宗中和元年（881）逗留湖湘，二年入蜀觅举。光启四年（888）进士及第。其诗多以漂泊生活为题材，情调苍凉。今存诗100首。

春夕旅怀

水流花谢两无情，送尽东风过楚城。①
蝴蝶梦中家万里，杜鹃枝上月三更。②
故园书动经年绝，华发春唯满镜生。③
自是不归归便得，五湖烟景有谁争。④

① 楚城：楚地的城市。此指今武汉市。
② 蝴蝶梦：指快乐美好的梦。庄周曾梦见自己是一只翩翩飞舞的蝴蝶。杜鹃：一本作“子规”，鸟的一种，传说为蜀帝杜宇魂魄所化，常夜里在杜鹃花枝上鸣，声悲切，好像说“不如归去”。
③ 动：动辄。华发：花白的头发。
④ 自是：只是。五湖：太湖一带。这里指作者家乡。

这首七律羁旅诗是中和四年（884）崔涂漂泊蜀地，游渠州冲相寺（寺在今四川省广安市肖溪镇）时题在壁上的。首联切入主题，描写暮春景象，感叹春光易逝。颔联是脍炙人口的名句，对仗工整，韵律和谐，将“春夕”之景与自我的羁旅之情巧妙地融合在一起，在结构上起承上启下的作用。颈联承颔联的羁旅之情而来，直诉诗人的思乡之苦。尾联借用范蠡典故，既表达了回归乡里隐居的殷切渴求，也暗含了自身仕途坎坷、志不得伸的苦闷情怀。

蝴蝶梦中家万里，
杜鹃枝上月三更。

郑谷（851—910），字守愚，袁州（今江西宜春）人。唐僖宗光启三年（887）进士及第，授都官郎中，人称“郑都官”。又因《鹧鸪》诗得名“郑鹧鸪”。与许棠、张乔等唱和，号“咸通十哲”。唐亡后，隐于故乡。今存诗300余首，多写景咏物之作，风格清新通俗。

淮上与友人别

扬子江头杨柳春，杨花愁杀渡江人。①
数声风笛离亭晚，君向潇湘我向秦。②

① 扬子江：在江苏镇江、扬州一带的长江，古称扬子江。
② 潇湘：今湖南一带。秦：指长安，今陕西西安市。

由于郑谷的诗歌浅近易读，在北宋时流传甚广，几乎家诵户习，并用以教童蒙。这首七绝即是一例，语言浅切，音节响亮，流利跳脱，且富含思致。该诗通过杨柳、离亭、风笛等一系列物象，对离情反复渲染，烘托出诗人与好友深笃的友谊。明人杨慎曾列这首诗为“神品”。“君向潇湘我向秦”一句，今多用来表达离别之情或分道扬镳。

君向潇湘我向秦。

王贞白（858—920），字有道，号灵溪，信州永丰（今江西省上饶市）人。早年曾在江西庐山白鹿洞读书，唐昭宗乾宁二年（895）进士及第，官秘书省校书郎，后即弃官归隐。与罗隐、方干、贯休等人唱和，诗风平淡。今存诗70余首。

白鹿洞[①]

读书不觉已春深，一寸光阴一寸金。
不是道人来引笑，周情孔思正追寻。[②]

（第三季5次，第四季2次）

① 白鹿洞：即白鹿洞书院，位于九江庐山五老峰下，是中国古代最早建立的书院之一。王贞白早年曾于此地读书求学。
② 周情孔思（sì）：即周公礼法、孔子儒学。此处泛指学问。

这首七绝是王贞白的代表作，原题有两首，这是第一首。此诗平淡流易，言浅意深，历来为人传诵。尤其是第二句“一寸光阴一寸金”更是耳熟能详，已为常用成语，比喻时间十分宝贵。但这要归功于明代编写的童蒙书籍《增广贤文》，其中有一句“一寸光阴一寸金，寸金难买寸光阴”，用来劝勉人们要惜时如金、潜心求知。

一寸光阴一寸金。

牛希济（872—？），狄道（今甘肃临洮）人，牛峤之侄。前蜀时，官至御史中丞。蜀亡，任后唐雍州（今陕西西安一带）节度副使。牛希济是花间派重要词人之一。

生查子[1]

春山烟欲收，天淡星稀小。[2]残月脸边明，别泪临清晓。

语已多，情未了。回首犹重道：记得绿罗裙，处处怜芳草。[3]

① 生查子：唐教坊曲名，又名《相和柳》《陌上郎》。

② 烟欲收：山间雾气渐渐收敛。星稀小：星稀少。

③ 犹重道：还反复说。

这是一首写恋人别离场景的词。上阕写天刚亮这一暗淡氛围之下一对恋人依依相别的场景，下阕前两句写两人说不完的话，道不完的情，“重道”更是突出两人之间的情深谊厚，难舍难分。最后两句写得尤为深刻，运用比喻、借代等多种修辞手法。芳草无处不在，因她的绿罗裙颜色如芳草，所以看到芳草就想起她，由芳草联想到情人，因爱情人而怜芳草，这是一种多么真切诚挚的爱恋！

记得绿罗裙，

处处怜芳草。

顾夐（xiòng）（生卒年不详），五代前蜀时官至茂州（今属四川）刺史，后蜀时官至太尉。为花间派词人，词多写艳情，今存词55首。

诉衷情[①]

永夜抛人何处去？[②]绝来音。香阁掩，眉敛，月将沉。
争忍不相寻？[③]怨孤衾。换我心，为你心，始知相忆深。

① 诉衷情：唐教坊曲名。因毛文锡词句有“桃花流水漾纵横”，又名《桃花水》；因顾夐本词，又名《怨孤衾》。
② 永夜：长夜，整夜。
③ 争忍：怎么忍心。不相寻：不追寻。

这首词描写女子相思苦楚难以诉说，用白描的手法来表现女子的内心独白。开头两句先用“永夜”一词铺垫久盼时间之长，进而用“抛”字、“绝”字与“永夜”一词相映衬，加深了男子的薄情寡义和女子盼君归来的不安心情。接下来三句以虚写实，用“掩”“敛”“沉”字渲染女子内心悲伤怨恨的情绪。下阕用“争忍”反问，怨中有爱，“怨孤衾”更是痴绝之情溢于言表，无数种盼而不得的忧伤都倾注在这“怨”字上。最后三句用最通俗的语言，口语化的表述，诉说女子的一片痴情，深情动人，实在难能可贵。

换我心，为你心，
始知相忆深。

冯延巳（903—960），字正中，广陵（今江苏扬州）人。南唐中主时官至宰相。今存词 100 多首，是唐五代存词最多的词人，词风清丽，多写男女离情别绪和士大夫的感伤落寞情怀，王国维说他“开北宋一代风气”，对北宋晏殊、欧阳修的词颇有影响。有《阳春集》。

谒金门[①]

风乍起，吹皱一池春水。[②]闲引鸳鸯香径里，手挼红杏蕊。[③]

斗鸭阑干独倚，碧玉搔头斜坠。[④]终日望君君不至，举头闻鹊喜。

① 谒金门：唐教坊曲名，又名《空相忆》。

② 乍：忽然。

③ 引：逗引。挼（ruó）：搓，揉。

④ 斗鸭阑干：圈养斗鸭的栅栏。碧玉搔头：用碧玉做的簪子。

这首词写的是春日里一位贵族女子思念心上人的百无聊赖的景况。前两句是千古传诵的名句，“皱”字的运用一鸣惊人，一语双关，忽然而来的春风吹皱了池水，也吹动了女子的心。第三、四句和第五、六句写女子在花径里逗鸳鸯消遣和倚栏杆旁看鸭子嬉水解闷，“闲”和“独”突出女子的无聊苦闷，“斜坠”一词则形象地将女子心不在焉的情状描摹出来。最后两句女子的愁绪在喜鹊的报喜中闭幕，给人无限想象的空间。“吹皱一池春水”已用为成语，多比喻事不关己而好管闲事。

风乍起，吹皱一池春水。

李璟（916—961），字伯玉，本名景通，徐州（今属江苏）人。南唐升元七年（943）即皇帝位，后被迫削去帝号，改称国主，世称南唐中主。好读书，多才艺，今存词四首，感情真挚，风格凄怨。

摊破浣溪沙[①]

手卷真珠上玉钩，依前春恨锁重楼。[②]风里落花谁是主？思悠悠。

青鸟不传云外信，丁香空结雨中愁。[③]回首绿波三楚暮，接天流。[④]

①摊破浣溪沙：将《浣溪沙》词上下阕末尾各加三字，称《摊破浣溪沙》，亦称《山花子》。

② 真珠：真珠帘的省称，用珍珠串成的帘子。依前：依旧。

③ 青鸟：信使，这里指带信的人。丁香空结：这里指愁思郁结。

④ 三楚：指南楚、东楚、西楚。因战国时楚地疆域广阔，故分为三楚。

这首词写女子伤春怀远之情，感情细腻委婉，富有情致。上阕第一、二句通过女子手卷珠帘眺望的特写镜头，切入女子内心，身处深闺无可奈何的春恨倾泻而出。第三、四句用设问的笔法道出春恨之缘由。下阕继续描写女子眼中所见之景，借青鸟、丁香意象抒发思人不归的苦闷心情，情景融为一体。末两句以回望三峡的不尽江流结尾，意境开阔，更使这股愁思滔滔不绝。“丁香空结雨中愁”一句，化用李商隐“芭蕉不展丁香结，同向春风各自愁”，后对戴望舒《雨巷》产生影响。

青鸟不传云外信，
丁香空结雨中愁。

李煜（937—978），字重光，初名从嘉，号钟隐、莲峰居士，徐州（今属江苏）人。李璟第六子，世称南唐李后主，在位15年，宋太祖开宝八年（975），国亡被俘，封违命侯。宋太宗太平兴国三年（978）被毒死。多才多艺，词最有名。在南唐时多写宫廷享乐生活，风格柔糜，亡国之后多写家国之痛，题材扩大，感情真挚。留下了许多不朽的篇章，被称为“千古词帝”。

忆江南

多少恨，昨夜梦魂中。还似旧时游上苑，车如流水马如龙。[①] 花月正春风。

（第三季1次）

① 上苑：古代皇帝的园林。车如流水马如龙：指车马络绎不绝，这里描绘梦境中游乐的盛况。

这首词写梦中重温旧时游上苑的欢乐和梦醒之后的悲恨之情，抒发亡国之痛。首句开门见山地写出内心的满腔怨恨，第二句写出怨恨之来源，却未具体写出怨恨之所在。第三、四、五句连贯地表现出当年出游之时的盛大场面，良辰美景与此刻阶下囚的现状形成鲜明对比，词到此处戛然而止，巨大的心理落差牵动着内心亡国之痛，耐人寻味。“车如流水，马如游龙”原是《后汉书》中的比喻，初唐诗人苏颋把它浓缩成诗句“车如流水马如龙”，李煜这里的借用恰到好处，遂为流行的成语，形容车马络绎不绝、繁华热闹的景象。

车如流水马如龙。

相见欢[1]

林花谢了春红，太匆匆。[2]无奈朝来寒雨晚来风。

胭脂泪，相留醉，几时重？自是人生长恨水长东。

（第一季1次）

① 相见欢：唐教坊曲名，又名《乌夜啼》《秋夜月》《上西楼》。

② 春红：春天的花朵。

这首词用春残花谢的自然景象抒发亡国之痛。上阕第一、二句既写了对春花匆匆衰败景象的惋惜，也暗喻了南唐的灭亡。第三句既写了林花遭受朝雨晚风的摧残而凋谢的惨败景象，也包含了自己无可奈何的哀叹。下阕"胭脂泪"是从杜甫的"林花著雨胭脂湿"点化而来，将雨打红花比喻成"胭脂泪"，赋予花以人的情思。最后一句语意深刻，人生的恨事常有，就像这东流的江水。这是将个人的愁恨升华为人类共同的愁恨，具有高度的概括性，故容易引起共鸣。

自是人生长恨水长东。

相见欢

无言独上西楼，月如钩。寂寞梧桐深院锁清秋。①

剪不断，理还乱，是离愁。别是一般滋味在心头。②

（第一季 1 次，第三季 1 次）

① 深院锁清秋：深院被凄清的秋色所笼罩。

② 别是一般：另有一种之意。

这首词写词人秋夜独自登上西楼，看到秋色笼罩下的庭院，凄凉寂寞的离愁不自觉地涌上心头。上阕写眼前所见之景的凄凉，无言的愁态，独上西楼的落寞，残月的凄清，深院的幽冷。“锁”字锁的不仅是深院里的秋色，还暗示了自身此刻阶下囚的悲惨现状，反映出主人公内心的伤心孤寂。下阕是脍炙人口的名句，作者直抒胸臆，表达自己千丝万缕的离愁。主人公的离愁无法理清，就像纷繁复杂的“丝”一般缠绕在心头，无法摆脱，个中滋味难以诉说，真切而自然。“剪不断，理还乱”已为成语，比喻心情愁闷难解。成语“别有滋味”也出自本篇，原意是亡国之痛的滋味别人无法体会。今用来指文学艺术的情调、意蕴另有一种动人的美感和趣味。

剪	不	断	，	理	还	乱	，
是	离	愁	。	别	是	一	般
滋	味	在	心	头	。		

清平乐[①]

别来春半，触目柔肠断。[②]砌下落梅如雪乱，拂了一身还满。[③]

雁来音信无凭，路遥归梦难成。离恨恰如春草，更行更远还生。[④]

①清平乐：唐教坊曲名，又名《清平乐令》《醉东风》《忆萝月》。

②春半：春季已过半。

③砌（qì）：台阶。落梅：指白梅花，开花较迟，所以春半时候纷纷掉落。

④恰如：却如。

这是一首写离情别恨的词。乾德四年（966），李后主七弟从善入宋久不得归，他思念迫切，作有此作。上阕写主人公触景生情，开头两句奠定了全词哀婉的感情基调，第三、四句交代触目的内容，如雪花般落不尽拂不尽的白梅花，也如愁思般绵延不尽，画面感极其强烈。下阕写主人公睹物伤情，从雁归却无音信的失望转到离人的角度，写归来的遥遥无期，表达对离人的深深怀念之情。最后两句意为心中所怀的离恨，就像越走越远，却依旧生长茂盛的春草那般绵绵无尽，突出离恨之多，离恨之长，离恨之久，离恨之深。这几句化用了杜牧诗句“恨如春草多”，将“多”字替换成“更行更远还生”，感情更强烈。

离恨恰如春草，
更行更远还生。

浪淘沙①

帘外雨潺潺，春意阑珊。②罗衾不耐五更寒。③梦里不知身是客，一晌贪欢。④

独自莫凭阑！⑤无限江山，别时容易见时难。⑥流水落花春去也，天上人间！

（第一季 1 次，第二季 1 次，第三季 1 次，第四季 2 次）

① 浪淘沙：唐教坊曲名，又名《浪淘沙令》《卖花声》等。唐人多用七言绝句入曲，南唐李煜始演为长短句。
② 潺潺：形容雨声。阑珊：衰残。
③ 罗衾（qīn）：用丝绸做的被子。
④ 一晌（shǎng）：霎时，片刻。一作“一饷”。
⑤ 凭阑：凭栏，倚栏远望。
⑥ 江山：原属南唐的大好河山。

这首词写主人公梦醒之后的惜春伤别之意，抒发对故国生活的眷恋之情。上阕先写梦醒之后所见景色，寄寓了主人公的无限伤感，再写贪恋梦中霎时的欢乐，通过对比衬托主人公心境的凄凉悲惨。下阕写不要独自倚栏眺望，无限江山会引发无限伤感，江山易主后与故国相见已经是不可能的事了。“别时容易见时难”这一哲理性名句，是化用曹丕《燕歌行》中“别日何易会日难”。最后两句发出心灵深处的感慨，流水落花春去的景象让主人公心生悲伤，也与春意阑珊相照应，再用天上与人间作对照，美好一去不复返的哀叹不言而喻。成语“春意阑珊”“流水落花”“天上人间”皆出自本篇，可见李煜词的语言创造性非同寻常。

流水落花春去也，
天上人间！

虞美人[①]

春花秋月何时了，往事知多少？小楼昨夜又东风，故国不堪回首月明中。

雕栏玉砌应犹在，只是朱颜改。[②]问君能有几多愁？恰似一江春水向东流。[③]

（第一季 1 次，第二季 1 次，第四季 1 次）

① 虞美人：唐教坊曲名，又名《一江春水》《玉壶冰》《巫山十二峰》等。

② 雕栏玉砌：指南唐雕花栏杆、白玉石台阶等豪华的建筑物。朱颜：红润的脸色。

③ 几多：多少。

这首词是李煜的绝命词，抒发对故国怀念的痛楚之情。上阕通过今昔对比，描摹出人生无常的情境。春花秋月的美景激起主人公亡国之痛的悲恨之情。下阕通过对故国的回忆，物是人非的怅恨之感跃然纸上。最后两句是以水喻愁的名句，以问答方式结尾，蓄积的满腔忧愤喷薄而出，以长江水的无穷无尽表达出无穷无尽的愁恨，深沉而真挚。成语“春花秋月”“雕栏玉砌”皆出自本篇，前者比喻人间最美好的时光和景色，后者形容富丽的建筑物。

问君能有几多愁？恰似一江春水向东流。

翁宏（生卒年不详），字大举，桂岭（今广西壮族自治区贺州市桂岭镇）人。约 915 年前后在世，不仕。入宋，寓居韶贺间。与王元、廖融等交游唱和。《宫词》（一作《春残》）等诗最为当时所称。所作诗今存三首。

春 残

又是春残也，如何出翠帏？①
落花人独立，微雨燕双飞。
寓目魂将断，经年梦亦非。②
那堪向愁夕，萧飒暮蟾辉。③

（第二季 1 次）

① 春残：春将尽。翠帏：绿色的帷帐，这里应指女子的闺房。
② 寓目：观看，过目。经年：经过一年或若干年。梦亦非：梦境也不同了。
③ 萧飒：萧条冷落。蟾辉：月光。

中国文学自古就有伤春与悲秋的传统，而伤春主题多与女性叹青春流逝有关，翁宏的这首《春残》诗正是此种类型。首联以问起句，写春末百花凋残，女子无意出门，怕面对此残败景象。春残暗喻女子青春渐逝。“落花人独立，微雨燕双飞”，花季将过，女子独立在满地落英前，看到几只双飞的燕子在细雨中穿梭，而自己苦苦等待的人却没有出现，心中油然而生寂寞与凄凉。此联融情入景，写得工丽自然，成为千古名句。北宋词人晏几道在其《临江仙》词中借用了翁宏这两句诗，使其名声大振，清人谭献赞为“千古不能有二”之名句。颈联写女子触景伤情，春去春来，自己的美好年华就在等待中渐渐消失，此时的梦境无形中增添了几许忧愁与落寞。结尾借景写情，最难以承受的是黄昏时分，又将进入一个孤独的夜晚了，暮色中月光已来临，令人倍感萧索凄清。整首诗写女子春末怀人，反复抒写她触景伤怀，忧思落寞之感，伤春实际是自伤。

元·盛昌年《柳燕图》

落花人独立，
微雨燕双飞。

佚名

画

远看山有色，近听水无声。①

春去花犹在，人来鸟不惊。②

（第四季 1 次）

① 色：颜色。

② 犹：一作“还”。惊：害怕，惊动。

这首诗一度被认为是唐代大诗人王维的作品，但王维传世文集实无此诗。北宋太宗皇帝曾书写此诗，但不能确定是他所作。这是一首咏山水画的诗。全诗读起来似乎处处都违背自然规律，其实正是诗人暗中设谜，写出了画的特点。“春去花犹在，人来鸟不惊”，此句精彩之处在于写出了美的恒久性，自然中的花生命周期短暂，花开花谢，最易引起人对生命流逝的感怀，而此处的花却不受此规律约束。鸟是自然中的精灵，与人往往会保持一定的距离，“月出惊山鸟”，说明鸟对突然出现的月光都有警惕，何况是人的靠近，而此鸟可任人走近来欣赏，很是神奇。

春去花犹在，

人来鸟不惊。

【宋辽金】

林逋（968—1028），字君复，杭州钱塘（今浙江杭州）人。长期隐居杭州西湖孤山，以种梅养鹤自娱，有“梅妻鹤子”之称。宋仁宗赐谥号“和靖先生”，故后世称林和靖。

山园小梅（其一）

众芳摇落独暄妍，占尽风情向小园。①
疏影横斜水清浅，暗香浮动月黄昏。②
霜禽欲下先偷眼，粉蝶如知合断魂。③
幸有微吟可相狎，不须檀板共金尊。④

（第二季 1 次，第四季 1 次）

① 众芳摇落：百花凋谢。暄妍：原指天气暖和，景色明媚，此喻梅花开得艳丽。

② 暗香：梅花的幽香。

③ 霜禽：指冬天不畏霜寒的鸟。合：应当。

④ 微吟：小声吟咏。狎：亲近。檀板：乐器名，用檀木做的拍板，歌唱时用以弹击节奏，这里指代歌舞。金尊：酒杯的美称，这里指宴饮。

如果说唐人爱咏牡丹的话，那么宋人最爱咏的应该是梅花了。林逋的《山园小梅》正是众多咏梅诗中引人注目的妙品。首联写梅花的生长季节和环境，一个“独”字突出梅花不与众芳相争，与众不同的风采，与诗人孤芳自赏的品性相通。颔联从姿态和香味两个方面写梅的神韵气质。颈联写霜禽与粉蝶对梅的亲近与钟情，衬托梅花的无限魅力。尾联写诗人对梅花吟诗陶醉的情状和感受。诗中名句“疏影横斜水清浅，暗香浮动月黄昏”把梅花的神态与周围环境相融相衬，以水之清，月之明，来凸显梅花的高雅芳洁。“疏影”“暗香”尽显梅花的神韵气质，成为后世写梅的经典词语。

明·戴进《蜀葵蛱蝶图》(局部)

疏影横斜水清浅，
暗香浮动月黄昏。

柳永（987？—1053），原名三变，字耆卿，排行第七，又称柳七，福建崇安（今福建省武夷山市）人。宋仁宗景祐元年（1034）进士及第。热衷于功名，但仕途不顺，常出入歌楼舞榭，创作大量慢词，有《乐章集》传世。柳永是北宋婉约派的代表词人，其词多描绘城市风光和歌妓生活，对宋词的发展有重大影响。

望海潮

东南形胜，三吴都会，钱塘自古繁华。① 烟柳画桥，风帘翠幕，参差十万人家。② 云树绕堤沙，怒涛卷霜雪，天堑无涯。③ 市列珠玑，户盈罗绮，竞豪奢。

重湖叠巘清嘉，有三秋桂子，十里荷花。④ 羌管弄晴，菱歌泛夜，嬉嬉钓叟莲娃。千骑拥高牙，乘醉听箫鼓，吟赏烟霞。⑤ 异日图将好景，归去凤池夸。⑥

（第一季 1 次，第三季 4 次，第四季 1 次）

① 形胜：形势重要、交通便利的地方。三吴：指吴国。钱塘（今浙江杭州）位置在钱塘江北岸，旧属吴国，后一分为三，所以称三吴。

② 烟柳画桥：雾气笼罩着的柳树和装饰华美的桥。风帘翠幕：挡风的帘子和翠色的帷幕。

③ 天堑：天然的险阻。这里借指钱塘江。

④ 重湖：西湖以白堤为界，分为外湖、内湖。叠巘（yǎn）：重叠的山峦。清嘉：清秀，美丽。三秋：秋天。秋有三个月，故称三秋。桂子：桂花。

⑤ 高牙：军前大旗，以象牙为饰。这里借指高级官吏，即老朋友孙何。烟霞：指山水风景。

⑥ 图：描绘，画。凤池：凤凰池，此指朝廷。

这首词是柳永献呈钱塘地方长官孙何之作，从多个角度描绘了钱塘繁华富庶的景象。上阕开头写出了杭州地理位置的重要性和悠久历史及都市的繁盛。接下来便从烟柳、画桥、风帘、翠幕、住宅这些事物着眼，写出杭州的旖旎风光。第七、八、九句写钱塘江的地势险要和江潮的壮观景象，再铺展出杭州的繁华富庶。下阕歌咏了西湖的美好风貌和杭州人民和平宁静的生活景象。传说金主完颜亮读过“有三秋桂子，十里荷花”句，羡慕钱塘繁华，遂有“投鞭渡江之志”。最后一句是对孙何的美好祝愿，意为当他归京之日，将杭州的美景画下来，献于朝廷。

明·周臣《春山游骑图》

有三秋桂子，
十里荷花。

雨霖铃

寒蝉凄切，对长亭晚，骤雨初歇。[①]都门帐饮无绪，留恋处，兰舟催发。[②]执手相看泪眼，竟无语凝噎。[③]念去去千里烟波，暮霭沉沉楚天阔。[④]

多情自古伤离别，更那堪冷落清秋节。今宵酒醒何处？杨柳岸、晓风残月。此去经年，应是良辰好景虚设。便纵有千种风情，更与何人说？[⑤]

（第一季1次，第三季1次，第四季2次）

①寒蝉：蝉的一种，又名寒蜩、寒蜇，比一般蝉为小，青红色。长亭：古时驿站上十里一长亭，五里一短亭，为行人休息或送别之处。

②都门帐饮：在京郊设置帐幕摆宴送别。无绪：没有情绪。兰舟：木兰舟，相传鲁班曾刻木兰为舟，后用作船的美称。

③凝噎：喉咙气塞声阻，因悲伤过度而说不出话来。

④暮霭：黄昏时的云气。楚天：泛指南方的天空。

⑤风情：爱情。更：待。

这首词写的是与恋人惜别难舍难分的场景。上阕以写景开头，蝉鸣的凄切之声增添了一种悲凉气氛，临别饯行的无精打采，依依惜别被兰舟的催发声打破，告别时的无语情态把二人之间的深情细腻地勾勒出来，广阔无垠的烟波渲染了词人的不舍和迷茫情思。下阕用“多情自古伤离别”起笔，叹息古往今来离别的伤感，又与“清秋”结合起来，增加伤感的程度。接着作者想象今宵酒醒后的状况，羁旅之愁涌上心头，良辰美景无人倾诉，惆怅不已。“杨柳岸、晓风残月”也是写离情的名句。“晓风残月”从唐人韩琮的诗中借来，经这首词的传播，遂为成语，常形容冷落凄清的意境。

多情自古伤离别

蝶恋花

伫倚危楼风细细，望极春愁，黯黯生天际。① 草色烟光残照里。无言谁会凭栏意。②

拟把疏狂图一醉。③ 对酒当歌，强乐还无味。④ 衣带渐宽终不悔，为伊消得人憔悴。⑤

（第一季 1 次，第二季 2 次，第三季 1 次）

① 危楼：高楼。黯黯：迷蒙不明，兼有心神黯淡的意思。借用韦应物“春愁黯黯独成眠”。

② 会：理解。

③ 拟把：打算。疏狂：粗疏狂放，不合时宜。

④ 强（qiǎng）乐：勉强作乐。

⑤ 消得：值得。

这首词写游子春日登楼引发春愁，抒发了对意中人的思念之情。词的开头从主人公登楼所见写起，“危”与“细”相对照，整个画面清新而柔和，为反衬出下文连绵不尽的黯黯春愁做了铺垫。接下来写了春愁，残照里迷蒙的春草，寄托了词人羁旅行役的孤独寂寞。主人公想通过喝酒一醉解千愁，但是“举杯消愁愁更愁”。最后两句真相大白，词人道出了春愁来源，是对意中人的相思。词人对爱情的忠贞不渝以及刻骨相思之情令人感动，极具感染力。这两句备受称赞，王国维《人间词话》将其作为“成大事业”的第二境界。

衣	带	渐	宽	终	不	悔	，
为	伊	消	得	人	憔	悴	。

鹤冲天

黄金榜上，偶失龙头望。①明代暂遗贤，如何向？②未遂风云便，争不恣狂荡。③何须论得丧。才子词人，自是白衣卿相。④

烟花巷陌，依约丹青屏障。⑤幸有意中人，堪寻访。且恁偎红倚翠，风流事，平生畅。⑥青春都一饷。⑦忍把浮名，换了浅斟低唱！

① 黄金榜：指录取进士的金字题名榜。龙头：旧时称状元为龙头。

② 明代：圣明的时代。遗贤：指被官场所抛弃。如何向：向何处。

③ 风云便：指好的际遇。恣：放纵，随心所欲。

④ 白衣卿相：指自己身为才华出众的才子，虽是白衣之士，却享有卿相的资望。

⑤ 烟花巷陌：指妓院聚集之地。丹青屏障：红色和青色的屏风。

⑥ 恁（nèn）：如此。偎红倚翠：亲近女色，这里指狎妓。

⑦ 一饷（xiǎng）：吃一餐饭的时间，形容时间短。

这首词写的是词人对功名利禄的蔑视，表现词人的落拓不羁。上阕先是写词人科举落第，理想落空，狂放的词人感觉自己是才子，不同于一般人。“才子词人，自是白衣卿相”两句是警策之句，是对才子身份的美称，反映柳永内心的矛盾。“白衣卿相”原是唐代科场流行语，经柳永词的传播，现在已用作成语。下阕写尽情寻欢作乐，最后三句作者拈出“浮名”和“浅斟低唱”做对照，青春短暂，把酒放歌，摆脱烦恼，反映他内心深处有愤激之情。“浅斟低唱”“偎红倚翠”原是南唐李后主的话，现在也用为成语，前者形容悠然自得、遣兴消闲的情景，后者比喻亲昵女性或狎妓。

才子词人，自
是白衣卿相。

范仲淹（989—1052），字希文，苏州吴县（今江苏省苏州市）人。北宋杰出的思想家、政治家、文学家。官至参知政事（副宰相），曾主持“庆历新政”。他提出的“先天下之忧而忧，后天下之乐而乐”对后世产生了深远的影响。兼擅诗词文，有《范文正公文集》传世。

江上渔者①

江上往来人，但爱鲈鱼美。②
君看一叶舟，出没风波里。

（第四季 3 次）

① 江上：江岸上。指范仲淹家乡松江岸边。渔者：捕鱼的人。
② 但：只是。

这首诗是写“松江鲈鱼”的名篇，语言朴实，形象生动，但对比强烈，耐人寻味。岸上行人只知鲈鱼味美，却不理解捕鱼人穿梭于风浪间的艰辛。一闲一忙中，表达出诗人对渔人疾苦的同情，暗含对“但爱鲈鱼美”的岸上人的规劝，唤起人们对民生疾苦的关注，对辛勤劳动成果的珍惜。表现手法上，该诗无华丽词藻，以平常的语言，平常的人事，表达不平常的思想情感，产生不平常的艺术效果。

江上往来人，
但爱鲈鱼美。

苏幕遮

碧云天，黄叶地，秋色连波，波上寒烟翠。[1]山映斜阳天接水，芳草无情，更在斜阳外。

黯乡魂，追旅思，夜夜除非，好梦留人睡。[2]明月楼高休独倚，**酒入愁肠，化作相思泪。**

（第三季 1 次）

①波上寒烟翠：江波之上笼罩着一层翠色的寒烟。烟本呈白色，因其上连碧天，下接绿波，远望和碧天同色。

②黯乡魂：指思乡之苦令人黯然销魂。黯，沮丧愁苦。追：纠缠不休。旅思：羁旅的愁思。

这是一首写离情的词，抒写词人的羁旅乡思之情。上阕用语华丽，从辽阔的秋景写起，将“秋水共长天一色”的美景渲染开来，境界悠远，画面极具诗意美，夕阳和芳草触发了词人的思乡情绪，借景抒情，韵味深长。下阕直抒胸臆，漂泊他乡的孤独之感久久不能停息，思念家中的妻子，借酒排遣，反倒思念更浓烈。“酒入愁肠，化作相思泪”深情动人，是写相思的名句。

酒入愁肠，化
作相思泪。

渔家傲·秋思

塞下秋来风景异，衡阳雁去无留意。[①] 四面边声连角起。[②] 千嶂里，长烟落日孤城闭。[③]

浊酒一杯家万里，燕然未勒归无计。[④] 羌管悠悠霜满地。人不寐，将军白发征夫泪。[⑤]

（第一季 1 次，第二季 1 次，第四季 2 次）

① 塞（sài）下：西北边疆。衡阳雁去：相传雁至衡阳不再南飞。

② 边声：指边境上羌管、胡笳、画角等音乐声音。角：古代军中的一种乐器。

③ 千嶂里：在层层山峰的怀抱里。

④ 燕然未勒：指边患未平、功业未成。用东汉窦宪勒石燕然的典故。勒，刻。

⑤ 将军：作者自指。

这首词是作者镇守西北边疆时所作，反映了边疆的艰苦生活和作者守边御敌的英雄气概。上阕开头通过描述边塞与南方风景的不同之处，用“雁去衡阳”这一传说阐述了边塞秋日的萧瑟荒凉，紧接着作者用雄浑的笔墨展现了边疆战地的壮观风光，暗含对边疆形势的担忧。下阕写虽然非常思念家乡，但为国守卫边疆必须坚持到底。“浊酒一杯家万里”表达了作者无限的乡关之思，“一杯”与“万里”数字之间形成了鲜明的对比，语句雄浑有力。

浊酒一杯家万里

张先（990—1078），字子野，乌程（今浙江省湖州市吴兴区）人。宋仁宗天圣八年（1030）进士及第，官至都官郎中。北宋高寿词人，与柳永齐名，有“云破月来花弄影”“帘押卷花影”“堕轻絮无影”，因而得名“张三影”。

千秋岁

数声鶗鴂，又报芳菲歇。① 惜春更把残红折。雨轻风色暴，梅子青时节。永丰柳，无人尽日花飞雪。②

莫把幺弦拨，怨极弦能说。③ 天不老，情难绝。心似双丝网，中有千千结。④ 夜过也，东窗未白凝残月。

① 鶗鴂（tí jué）：杜鹃。芳菲歇：花草凋零。

② 永丰柳：唐时洛阳永丰坊西南角园中有垂柳，后泛指园中垂柳。花飞雪：柳絮如飞雪飘落。

③ 幺弦：琵琶的第四弦，借指琵琶。

④ 丝：谐音“思”。千千：形容数量多。

这首词以伤春来表达爱情受到阻挠的感伤。上阕开头先是由暮春群芳凋零景色发端，伤春之意油然而生。雨轻风狂，从百花遭到摧残暗示爱情遭到破坏，柳絮如飞雪飘落，惜春之情悲凉凄怆。下阕直抒胸臆，满腔幽怨倾囊而出，直言爱情的忠贞不渝，天不可能老，情不可能绝，两心好比双丝网交织，无数丝结难舍难分。最后两句以景语作结，意味深长。全词押入声韵，用韵脚的短促阻塞来烘托爱情的阻塞。“心似双丝网，中有千千结”两句被琼瑶浓缩成“心有千千结”，流传很广。

心似双丝网，
中有千千结。

天仙子

时为嘉禾小倅，以病眠，不赴府会。①

水调数声持酒听，午醉醒来愁未醒。②送春春去几时回？临晚镜，伤流景，往事后期空记省。③

沙上并禽池上暝，云破月来花弄影。④重重帘幕密遮灯，风不定，人初静，明日落红应满径。

① 嘉禾：嘉兴府的别称。小倅（cuì）：副官的谦称。张先时任嘉禾判官。
② 水调：曲调名，相传隋炀帝所制。
③ 流景：流逝的年华。后期：日后的约会。记省（xǐng）：清楚记得。
④ 并禽：指鸳鸯。暝：闭眼。云破月来：月亮破云而出。花弄影：花在月光下摆弄身影。

这首词表达的是时间流逝、韶华不再的感伤。开头写饮酒听歌本是一件赏心悦耳的事，诗人却借酒消愁。春色凋零，一个“送”字寄予了主人公的依依不舍，满怀惜春之意。似水流年，晚景凄凉的现状增加了对年华逝去的感慨，一个“空”字尖锐而深刻地点出悲凉空虚之感。下阕从沙岸鸳鸯写起，夜色降临，月亮破云而出，一个“弄”字成为点睛之笔，花在月下风中摇晃的身影，更加动人。最后四句描写夜深风动人静，想到明天“落花”更是生悲。王国维《人间词话》评论说：“‘红杏枝头春意闹’，着一‘闹’字而境界全出；‘云破月来花弄影’着一‘弄’字而境界全出矣。”

云破月来花弄影。

晏殊（991—1055），字同叔，抚州临川（今江西省抚州市）人。北宋著名文学家、政治家。才学甚高，诗学西昆，雅好填词，与欧阳修并称“晏欧”。谥号“元献”，世称晏元献。一生仕途坦顺，官至宰相，有“富贵宰相”之称。爱提拔后进，范仲淹、欧阳修等皆出其门。今存《珠玉词》130余首，主要表现“富贵气象”和闲愁别绪，含蓄深婉。

无　题

油壁香车不再逢，峡云无迹任西东。①
梨花院落溶溶月，柳絮池塘淡淡风。
几日寂寥伤酒后，一番萧瑟禁烟中。②
鱼书欲寄何由达，水远山长处处同。③

①油壁香车：古代贵族女子所乘之车。峡云：巫山神女故事。峡，巫峡。
②禁烟：指寒食节。
③鱼书：书信。

此诗题目一作《寓意》。大凡无题诗都有深情绵邈、旨趣难求的特点。晏殊此诗把所思女子比作巫山神女，婉转传达怀人之情，流露出内心对相思女子别后的感伤与落寞。诗创作于盛春时节，以春景为抒情背景，为其思人而不可得的淡淡忧伤起到很好的衬托效果。“梨花院落”和“柳絮池塘”都是当初与那位女子相会之地，而今只有“溶溶月”和“淡淡风”。这两句后多用来表达富贵气象或美好场景。

柳絮池塘淡淡风。

蝶恋花

槛菊愁烟兰泣露，罗幕轻寒，燕子双飞去。[①]明月不谙离恨苦，斜光到晓穿朱户。[②]

昨夜西风凋碧树，独上高楼，望尽天涯路。[③]欲寄彩笺兼尺素，山长水阔知何处。[④]

（第一季 2 次）

① 槛（jiàn）：花池的围栏。罗幕：丝罗做的帷幕。
② 谙：熟悉，了解。朱户：犹言朱门，指大户人家。
③ 凋碧树：使树木绿叶凋落。
④ 彩笺：彩色笺纸，指诗笺。尺素：书信的代称。

这是一首闺思词。上阕开头把菊、兰意象用“愁”“泣”两字概括，借物传情，哀伤不言而明。原本普通的物象在此刻女主人公的眼中，燕子、明月似乎都蒙上了一层别样的色彩，无休止的埋怨涌上心头不能停息。下阕写女主人公在饱受相思之苦后，第二天登楼望远，惆怅之情继续散发开来，想寄书信以止思念之情，却因山长海阔的无着落而放弃。“昨夜西风凋碧树，独上高楼，望尽天涯路”这几句意义深厚，把女主人公望眼欲穿的神态描摹了出来，百感交集，王国维曾借此比喻“古今之成大事业，大学问者”必须经过的三种境界的第一种。

昨夜西风凋碧树，独上高楼，望尽天涯路。

浣溪沙

一曲新词酒一杯，去年天气旧亭台，夕阳西下几时回？[①]
无可奈何花落去，似曾相识燕归来。小园香径独徘徊。[②]

（第二季 1 次，第三季 3 次，第四季 1 次）

① 新词：刚填好的词，指新歌。
② 香径：铺满落花的小路。

这首词通过今非昔比的描写，吐露了内心对时光流逝的慨叹之情。上阕用一曲新词、一杯酒起笔，铺垫对过去情景念念不忘、依依不舍的感情基调。下阕顺其自然抒发出心中的伤感之情，最后一句心怀重温旧梦之念，却只剩孤身一人的感伤。“无可奈何花落去，似曾相识燕归来”这两句对仗工巧，以落花和归燕表达惆怅之情，浑然天成。“无可奈何花落去”已为七字成语，多用来比喻某种力量或势力无可挽回地没落。“似曾相识”也是成语，形容见过的事物再度出现。

无可奈何花落去，
似曾相识燕归来。

玉楼春·春恨

绿杨芳草长亭路，年少抛人容易去。[①]楼头残梦五更钟，花底离愁三月雨。[②]

无情不似多情苦，一寸还成千万缕。[③]天涯地角有穷时，只有相思无尽处。

（第一季 2 次，第四季 1 次）

① 绿杨：指垂柳。抛：离去，舍去。
② 五更钟、三月雨：指怀人之时。
③ 一寸：指心。

这首词写男女离别之后的相思之情。上阕先以绿杨、芳草、长亭这些蕴含送别之义的词语写起，发出离别的幽怨之情。紧接着思念之情侵袭而来，孤独酸楚之感跃然于心间。下阕用无情和多情做比较，将无尽的情思渲染开来，形象深切。末句更是把深情的相思用天涯地角这个广阔的情境铺展开来，整首词格调高远，情感动人。“无情不似多情苦，一寸还成千万缕”成为写相思之情的警句。

无情不似多情苦，
一寸还成千万缕。

张俞（995—1059），字少愚，号白云先生，益州郫县（在今成都市西北）人。屡试不第，隐居青城山白云溪，与苏洵为友。著有《白云集》，已佚。

蚕　妇①

昨日入城市，归来泪满巾。②
遍身罗绮者，不是养蚕人。③

① 蚕妇：养蚕的妇女。
② 巾：手巾或者其他用来擦抹的小块布。
③ 遍身：全身上下。罗绮：丝织品的统称。这里指丝绸做的衣服。

张俞的这首《蚕妇》诗以晓畅洗练之语而流传众口，描写了一位整日辛苦劳作，不经常进城，一直在贫穷的乡下以养蚕卖丝为生的普通妇女的经历和感受。诗以讲故事的方式展开：妇人昨天进城里去卖丝，回到家却是禁不住痛哭流泪。因为她看到，城里身穿丝绸服装的人，都是有权有势的富人，而像她一样的劳动人民，即使养一辈子蚕，也无缘享受“罗绮”的华贵。这是多么不公平的现实，有力地揭露了统治者不劳而获、坐享富贵，百姓终日劳苦、衣食难保的阶级对立，充分表现出诗人对当时社会的不满和对劳动人民的深切同情。

遍身罗绮者，
不是养蚕人。

宋祁（998—1061），字子京，安陆（今湖北安陆）人，移居开封雍丘（今河南省杞县）。宋仁宗天圣二年（1024）进士及第，官至工部尚书，与欧阳修合编《新唐书》，与兄宋庠并称“二宋”。

玉楼春·春景

东城渐觉风光好，縠皱波纹迎客棹。① 绿杨烟外晓寒轻，红杏枝头春意闹。②

浮生长恨欢娱少，肯爱千金轻一笑？③ 为君持酒劝斜阳，且向花间留晚照。

① 縠（hú）皱：一种织出皱纹的丝织品。这里比喻波纹。棹：船桨，代指船。

② 绿杨：垂柳。

③ 浮生：对人生的一种消极称谓。

这是一首游春词，表达珍惜春天的感情。上阕先写春光明媚，游人之欢快的场景。绿柳如烟，轻寒袭来，红杏开满枝头，招来无数蜂蝶闹腾，春意之美妙正在于此。“红杏枝头春意闹”一句名扬词坛，将春意之浓表现得淋漓尽致，宋祁也因这句被世人称作“红杏尚书”。下阕感叹春光短暂，不肯吝惜金钱而轻视欢乐的生活，人生苦短，要及时追寻欢乐，珍惜美好时光，不枉度一生。王国维在《人间词话》中说：“‘红杏枝头春意闹’，着一‘闹’字而境界全出。”

红杏枝头春意闹。

欧阳修（1007—1072），字永叔，号醉翁，晚号六一居士。庐陵（今江西省吉安市）人。北宋政治家、文学家、史学家。自幼丧父，家境贫苦，发奋苦读，宋仁宗天圣八年（1030）进士及第。官至参知政事，谥号“文忠”，世称欧阳文忠公。喜提携后辈，王安石、曾巩、“三苏”等都曾受到他的提携。诗、词、文皆为宋代大家。

生查子

去年元夜时，花市灯如昼。[①] 月上柳梢头，人约黄昏后。
今年元夜时，月与灯依旧。不见去年人，泪湿春衫袖。

（第一季 1 次，第三季 2 次）

① 元夜：正月十五元宵节。花市：卖花的集市。

这首词写的是元宵夜物是人非的景象引发了词人的悲伤之感。上阕以美好的回忆起头，描绘了去年元宵夜花市的热闹非凡。第三、四句月下约会的甜情蜜意，画面感十分唯美，“月”“柳”“黄昏”这些意象充满着诗情画意，用“柳”表达“留”之义，为下文的“不见去年人”做了铺垫，伤心之情不言而喻。下阕写了今年元宵夜物是人非的境况，依旧热闹的场景，情人的消失触发了内心的悲伤。全词情感真切，构思巧妙，耐人深思。成语“人约黄昏”即出自本篇，今多用来比喻情人约会。

月上柳梢头，
人约黄昏后。

画眉鸟

百啭千声随意移，山花红紫树高低。①
始知锁向金笼听，不及林间自在啼。②

① 百啭（zhuàn）千声：形容画眉叫声婉转，富于变化。啭：鸟婉转地啼叫。随意：随着自己（鸟）的心意。树高低：树林中的高处或低处。
② 始知：现在才知道。金笼：贵重的鸟笼。不及：远远比不上。

这首诗借咏画眉以抒发作者向往自由的性灵。起句先写大自然中的画眉，婉转千回，在万紫千红的树丛间自由飞舞，奏出动听的歌声。诗人由此联想到被人关在笼子里的画眉，虽然画眉不为食愁，但是它失去了自由，天性受到束缚，它的鸣唱声明显不如林间的画眉好听。欧阳修对鸟鸣有特别的好感，尤其是“林间自在啼”的声音，那是天籁，是自然赋予的精华。诗中以“锁向金笼”与之对比，更见出诗人挣脱羁绊、向往自由的情怀。诗人本在朝为官，后因党争牵连，贬为地方官员，此两句大概有所寄托。在党争激烈的政治旋涡中，诗人向往做一只自由翱翔的画眉，唱出流亮的歌声，对高官厚禄的金笼毫不留恋。这首诗情景结合，寓意深远，反映了作者对自由生活的追求和向往。

始知锁向金笼听，
不及林间自在啼。

蝶恋花

庭院深深深几许，杨柳堆烟，帘幕无重数。[①] 玉勒雕鞍游冶处，楼高不见章台路。[②]

雨横风狂三月暮，门掩黄昏，无计留春住。[③] 泪眼问花花不语，乱红飞过秋千去。[④]

① 堆烟：形容杨柳浓密。

② 玉勒：玉制的马衔。雕鞍：精雕的马鞍。游冶处：指歌楼妓馆。章台路：汉代长安有章台，其下有章台街，后多为妓女居住之处。

③ 横（hèng）：凶暴。

④ 乱红：落花。

这首词写闺怨。词的上阕着重写景，是对女主人公住处的描写，为下文作了极好铺垫。词下阕着重写情，但并不是直接地描写她肝肠寸断，而是透过景物环境和人物神态的细节来衬托。先写了暮春时糟糕的天气，也象征自身的不幸遭遇和难以平复的心情；“无计留春住”象征少女的青春年华留不住，往日的恩爱缠绵也留不住。最后两句千古名句化用晚唐诗人严恽的“尽日问花花不语，为谁零落为谁开”而来，青出于蓝而胜于蓝，写花与人同样凄恻的命运，悲伤至极的女子无人可问，只有问花。词人还在画面上勾勒出“秋千”这一能勾起她新婚美好回忆的物象，形成强烈的今昔对比，更是震撼心灵。整首词含蓄深婉、耐人寻味，语言自然浑成，蕴藏着真挚的感情。

泪	眼	问	花	花	不	语	，
乱	红	飞	过	秋	千	去	。

踏莎行[①]

候馆梅残，溪桥柳细，草薰风暖摇征辔。[②]离愁渐远渐无穷，迢迢不断如春水。[③]

寸寸柔肠，盈盈粉泪，楼高莫近危栏倚。[④]平芜尽处是春山，行人更在春山外。[⑤]

（第二季1次）

① 莎：读 suō。
② 候馆：旅舍。薰：香草，引申为香气。征辔（pèi）：驾驭马的嚼子和缰绳。辔，缰绳。
③ 迢迢：绵长。
④ 危栏：高处的栏杆。
⑤ 平芜：平原上的草地。

这首词写的是离愁。上阕开头写了初春景象，生动再现游子在春日清香的环绕中驾马前行的画面，旅途上所见之景触发自己的离愁，一发不可收。下阕写游子换位思考，想象闺中人思念他的情状，闺中人泪水盈盈，肝肠寸断，未见到心上人，登上高楼看到荒芜尽头，也仅见到春山，而行人在春山之外，在视线之外的地方，这就把想见而不得见的缠绵委婉离情巧妙地传达了出来。“平芜尽处是春山，行人更在春山外”两句语言平淡，而感情动人。

平芜尽处是春山，
行人更在春山外。

玉楼春

尊前拟把归期说，未语春容先惨咽。①人生自是有情痴，此恨不关风与月。

离歌且莫翻新阕，一曲能教肠寸结。②直须看尽洛城花，始共春风容易别。

（第一季 1 次，第三季 1 次）

① 尊前：饯行的酒席前。春容：青春的容貌，这里指女子。

② 翻新阕：用旧曲填新词。结：郁结。

这首词写的是饯别的不舍之情。上阕开头写饯别酒席上还未说归期就已见女子伤心的愁容。第三、四句是全词最富哲理的句子，将饯别之伤感上升到人生高度，离别的怨恨无关乎外在，而是人与生俱有的感情。下阕写离别的歌曲一首就足够惹人难过，使人笼罩在分别的哀愁之中，词人话锋一转，表达了自己对人生的感慨，只有直到看尽洛阳城的牡丹，才容易舍得与春风告别，豪放而沉着。整首词给人意犹未尽的感觉，用饯别之情揭示出深刻的人生哲理。

人生自是有情痴，
此恨不关风与月。

玉楼春

别后不知君远近，触目凄凉多少闷！渐行渐远渐无书，水阔鱼沉何处问？[①]

夜深风竹敲秋韵，万叶千声皆是恨。[②]故攲单枕梦中寻，梦又不成灯又烬。[③]

① 鱼沉：鱼雁传书传说，此指没有音信。
② 风竹敲秋韵：风吹竹林发出和谐的秋声。韵：和谐的声音。
③ 攲（qī）：通“倚”，斜靠着。烬（jìn）：指结灯花。

这是一首思妇闺中怀人之作。上阕写分别后对游子的牵挂，情景交融，眼前景增添了凄凉之感，思妇的心中充满担忧而对游子的无音信又无能为力。下阕具体写内心的幽怨，秋夜本身足够凄凉，风吹竹林萧瑟之声更是阵阵袭来，凄厉的秋声引发思妇的离愁别恨。结尾两句写出心中的期冀也被灯灭所泯灭，黑暗、绝望、悲痛之情流露开来。“夜深风竹敲秋韵，万叶千声皆是恨”是写痴情悲情的名句，震撼人心。

夜深风竹敲秋韵，
万叶千声皆是恨。

采桑子

群芳过后西湖好，狼藉残红，飞絮濛濛，垂柳阑干尽日风。①
笙歌散尽游人去，始觉春空。②垂下帘栊，双燕归来细雨中。③

① 残红：落花。阑干：栏杆。
② 歌：笙管伴奏的歌唱。春空：春意消失。
③ 帘栊（lóng）：窗帘。

这首词歌颂颍州（今安徽省阜阳市）西湖残春的美景。上阕词人先是点出“群芳过后”这一暮春时令，接着“西湖好”一“好”字简洁鲜明地衬托出西湖的美，落花满地，柳絮飘零，摇摆在春风里的垂柳，似无意而实有意地妆扮着西湖暮春妙景。下阕通过曲终人散，游人归去，抒发对春意蓦然消失的恋恋不舍，而在失望之际冒雨归来的双燕又带给词人一丝雀跃。整首词境界清幽，语言清丽。“双燕归来细雨中”写和谐美好的春景，韵味十足。

双燕归来细雨中。

浪淘沙

把酒祝东风，且共从容，垂杨紫陌洛城东。① 总是当时携手处，游遍芳丛。

聚散苦匆匆，此恨无穷。今年花胜去年红。可惜明年花更好，知与谁同？

（第三季 2 次）

① 从容：留恋。紫陌：指郊野的道路。

这首词写的是与友人聚散无常的感慨。上阕先是追忆当年与友人郊野相聚的欢乐，两人的情深谊厚在游芳草赏美景中蔓延开来。下阕先发出哲理性的感叹，千古离愁别绪总是充满遗憾和无可奈何。后面三句通过景色的迷人来反衬与友人不能相聚的惆怅，叹息对未来的一片迷茫之苦。“聚散苦匆匆，此恨无穷”写尽了古今亲人朋友之间的无奈。

聚散苦匆匆，
此恨无穷。

邵雍（1101—1077），字尧夫，北宋著名理学家、道士、诗人。长期隐居洛阳，躬耕自食。死后被赐谥号“康节”。有《伊川击壤集》传世。

山村咏怀

一去二三里，烟村四五家。
亭台六七座，八九十枝花。

这是一首有趣的数字诗，一说是元人徐再思所作。总共二十个字，就嵌入了“一二三四五六七八九十”十个数字，却又能巧妙自然地勾勒出一幅乡村宜人的图画，流传很广，现在小孩子开始学习数字，还经常背这首数字诗来科普。其实晚清民国时就被选为私塾的“描红贴”，晚清王闿运说：“‘一去二三里，烟村四五家。’小时写影本不觉其佳，今乃为斯言之有味也。”说到数字诗，最早恐怕要数唐朝王建的《古谣》：“一东一西垄头水，一聚一散天边霞。一来一去道上客，一颠一倒池中麻。”明清时期文人大多爱玩这种数字诗游戏，如清代王士禛《题秋江独钓图》：“一蓑一笠一扁舟，一丈丝纶一寸钩。一曲高歌一樽酒，一人独钓一江秋。”

一去二三里，
烟村四五家。

王安石（1021—1086），字介甫，号半山，临川（今江西省抚州市）人，北宋著名思想家、政治家、文学家。发起北宋熙宁变法，对当时社会产生很大影响。王安石在诗歌上自成一体，号为“半山体”，又称“王荆公体”。

梅　花

墙角数枝梅，凌寒独自开。①
遥知不是雪，为有暗香来。②

（第一季 1 次，第二季 2 次，第四季 1 次）

① 凌寒：冒着严寒。
② 遥：远远地。为（wèi）：因为。暗香：指梅花的幽香。

中国古诗对所咏花草树木往往采用托物喻人的手法，王安石的《梅花》诗似乎也不例外。“墙角数枝梅”写梅花所处之地十分简陋平常，但这数枝梅却不违时节，迎寒开放。这一情景给人以丰富的想象，人何尝不应如此？即便所处环境多么恶劣，也要不违本心，坚持自己的主张和理想。“遥知不是雪，为有暗香来”以雪比梅，因为带有清幽的暗香，所以比雪更高，赋予梅花芳香而洁白的双重美感，也是对不畏艰难、一身清正的品格的礼赞。实际上王安石这首诗是对南朝苏子卿《梅花落》的改写，苏诗曰：“中庭一树梅，寒多叶未开。只言花是雪，不悟有香来。”苏诗比王诗更有韵味，王诗比苏诗更有哲理。

遥知不是雪，
为有暗香来。

元　日[①]

爆竹声中一岁除，春风送暖入屠苏。[②]
千门万户曈曈日，总把新桃换旧符。[③]

（第一季 2 次，第二季 2 次，第三季 2 次，第四季 3 次）

① 元日：农历正月初一，即春节。

② 爆竹：古人烧竹子时使竹子爆裂发出的响声。用来驱鬼避邪，后来演变成放鞭炮。一岁除：一年已尽。除，逝去。屠苏：指屠苏酒，饮屠苏酒也是古代过年时的一种习俗，大年初一全家合饮这种用屠苏草浸泡的酒，以驱邪避瘟疫，求得长寿。

③ 曈曈：日出时光亮而温暖的样子。桃：桃符，古代一种风俗，农历正月初一时人们用桃木板写上神荼（shū）、郁垒（lǜ）两位神灵的名字，悬挂在门旁，用来压邪。后来演变成春联。

这首诗就字面上看，描写的是春节除旧迎新的景象，不过，其言外之意也是十分丰富的。王安石是北宋著名的改革家，写此诗时正出任宰相，推行新法。“新桃换旧符”象征的正是革除旧政，施行新政。其中含有深刻的哲理，指出新生事物总是要取代陈旧事物的这一规律。王安石对新政充满信心，反映到诗中也显得分外开朗，充满欢快奋发的激情。这首诗用的是白描手法，极力渲染祥和喜庆的节日气氛，同时又通过元日更新的习俗来寄托自己的思想，表现得含而不露。“爆竹声中一岁除”成为辞旧迎新的代表性诗句。

爆竹声中一岁除

泊船瓜洲[①]

京口瓜洲一水间，钟山只隔数重山。[②]
春风又绿江南岸，明月何时照我还。[③]

（第二季1次，第四季4次）

① 泊船：停船。瓜洲：镇名，在江苏省扬州市邗江区南部、大运河分支入长江处，与镇江市隔江斜对，向为长江南北水运交通要冲，又称瓜埠洲。
② 京口：古城名，故址在江苏镇江市。
③ 绿：吹绿。

这是一首著名的抒情小诗，抒发了诗人眺望江南、思念家乡的深切感情。从字面上看，写的是诗人对故乡的怀念，表达一种归心似箭、急于和亲人团聚的心情。不过，在字里行间也多少寄寓着自己重返政治舞台、推行新政的强烈欲望。该诗寓情于景，情景交融，格调清新，意境开阔，颇能激发读者的美感和情思。最令人津津乐道的是用字的锤炼与讲究，其中“绿”字最富神韵，据说诗人分别以“到”“过”“满”诸字入句，都不满意，最后定以“绿”字，成为千古诗坛佳话。“春风又绿江南岸”后多用来形容江南春天到来的消息。

春风又绿江南岸

登飞来峰[1]

飞来山上千寻塔，闻说鸡鸣见日升。[2]
不畏浮云遮望眼，自缘身在最高层。[3]

（第二季 2 次，第三季 3 次，第四季 1 次）

① 飞来峰：在浙江省杭州市西湖西北，也称灵鹫峰，与灵隐寺隔溪相对，高二百多米。一说在浙江绍兴。
② 千寻塔：很高很高的塔。寻，古时长度单位，八尺为寻。闻说：听说。
③ 浮云：在山间浮动的云雾。望眼：视线。缘：因为。

王安石是中国历史上少有的一位改革家，本诗借景抒怀，表达他革新政治的信心和意志。飞来峰本已具有高位，千寻塔又在飞来山之上，“千寻”带有一定的夸张，极写古塔之高，衬出自己的立足点之高。第二句巧妙地虚写出在高塔上看到旭日东升的辉煌景象，表现出诗人朝气蓬勃、胸怀改革大志、对前途充满信心，成为全诗感情色彩的基调。诗的后两句承接前两句由写景转入议论抒情，使诗歌既有生动的形象又有深刻的哲理。古人常把浮云比喻奸邪小人，有邪臣蔽贤的忧虑，而诗人却加上“不畏”两字，表现了诗人在政治上高瞻远瞩，不畏奸邪的勇气和决心。这两句是全诗的精华所在，蕴含着深刻的哲理，给人以不尽的启迪和勉励。

不	畏	浮	云	遮	望	眼	，
自	缘	身	在	最	高	层	。

夜　直[1]

金炉香尽漏声残，翦翦轻风阵阵寒。[2]

春色恼人眠不得，月移花影上栏干。

① 夜直：官吏夜间值班。

② 漏：古代计时用的漏壶。翦翦：形容风轻微而带寒意。

此诗作于宋神宗熙宁元年（1068），王安石得到神宗召见，皇帝有意图新，王安石的变法主张有望实现。因此，他在值宿官府的时候，面对良宵春色，激起了思想上难以自抑的波澜，为自己政治上的春色撩拨得不能成眠。“春色恼人”一词造语新颖，本是晚唐诗人罗隐诗“春色恼人遮不得”首创，经王安石等人运用，已为成语，用来表达春天的景色引起人们的兴致。

春色恼人眠不得，
月移花影上栏干。

明妃曲二首（其一）

明妃初出汉宫时，泪湿春风鬓脚垂。①
低徊顾影无颜色，尚得君王不自持。
归来却怪丹青手，入眼平生几曾有；②
意态由来画不成，当时枉杀毛延寿。③
一去心知更不归，可怜着尽汉宫衣；
寄声欲问塞南事，只有年年鸿雁飞。④
家人万里传消息，好在毡城莫相忆；⑤
君不见咫尺长门闭阿娇，人生失意无南北。⑥

（第一季 2 次，第二季 1 次，第三季 1 次）

金·武元直《赤壁图卷》

① 明妃：王昭君，汉元帝宫女，容貌美丽，品行正直。晋人避司马昭讳，改昭为明，后人沿用。
② 丹青手：指画师毛延寿。几：他本作“未”。
③ 意态：风神。
④ 塞南：指汉王朝。
⑤ 毡城：匈奴人首府，也可作匈奴王宫解，游牧民族以毡为帐篷。
⑥ 咫尺：极言其近。长门闭阿娇：汉武帝曾将陈皇后幽禁长门宫。长门，长门宫，汉宫殿名。阿娇，汉武帝皇后，姓陈，小名阿娇。

此诗作于宋仁宗嘉祐四年（1059），原作两首，此其一。唐宋时期以诗咏王昭君事迹命运的作品层出不穷，王安石此作是众多写同题材诗中的精品。其精绝之处不仅在于诗人善于用“泪湿春风鬓脚垂”“低徊顾影无颜色”这些刻写入微的诗句凸显昭君倾国倾城的美，更在于诗人能从昭君的不幸遭遇中提炼出颇有洞见的人生感悟，即“人生失意无南北”。由美人失宠折射出才士不遇的千古话题，使得诗意超出就事论事的圈子，境界显豁，余味无穷。此诗寄寓与众不同，见出荆公善于论史，巧于翻案的诗笔。“意态由来画不成”也是名句。

人生失意无南北。

北陂杏花[①]

一陂春水绕花身，花影妖娆各占春。[②]

纵被春风吹作雪，绝胜南陌碾成尘。[③]

（第二季 1 次，第三季 1 次，第四季 1 次）

① 陂（bēi）：池塘。

② 花影：花枝在水中的倒影。妖娆：娇艳美好的样子。

③ 纵：即使。绝胜：远远胜过。南陌：南面的道路。

这首绝句写于王安石贬居江宁（今南京）之后，是他晚年心境的写照。第一、二句写景状物，描绘杏花临水照影之娇媚。首句点明杏花所处环境，一池碧绿的春水环绕着杏树，水花相依相亲，互为映衬，杏花与倒影都显得格外妩媚娇艳。后两句由前两句的写景而生发，诗人展开想象，对这一树杏花给予无限的赞美。如果杏花生长在行人往来的南陌，那么它的命运就不是这般的不染俗尘了。正因为杏花生长于北陂之边，春风吹落的花絮就如雪花飘落于池水中，免去在“南陌碾成尘”的结局。水花相依的意义正在于此，水装点了杏花的姿容，也升华了杏花的生命意义。后两句有明显的托物言志之意，是诗人刚强耿介、孤芳自赏的自我人格的象征。

纵被春风吹作雪，

绝胜南陌碾成尘。

王观（1032—？），字通叟，海陵（今江苏泰州）人。宋仁宗嘉祐二年（1057）进士及第，官至翰林学士。其词构思、语言以新颖著称。有《冠柳集》。

卜算子·送鲍浩然之浙东①

水是眼波横，山是眉峰聚。②欲问行人去那边？眉眼盈盈处。③
才始送春归，又送君归去。④若到江南赶上春，千万和春住。

（第二季1次）

① 卜算子：词牌名。北宋时盛行此曲。鲍浩然：生平不详，词人的朋友，家住浙江东路，简称浙东。

② 水是眼波横：水像美人流动的眼波。古人常以秋水喻美人之眼，这里反用。山是眉峰聚：山如美人蹙起的眉毛。《西京杂记》载卓文君容貌姣好，眉色如望远山，时人效画远山眉。后人遂喻美人之眉为远山，这里反用。

③ 欲：想，想要。行人：指词人的朋友（鲍浩然）。眉眼盈盈处：喻指山水秀丽的地方。盈盈：清澈明亮的样子。

④ 才始：方才。

这首词构思巧妙，笔调轻快，在送别之作中别具一格。开篇匠心独运，前人惯用“眉如春山”“眼如秋水”来形容女子貌美，词人反用其意，以眉眼盈盈之处来显示浙东山水的清秀，以人喻山水，仿佛山水皆有情一般。词的下阕写离情别绪和对友人的祝福，祝福友人此去江南，春光灿烂，生活幸福。这首词情意绵绵又富有灵性，比喻巧妙，新鲜不俗，自然真切，是送别词中的佳篇。

水是眼波横，
山是眉峰聚。

苏轼（1036—1101），字子瞻，号东坡居士，世称苏东坡。眉山（今属四川省眉山市）人，北宋著名文学家、书法家、画家。嘉祐二年（1057）进士及第，元丰三年（1080）因“乌台诗案”受诬陷被贬为黄州团练副使。宋哲宗时官至礼部尚书。苏轼是中国历史上少有的大文豪，代表宋代文学的最高成就，他的诗独立一家，与黄庭坚并称“苏黄”，词与辛弃疾并称“苏辛”，擅长以诗为词，开辟豪放一派；散文与欧阳修并称“欧苏”，为“唐宋八大家”之一。

於潜僧绿筠轩①

可使食无肉，不可居无竹。
无肉令人瘦，无竹令人俗。
人瘦尚可肥，士俗不可医。
傍人笑此言，似高还似痴。
若对此君仍大嚼，世间那有扬州鹤？②

（第一季 1 次，第三季 1 次）

① 於（yú）潜：古县名，在今浙江省杭州市临安区，县南有寂照寺，寺中有绿筠轩。僧：名孜，字惠觉，出家于於潜县的丰国乡寂照寺。

② 此君：晋王徽之酷爱竹子，有一次借住在朋友家，立即命人来种竹，人问其故，徽之说：“何可一日无此君。”此君即竹子。扬州鹤：据传说，有四人谈论平生最快意之事，一人希望多财，一人说宁愿骑鹤做神仙，另一人希望做扬州太守。最后一人说：“腰缠十万贯，骑鹤下扬州。”意思是三者兼得。东坡此句意思也是说：若对着竹子还大嚼猪肉，岂不是太狂妄了？世间哪有扬州太守与骑鹤化仙两者兼得之事？既做风流太守就不可能成仙。同样的，赏竹雅士岂能对竹嚼肉！后人就以“扬州鹤”来代表十全十美的、完全合乎理想的事物，也等于是奢望的代名词。

这首诗是借写竹来歌颂风雅高节，批判物欲俗骨。诗中的竹和肉分别代表的是雅与俗、高节与物欲两种正反的精神品格。全诗以近乎口语

明·朱端《竹石图》

的方式层层推进，展示好竹者雅，喜肉者俗，宁可瘦而雅，也不肥而俗的审美选择。最后借“扬州鹤”典故道出：竹与肉难得并存，雅与俗不可兼容的道理。这首诗是写给僧人的，其实也是东坡自我人格的一种形象写照，“可使食无肉，不可居无竹”，千百年来，这句名诗都在提醒人们：摆脱物欲，追求精神层面的纯洁脱俗远远高于物质的享受。

可使食无肉，
不可居无竹。

春宵

春宵一刻值千金，花有清香月有阴。①
歌管楼台声细细，秋千院落夜沉沉。②

（第三季2次，第四季3次）

① 春宵：春夜。一刻：比喻时间短暂。刻，计时单位，古代用漏壶记时，一昼夜共分为一百刻。月有阴：指月光在花下投射出朦胧的阴影。

② 歌管：歌声和管乐声。

本诗开篇就十分警策，以"千金"来形容春宵一刻的宝贵，道出人们心中普遍的共识。在美好的春夜里，花朵盛开，香气袭人，月色朦胧，月影婆娑，从自然的角度表现光阴的宝贵。后两句写的是官宦贵族阶层尽情享乐的情景。夜已经很深了，院落里一片沉寂，他们却还在楼台里尽情地享受着歌舞和音乐，对于他们来说，这样的良辰美景更显得珍贵。在平静自然的描写中，含蓄委婉地透露出作者对贪图享乐、不惜光阴者的深深谴责。成语"春宵一刻"即出自本篇，指欢娱难忘的美好时刻。

春宵一刻值千金

和子由渑池怀旧[1]

人生到处知何似？应似飞鸿踏雪泥。[2]
泥上偶然留指爪，鸿飞那复计东西。[3]
老僧已死成新塔，坏壁无由见旧题。[4]
往日崎岖还记否？路长人困蹇驴嘶。[5]

（第四季2次）

明·林良《芦雁图》

① 子由：苏轼弟苏辙，字子由。渑池：今河南渑池县。
② 知何似：知道像什么。
③ 复：再。计：计较。
④ 老僧：当地僧人，名奉闲。坏壁：残破的墙壁。
⑤ 蹇（jiǎn）驴：跛脚的驴。

嘉祐元年（1056），苏轼、苏辙兄弟进京赴考，路过渑池时，曾在县中寺庙内借宿，并在寺壁上题诗。嘉祐六年（1061），苏轼被派到凤翔府（今陕西凤翔）任职。十一月，兄弟两人在郑州分手。苏辙作《怀渑池寄子瞻兄》一诗。当苏轼路过渑池旧地重游时，当年寺中的奉闲和尚已经去世，壁上的题诗也荡然无存。苏轼感怀不已，写下此诗，作为苏辙一诗的应和。

这首诗表达对人生来去无定的怅惘和对往事旧迹的深情眷念。起句巧用比喻形容人生短暂、去留无常的道理，化哲理于形象之中，给人留下深刻的印象。颔联说飞鸿不计去留，实际要表达的是人对自身命运的敏感和关注，流露出诗人的生命意识。颈联转写眼前所见，交代僧死诗空的现实，隐含岁月无情、时光荏苒之叹。最后以问句引发回忆，以“路长人困蹇驴嘶”这一特定情景再现往日兄弟相依的征程。全诗动荡明快，意境恣逸，含蓄蕴藉，令人回味无穷。“雪泥鸿爪”已为成语，比喻往事遗留的痕迹。亦作“飞鸿踏雪”“飞鸿雪爪”“飞鸿印雪”。

人生到处知何似？
应似飞鸿踏雪泥。

惠崇春江晚景二首（其一）[1]

竹外桃花三两枝，春江水暖鸭先知。
蒌蒿满地芦芽短，正是河豚欲上时。[2]

（第一季3次，第四季2次）

① 惠崇：宋初九僧之一，能画。《春江晚景》是惠崇所作画名，共两幅，一幅是鸭戏图，一幅是飞雁图。“晚景”一作“晓景”。

② 蒌蒿：多年生草本植物，嫩芽叶可食。芦芽：芦苇的幼芽，可食用。河豚：鱼的一种，肉味鲜美，但是卵巢和肝脏有剧毒。产于我国沿海和一些内河。每年春天逆江而上，在淡水中产卵。上：指逆江而上。

这是一首著名的题画诗。作者紧扣惠崇《春江晚景》的画境，通过桃花初放、江暖鸭嬉、芦芽短嫩等寥寥数笔，就勾勒出了早春江景的优美画境。尤其令人称叹的是“春江水暖鸭先知”这一句，透过诗人的合理想象，把春回水暖的自然现象以可感的图景呈现于读者面前，并暗示只有亲身体验，才能对事物有真切感受和正确认识的人生道理，可谓“状难写之景如在目前，含不尽之意见于言外”！

春江水暖鸭先知。

题西林壁[①]

横看成岭侧成峰，远近高低各不同。
不识庐山真面目，只缘身在此山中。[②]

（第一季2次，第二季1次，第三季2次）

①题：书写，题写。西林：西林寺，西林寺在庐山西麓。
②缘：因为。

这是一首著名的题壁诗，也是广为传诵的哲理诗。宋神宗元丰七年（1084），苏轼由黄州团练副史改迁汝州团练副史，道经庐山而作。诗写出不同视角下庐山变化多姿的面貌，并借景说理，指出观察问题应客观全面，如果主观片面，就得不出正确的结论。“不识庐山真面目”一句已化为人们耳熟能详的习语，成为当局者迷的代指。作为成语使用时，多比喻认不清事物的真相和本质。也比喻只见局部，不知全貌。

不	识	庐	山	真	面	目	，
只	缘	身	在	此	山	中	。

饮湖上初晴后雨[1]

水光潋滟晴方好，山色空濛雨亦奇。[2]
欲把西湖比西子，淡妆浓抹总相宜。[3]

（第一季 1 次）

① 湖：杭州西湖。
② 潋滟（liàn yàn）：水面波光荡漾的样子。方好：正是显得很美。空濛：细雨迷茫的样子。
③ 西子：西施，春秋时代越国有名的美女，家住浣纱溪村（在今浙江省诸暨市）西，所以称为西施。相宜：合适。

苏轼此诗作于宋神宗熙宁六年（1073），时任杭州通判，是苏诗中写西湖景物的代表作。诗人分别以“水光潋滟”“山色空濛”高度概括出西湖一晴一雨的美景，抓住西湖最具特色的山水来渲染，是其高明之处。不仅如此，苏轼还以人喻景，把春秋时越国美女西施比作西湖的天然之美。西施无论是淡妆还是浓妆，都一样美丽动人，与西湖或晴或雨皆不减其秀丽，二者在逻辑上达成某种契合，西湖的天然秀美借此精彩比喻而深入人心，真可谓以简驭繁，生动传神。“淡妆浓抹”已为成语，指淡雅和浓艳两种不同的妆饰打扮。

淡妆浓抹总相宜。

食荔枝

罗浮山下四时春，卢橘杨梅次第新。[1]
日啖荔枝三百颗，不辞长作岭南人。[2]

① 罗浮山：在广东博罗、增城、龙门三县交界处，风景秀丽，为岭南名山。卢橘：橘的一种，因其色黑，故名。

② 啖：吃。三百颗：形容吃得多，非确指。岭南：指五岭以南的地区，即广东、广西一带。

这是苏东坡的一首旷达诗。苏东坡于宋哲宗绍圣元年（1094）被人告以“讥斥先朝”的罪名贬岭南惠州，苏轼的人生再次跌入低谷。可就是在这样的逆境中，苏轼却能超然于俗情，在流连风景、体察风物中感受岭南的美景，并对岭南产生深深的热爱之情，与眉山故乡平视，这是多么旷达的胸怀！在苏轼诗作中，与“日啖荔枝三百颗，不辞长作岭南人”两句同趣的还有“海南万里真吾乡”“此心安处是吾乡”，看来苏轼此情此意并非一时之妄语。

日啖荔枝三百颗，
不辞长作岭南人。

赠刘景文[①]

荷尽已无擎雨盖，菊残犹有傲霜枝。[②]
一年好景君须记：最是橙黄橘绿时。[③]

（第二季 1 次，第四季 1 次）

①题目一作《冬景》。刘景文：刘季孙，字景文，时任两浙兵马都监，驻杭州。苏轼视他为国士，曾上表推荐，并以诗歌唱酬往来。

②荷尽：荷花枯萎，残败凋谢。擎：举，向上托。雨盖：旧称雨伞，诗中比喻荷叶舒展的样子。犹：仍然。傲霜：不怕霜冻寒冷，坚强不屈。

③君：这里指刘景文。橙黄橘绿时：指橙子发黄、橘子将黄犹绿的时候，指农历秋末冬初。

这首诗是元祐五年（1090）苏轼在杭州赠给好友刘景文的，当时刘景文已 58 岁，进入晚年，故苏轼以初冬景象作比拟，诗题又作《冬景》。此诗的一个最大特点是通过写景来写人，所写之景前后对比强烈，前两句写景，抓住“荷尽”“菊残”描绘出秋末冬初的萧瑟景象；后两句议景，揭示赠诗的目的。说明冬景虽然萧瑟冷落，但也有硕果累累、成熟丰收的一面，而这一点恰恰是其他季节无法相比的。荷、菊的衰飒正好反衬一年之中的最好景象：橙黄橘绿之时。此诗在表达上融写景、咏物、赞人于一炉。

一年好景君须记：
最是橙黄橘绿时。

和董传留别[①]

粗缯大布裹生涯，腹有诗书气自华。[②]
厌伴老儒烹瓠叶，强随举子踏槐花。[③]
囊空不办寻春马，眼乱行看择婿车。[④]
得意犹堪夸世俗，诏黄新湿字如鸦。[⑤]

（第二季 1 次）

① 董传：字至和，洛阳（今属河南）人。曾在凤翔与苏轼交游。

② 粗缯：粗制的丝织品。大布：指麻制的粗布。生涯：生命。诗书：原指《诗经》和《尚书》，此泛指诗才学问。气：表于外的精神气色。华：美丽而有光彩。

③ 老儒：旧谓年老的学人。瓠叶：双关语。明指瓠瓜的叶，暗指《诗经·小雅》的篇名，首章两句为："幡幡瓠叶，采之亨之。"踏槐花：唐代有"槐花黄，举子忙"俗语，槐花黄时，也就是举子应试的时间了，后因称参加科举考试为"踏槐花"。

④ 囊空：口袋里空空的，指没有钱。择婿车：此指官贾家之千金美女所坐之马车，游街以示择佳婿。唐代进士放榜，例于曲江亭设宴。其日，公卿家倾城纵观，高车宝马，于此选取佳婿。事见五代王定保《唐摭言·慈恩寺题名游赏赋咏杂纪》。

⑤ 诏黄：诏书，诏书用黄纸书写，故称。字如鸦：诏书写的黑字。

苏轼的这首赠别诗主要是赞赏董传的不随流俗的品质。首联写董传衣着朴素，但腹有万卷诗书，有高华的气质。颔联叙述董传平时的读书生活，他读书主要是出于对知识的追求。"厌伴"和"强随"两词表明董传是个相对纯正的读书人，没有很强的功利心，这也是他比一般人"气自华"的根本所在。颈联写他贫穷，对买马寻花、择婿的热闹场面比较冷淡的态度。尾联表达诗人对董传的美好祝愿和期待，董传的刻苦追求和积极乐观必然会有春风得意的结果，必能实现自己的人生理想。"粗缯大布裹生涯，腹有诗书气自华"辩证地阐述了物质与精神、知识与气

元·钱选《卢仝烹茶图》

质的关系，“腹有诗书”指饱读诗书，满腹经纶，“气”可以理解为“气质”或“精神风貌”。贫寒之士虽然穿的是“粗缯大布”，但长期得知识熏陶，自有一种遮蔽不了的轩昂气质。苏轼的这句诗对读书的意义可谓做出一个凝练而警策的概括，对那些浮躁而功利的学风也起到了含蓄批评的效果。

腹有诗书气自华。

正月二十日与潘郭二生出郊寻春忽记去年是日同至女王城作诗乃和前韵①

东风未肯入东门，走马还寻去岁村。
人似秋鸿来有信，事如春梦了无痕。②
江城白酒三杯酽，野老苍颜一笑温。③
已约年年为此会，故人不用赋招魂。④

（第一季1次，第三季2次）

① 女王城：在黄州城东十五里。战国时代，春申君任楚国宰相，受封淮北十二县，于是有了“楚王城”的误称。
② 了：完全。
③ 酽（yàn）：原指味浓，这里指酒的味道醇厚。苍颜：苍老的容颜。
④ 故人：朋友。招魂：《楚辞》中有《招魂》篇，曰：“魂兮归来。”

这首诗作于苏轼贬谪黄州时期，是一首对往年游女王城所作诗的和诗。首联交代寻春之实；颔联人事对举，以秋鸿、春梦作喻，强调人重情守信，而往事却如一场春梦，去无踪影，流露了一种对人事匆匆、难以追怀的感伤情调；颈联写游乐之事，与朋友、野老饮酒相欢，有忘却心中愁绪的意味；最后道出自己与朋友依依不舍、希望长相往来的深情。此诗借写寻春游赏的经历和感受，流露出诗人随遇而安、达观任运的精神境界。成语“春梦无痕”就是出自本诗，比喻世事变幻，就像春梦一样容易消逝，不留痕迹。

人似秋鸿来有信，
事如春梦了无痕。

狱中寄子由二首（其一）

圣主如天万物春，小臣愚暗自忘身。①
百年未满先偿债，十口无归更累人。②
是处青山可埋骨，他年夜雨独伤神。③
与君今世为兄弟，更结来生未了因。④

（第三季 2 次，第四季 1 次）

① 愚暗：愚昧昏聩，苏轼自责之语。

② “百年”两句：苏轼时年 44 岁，家属由自己的弟子，也是苏辙的女婿王适（字子立）安置在南都（今河南商丘以南），由苏辙照料，而苏辙当时也是身负债务，因此苏轼说是拖累了苏辙。

③ 是处：到处。

④ 因：因缘，情缘。

宋神宗元丰二年（1079），苏轼以讥刺朝政的罪名入狱，案件先由监察御史告发，后在御史台狱受审，所以此案称为“乌台诗案”。此案是一场有名的文字狱，也是苏轼人生的重大转折点，对其思想精神都形成重大影响。《狱中寄子由二首》就是苏轼身陷此案，狱中写给弟弟苏辙的诗，此其一。苏轼入狱后颇受折辱，深感凶多吉少，反映在诗上不仅有愧悔之语，甚至有诀别之意，基调比较低沉。因为是抱着将死之心来写诗的，所以感情十分凝重而诚挚。诗人基本没有过多陈述自己遭遇打击而产生的恐惧和痛苦，而是对弟弟子由因自己所为受到牵连拖累而深表内疚和不安，体现了作为兄长内心的慈爱与宽厚。“与君今世为兄弟，更结来生未了因”，今生已矣，只有希望来世，再成为兄弟，好了结兄弟情缘。此语感人至深，可谓是人间兄弟情谊的最佳体现。

与君今世为兄弟，
更结来生未了因。

念奴娇·赤壁怀古

大江东去，浪淘尽，千古风流人物。[1]故垒西边，人道是，三国周郎赤壁。[2]乱石穿空，惊涛拍岸，卷起千堆雪。江山如画，一时多少豪杰！

遥想公瑾当年，小乔初嫁了，雄姿英发，羽扇纶巾，谈笑间，樯橹灰飞烟灭。[3]故国神游，多情应笑我，早生华发。人间如梦，一樽还酹江月。[4]

（第二季 2 次，第三季 2 次）

① 大江：长江。淘：冲洗。

② 故垒：古时军营四周所筑的墙壁。

③ 羽扇纶（guān）巾：鸟羽做的扇和丝带做的头巾。樯橹：这里指曹军。樯，挂帆的桅杆。橹，划船的桨。

④ 人间：一作“人生”。

这首词是苏轼在宋神宗元丰五年（1082），因讽喻新法，被贬谪到黄州，游赏黄冈城外赤壁时所作的咏史怀古之作。上阕先将大江和英雄人物相关联，气势雄伟壮观。接着点出赤壁这一古迹和周瑜这一历史人物，展现赤壁的壮丽景色。下阕用小乔这一人物点缀周瑜的雄姿英发，风度翩翩。并回顾周瑜的显赫战功，将周瑜大败曹军的战争情景描摹出来，以寄托自己对前贤的缅怀追慕之情。词人通过赤壁怀古，表现自己对英雄人物的崇拜之情，也暗示了自己壮志未酬的无奈。“大江东去”已用作成语，比喻时光流逝不复返。也表达了陈迹消逝，历史在不断向前发展。

大江东去，浪淘尽，
千古风流人物。

水调歌头

丙辰中秋，欢饮达旦，大醉，作此篇，兼怀子由。①

明月几时有？把酒问青天。不知天上宫阙，今夕是何年。②我欲乘风归去，又恐琼楼玉宇，高处不胜寒。③起舞弄清影，何似在人间！

转朱阁，低绮户，照无眠。④不应有恨，何事长向别时圆？人有悲欢离合，月有阴晴圆缺，此事古难全。但愿人长久，千里共婵娟。⑤

（第一季 1 次，第三季 5 次，第四季 1 次）

明 · 张路《望月图》

① 达旦：到天亮。
② 天上宫阙（què）：指月中宫殿。阙，宫殿门前两旁的楼观。
③ 琼楼玉宇：美玉砌成的楼宇，指月中宫殿。不胜（shēng）：不堪承受。
④ 朱阁：朱红的华丽楼阁。绮（qǐ）户：雕饰华丽的门窗。
⑤ 婵娟：指明月。

这首词作于宋神宗熙宁九年（1076）。苏轼与王安石意见相左，出任密州知州，在中秋之夜怀念亲人子由所作。花好月圆之时，政治上的失意，亲人之间的分离，心生苦闷。上阕先是以明月发问，饮酒赏月，向明月一一诉说内心的惆怅。天上月宫使作者想逃避现实，产生向往之心，又担忧孤独寒冷，人间自有人间的好，内心的矛盾纠结正是出世与入世矛盾心理的形象化表现。下阕先写月照人间的景象，表达对子由的怀念之情。由明月的阴晴圆缺想到人间的悲欢离合，世间万物总有不如意之处，发出深深的感叹和祝福，打破了时间、空间的限制。但愿兄弟俩年寿延长，隔着千里也能共享美好的月光，表达出作者豁达的人生态度和积极乐观的人生价值观。成语“悲欢离合”“阴晴圆缺”皆出自本篇。

但愿人长久，
千里共婵娟。

蝶恋花·春景

花褪残红青杏小。[1]燕子飞时，绿水人家绕。枝上柳绵吹又少，天涯何处无芳草！[2]

墙里秋千墙外道。墙外行人，墙里佳人笑。笑渐不闻声渐悄，多情却被无情恼。[3]

（第一季 2 次，第三季 2 次，第四季 2 次）

① 花褪残红：残花凋谢。

② 柳绵：柳絮。天涯何处无芳草：春光已晚，芳草长遍天涯。

③ 多情：指墙外行人。无情：指墙内佳人。

这首词写春景，表达对春景逝去的哀叹。上阕先写出暮春时令，残花凋零，青杏的生长预示春光即将流逝。接着写燕子、绿水、人家，透露出生活气息和留恋之情。第四、五句先抑后扬，柳絮的凋落让人感叹，天涯芳草又给人安慰，惹人怜春。下阕第一句映衬了“绿水人家绕”，从墙外人的角度，墙内景象令人浮想联翩，笑声的消失则承载了这个墙外人的失望，正如对春意流逝的感慨，实属绝妙之笔。词中“天涯何处无芳草”本意为春光已晚，芳草长遍天涯。现在多用来表达男女之间没有必要死守一方，可以爱或值得爱的人很多。“多情却被无情恼”也是名句。

天涯何处无芳草！

定风波

三月七日，沙湖道中遇雨。雨具先去，同行皆狼狈，余独不觉。已而遂晴，故作此。

莫听穿林打叶声。何妨吟啸且徐行。① 竹杖芒鞋轻胜马，谁怕？② 一蓑烟雨任平生。③

料峭春风吹酒醒，微冷，山头斜照却相迎。④ 回首向来萧瑟处，归去，也无风雨也无晴。

（第一季 1 次，第二季 3 次，第三季 2 次）

① 吟啸：吟诗长啸，意态闲适。
② 芒鞋：芒草编织的草鞋。
③ 一蓑烟雨：披着蓑衣在风雨中走。
④ 料峭春风：带几分寒意的东风。

这首词作于宋神宗元丰五年（1082）的三月七日，苏轼谪居黄州，写途中遇雨这件事，以小见大，表达词人旷达的人生胸襟。上阕先是表达对风雨的态度，吟诗长啸，淡定从容。接着用竹杖、芒鞋与马对比，表明自己敢于直面风雨的姿态，处之泰然。下阕写气候之变化，春风带来寒意，温暖阳光驱走寒意，词人内心一片祥和宁静，再看所遭遇的这些，不以物喜、不以己悲的超脱心态令人折服。名句“一蓑烟雨任平生”多用作坦然面对人生风雨的处世态度。

一蓑烟雨任平生。

卜算子·黄州定慧院寓居作

缺月挂疏桐，漏断人初静。① 谁见幽人独往来？缥缈孤鸿影。②
惊起却回头，有恨无人省。③ 拣尽寒枝不肯栖，寂寞沙洲冷。④

（第二季 1 次）

① 缺月：不圆的月。漏断：指夜深。漏，指古代滴水计时的器具。

② 幽人：幽居的人，这里是作者自指。缥缈：隐隐约约，若隐若现的样子。

③ 省（xǐng）：了解，明白。

④ 寒枝：寒冷时节的树枝。

这首词是苏轼遭遇“乌台诗案”后贬谪黄州时所作，以孤鸿自比，表现自己不随波逐流的人生态度，也传达了被贬谪之后的寂寞苍凉之感。上阕先是用“缺月”“疏桐”“漏断”这些意象来塑造凄凉的氛围，“人初静”更是渲染了夜深幽静之感。接着作者以孤鸿映衬人的形单影只，写出幽人的孤独之感。下阕具体写了孤鸿的品格，实则是用幽人的品格人格化孤鸿的形象，寄寓自身在政治上的失意愤懑之情。最后两句曾引起争议，在这里是词人有意而为，孤鸿的清高傲立象征着自己在政治上洁身自好，不同流合污的高贵品质。

拣尽寒枝不肯栖，
寂寞沙洲冷。

临江仙·夜归临皋

夜饮东坡醒复醉，归来仿佛三更。[1]家童鼻息已雷鸣。[2]敲门都不应，倚杖听江声。

长恨此身非我有，何时忘却营营。[3]夜阑风静縠纹平。[4]小舟从此逝，江海寄余生。

（第二季1次）

① 东坡：苏轼谪居黄州时，友人助其垦辟的游息之所。

② 鼻息：鼾声。

③ 营营：为功名而劳碌的样子。

④ 夜阑：夜深。縠（hú）纹：比喻细小的波纹。

这首词是词人贬谪黄州，醉归临皋时所作，抒发渴望自由超脱的人生情怀。上阕先写词人夜深饮酒归来的所见所感，家童鼾声如雷鸣呼应夜深，反衬词人借酒消愁的愁绪之多。接下来词人听江声这一行为让人感受到随缘洒脱的性格特征，也为下文临江有感做铺垫。下阕主要具体写这种感慨，词人悔恨自己不能掌握命运，为功名利禄奔波忙碌，事与愿违，不知道什么时候才能获得彻底解脱，这也契合了老庄思想提倡的人生自由，不为外界所役的精神内涵。夜深风平浪静，词人仿佛看破人生，找到人生方向，想一舟驰骋江海，无忧无虑，自由自在。“长恨此身非我有，何时忘却营营”两句极富哲理，揭示了人们忙忙碌碌、身不由己的生活状态。

长恨此身非我有，

何时忘却营营。

西江月

世事一场大梦，人生几度秋凉。夜来风叶已鸣廊。看取眉头鬓上。①

酒贱常愁客少，月明多被云妨。②中秋谁与共孤光，把盏凄然北望。③

（第二季1次）

① 看取：看着。
② 妨：遮掩。
③ 孤光：指月亮。盏：酒杯。

这首词可能是苏轼被贬岭南时的中秋夜所作，月圆之夜，作者百感交集。上阕先是以世事如梦，人生凄凉遭遇着笔，接着写秋夜里风打庭叶，长廊里回响阵阵，两鬓白发引发壮志未酬之感。下阕借景抒怀，感慨人世无常，世态炎凉，以乐景写哀情，孑然一身的孤独寂寞在这个中秋之夜得以宣泄，最后用凄然北望遥寄自己对弟弟苏辙的思念之情。

世事一场大梦，
人生几度秋凉。

南乡子·重九涵辉楼呈徐君猷[1]

霜降水痕收，浅碧鳞鳞露远洲。[2]酒力渐消风力软，飕飕，破帽多情却恋头。

佳节若为酬？[3]但把清尊断送秋。[4]万事到头都是梦，休休，明日黄花蝶也愁。

（第三季2次）

① 重九：重阳节。徐君猷（yóu）：苏轼的朋友。
② 水痕收：水位降低。浅碧：水浅而绿。
③ 若为酬：怎样应付过去。
④ 清尊：亦作“清樽”，酒器。

这首词是苏轼贬谪黄州之时，重阳节在涵辉楼宴席上为黄州知州徐君猷而作，抒发了旷达而哀愁的矛盾心境。上阕先是描写在涵辉楼远眺所见美景，霜降水浅，呈现江心沙洲，眼界开阔，将天高气朗的秋景描画出来。接下来三句写酒后所感，反用晋时孟嘉落帽于龙山这一典故（形容才子名士的风雅洒脱、才思敏捷），表现自己渴望超脱而无能为力。下阕写宴席之感慨，借酒消忧，对待人生态度豁然开朗。“明日黄花蝶也愁”反用唐郑谷咏《十日菊》中“节去蜂愁蝶不知，晓庭还绕折残枝”句，用重阳节菊花凋零蜂蝶愁叹来激励自己乐对人生，珍惜眼前良辰美景，不必耿耿于怀往事。“明日黄花”已为成语，比喻过时的事物。

明日黄花蝶也愁。

江城子·密州出猎

老夫聊发少年狂，左牵黄，右擎苍。[①]锦帽貂裘，千骑卷平冈。[②]为报倾城随太守，亲射虎，看孙郎。[③]

酒酣胸胆尚开张。[④]鬓微霜，又何妨。[⑤]持节云中，何日遣冯唐？[⑥]会挽雕弓如满月，西北望，射天狼。[⑦]

（第一季2次，第二季2次，第三季2次，第四季3次）

① 老夫：苏轼自称。聊：暂且。狂：豪情壮怀。黄：黄犬。苍：苍鹰。

② 锦帽貂裘：名词作动词，头戴华美帽子，身穿貂鼠皮衣。千骑（jì）：表明随从乘骑之多。平冈：低小的山冈。

③ 倾：尽。太守：指作者自己。孙郎：作者以孙权自喻。

④ 酣：喝酒畅快，尽情。尚：更加。

⑤ 鬓微霜：鬓角长出了少许白发。

⑥ 节：兵符，古代调兵遣将用的一种凭证。

⑦ 会：将要。挽：拉。雕弓：弓背上刻有花纹的弓。天狼：星名，隐指常在北宋边境侵扰掠夺的西夏和辽国。

这是一首抒发词人豪情壮志的词。上阕开头一句总领全词，一“聊”字衬托“狂”，顿生狂放豪迈之感，打猎场面声势浩大，威武浩荡，用孙郎自比，气宇非凡的形象深入人心。下阕主要抒写自己的胸怀意愿，自我剖白，以魏尚自喻，用“冯唐使节”这一典故表达自身渴望得到朝廷的眷顾和重用。最后三句展露自己抗击外敌，保家卫国的决心，摄人心魄。“老夫聊发少年狂”今多用来表达老年人老当益壮或童心未泯。

老夫聊发少年狂

江城子·乙卯正月二十日夜记梦[1]

十年生死两茫茫，不思量，自难忘。[2]千里孤坟，无处话凄凉。[3]纵使相逢应不识，尘满面，鬓如霜。

夜来幽梦忽还乡，小轩窗，正梳妆。相顾无言，惟有泪千行。料得年年断肠处，明月夜，短松冈。[4]

（第一季 2 次，第二季 1 次，第三季 4 次）

① 乙卯：熙宁八年，即 1075 年。

② 十年：苏轼原配夫人王弗卒于治平二年（1065），到作这首词时，正好十年。

③ 千里孤坟：王弗葬于四川彭山县（今眉山市彭山区），与作者当时所在的密州相距很远。

④ 料得：预测到，估计到。

这是苏轼著名的悼亡词，熙宁八年（1075），苏轼在密州梦见原配夫人王氏，写下了这首词，此时距王弗逝世正好十年。词上阕抒情，开头“十年生死两茫茫，不思量，自难忘”是千古名句，这三句单刀直入，既交代夫妻生死相隔已十年，又深情诉说思念，感人至深。说“不思量”，是因为苏轼这十年来琐事缠身：政治压抑、政事繁忙、生活困苦，虽无法时时刻刻挂念亡妻，但是早已铭刻在心，不可能忘记。接下来几句，是模糊生死界限的描写，表现了对爱侣的深切怀念。下阕记梦，同时将现实的感受融入梦中，使梦境也令人感到无限凄凉。末尾三句不说自己如何，反说长眠地下的爱侣因眷恋人世而柔肠寸断，更有意蕴。整首词情调凄凉，写尽作者对亡妻的深切思念。

十年生死两茫茫，
不思量，自难忘。

望江南·超然台作[①]

春未老，风细柳斜斜。试上超然台上看，半壕春水一城花。[②]烟雨暗千家。

寒食后，酒醒却咨嗟。[③]休对故人思故国，且将新火试新茶。[④]诗酒趁年华。

（第三季1次，第四季1次）

① 望江南：原唐教坊曲名，后用为词牌名。又名《忆江南》。超然台：筑在密州（今山东诸城）北城上，登台可眺望全城。

② 壕：护城河。

③ 寒食：节令。旧时清明前一天（一说前两天）为寒食节。咨嗟：叹息、慨叹。

④ 故国：这里指故乡、故园。新火：唐宋习俗，清明前两天起，禁火三日。节后另取榆柳之火称“新火”。新茶：指清明前采摘的“雨前茶”。

此词上片写景，下片抒情，通过描绘春日景象和作者感情、神态的复杂变化，寄寓了作者对有家难回、有志难酬的无奈与怅惘，同时表达了作者豁达超脱的襟怀和“用之则行，舍之则藏”的人生态度。

全词含蓄深沉，短小玲珑，以诗为词，独树一帜，连珠妙语似随意而出，清新自然，显示出词人深厚的艺术功力。

诗酒趁年华。

定风波·南海归赠王定国侍人寓娘[①]

常羡人间琢玉郎，天应乞与点酥娘。[②]尽道清歌传皓齿，风起，雪飞炎海变清凉。[③]

万里归来颜愈少，微笑，笑时犹带岭梅香。试问岭南应不好[④]，却道：此心安处是吾乡。[⑤]

（第二季2次）

① 王定国：王巩，作者友人。寓娘：王巩的歌妓，即柔奴。王巩因受苏轼“乌台诗案”牵连，被贬到岭南的宾州，其歌妓柔奴毅然随行到岭南。

② 玉郎：是女子对丈夫或情人的爱称，泛指青年男子。点酥娘：谓肤如凝脂般光洁细腻的美女。

③ 皓齿：雪白的牙齿。炎海：喻酷热。

④ 试问：试着提出问题，试探性地问。岭：指大庾岭，沟通岭南岭北咽喉要道。

⑤ 此心安处是吾乡：这个心安定的地方，便是我的故乡。

明·杜琼《南村别墅图》（局部）

上片总写柔奴的外在美，开篇“常羡人间琢玉郎，天应乞与点酥娘”，描绘王定国丰神俊朗，柔奴天生丽质、晶莹俊秀，两人真是天造地设的双璧人。该句使读者对柔奴的外貌有了一个比较完整、真切而又寓于质感的印象。

“尽道清歌传皓齿，风起，雪飞炎海变清凉。”这几句的意思是：柔奴能自作歌曲，清亮悦耳的歌声从她芳洁的口中传出，令人感到如同风起雪飞，使炎暑之地一变而为清凉之乡，使政治上失意的主人由忧郁苦闷、浮躁不宁变为超然旷放、恬静安详。苏词横放杰出，往往驰骋想象，构成奇美的境界，这里对“清歌”的夸张描写，表现了柔奴歌声独特的艺术效果。

“诗言志，歌咏言”“哀乐之心感，而歌咏之声发”（班固《汉书·艺文志》），美好超旷的歌声发自于美好超旷的心灵。这是赞其高超的歌技，更是颂其广博的胸襟，笔调空灵蕴藉，给人一种旷远清丽的美感。

此心安处是吾乡。

晏几道（1038—1110），字叔原，号小山，临川（今江西抚州）人，晏殊的第七个儿子，词与晏殊齐名，合称“二晏”。性情孤傲耿介，所以仕途不畅，只做过一些小官。擅长小令，长于言情，措辞婉妙，词风缠绵悱恻。有《小山词》。

阮郎归

天边金掌露成霜，云随雁字长。① 绿杯红袖趁重阳，人情似故乡。②

兰佩紫，菊簪黄，殷勤理旧狂。③ 欲将沉醉换悲凉，清歌莫断肠！④

① 金掌：铜仙人手掌。汉武帝为求长生，曾铸造铜仙人，以手掌托承露盘接水。

② 绿杯：绿酒，美酒。红袖：美女。

③ 兰佩紫：佩紫兰，身佩紫茎秋兰。殷勤：急切。理：温习，重提。旧狂：昔日的疏狂。

④ 清歌：清亮的歌。

这首词是重阳佳节宴饮之作。上阕从汴京景物“天边金掌”写起，“露成霜”点缀出秋景萧瑟之感，大雁亦牵动了词人的思乡情绪。绿酒杯，红袖女，趁着重阳佳节欢聚一场的场景让人感受到故乡的温暖。下阕写宴饮盛况，词人放任心情，重拾往日的疏狂。“欲将沉醉换悲凉，清歌莫断肠”两句写想要借酒浇愁的人，不愿听到令人断肠的歌，饱含词人想追寻解脱而又无可奈何的心情，感情深沉，极具感染力。

欲将沉醉换悲凉，
清歌莫断肠！

鹧鸪天

小令尊前见玉箫。[①]银灯一曲太妖娆。歌中醉倒谁能恨？唱罢归来酒未消。

春悄悄，夜迢迢。碧云天共楚宫遥。[②]梦魂惯得无拘检，又踏杨花过谢桥。[③]

① 小令：58 字以内的短词。玉箫：代指歌女。

② 碧云天：天上神仙所居之处。楚宫：在巫山县西阳台古城内，楚王与巫山神女相会之处。

③ 惯得：纵容，随意。拘检：拘束。谢桥：谢娘家的桥。唐宰相李德裕的侍妾名谢秋娘，此代指通往歌女玉箫家的路。

这是一首怀人的相思词。上阕写词人回忆在歌筵酒宴上与女子的相遇，听歌饮酒，为美人而醉，“玉箫”“银灯”等营造出华丽美妙的场景，对美人的惊叹之情呼之欲出。下阕写别后对女子的思念。平静的春日和漫长的深夜勾起了词人对往昔的怀念，透露了内心的孤独寂寞之感。词人用楚王与巫山神女的典故，用碧云与楚宫遥远的距离写出有情人之间被爱情折磨的苦痛。最后两句用梦境来弥补见不到情人的遗憾，只有梦境才能无拘无束，踏着杨花过了谢桥与女子相会，浓情蜜意辗转开来，余味无穷。“梦魂惯得无拘检，又踏杨花过谢桥”化用唐末张泌《寄人》诗意境，写出了不受约束的潜意识中的爱情。

梦魂惯得无拘检，
又踏杨花过谢桥。

临江仙

梦后楼台高锁，酒醒帘幕低垂。① 去年春恨却来时，落花人独立，微雨燕双飞。②

记得小蘋初见，两重心字罗衣。③ 琵琶弦上说相思。当时明月在，曾照彩云归。④

① 低垂：低低放下。
② 春恨：春日离别引起的感伤情绪。却来：又来。
③ 小蘋：歌女名字。两重心字罗衣：罗衣上有以重叠的心字纹组成的图案，暗喻心心相印。
④ 彩云：喻指小蘋。

这首词写的是怀念歌女小蘋。上阕前两句互文，词人用不同场景来表现对小蘋的怀念，第三句承上启下，承接上文与小蘋分别之场景，引出自己受思念侵扰。落英缤纷，细雨绵绵，“人独立”和“燕双飞”的对照更是增添词人此时的孤独惆怅。“落花人独立，微雨燕双飞”两句虽照搬五代翁宏诗句，但用得妙，使原句倍增光辉。下阕写怀念初见小蘋时候的美好时光，小蘋的与众不同给诗人留下深刻印象，琵琶高超技艺拨动词人心弦，这两个角度刻画出小蘋的形象生动传神，惹人怜爱。“当时明月在，曾照彩云归”两句是化用李白《宫中行乐词》“只愁歌舞散，化作彩云飞”，小蘋在宴席结束后离去的身影在词人脑海里挥之不去，如美丽的神女，在月光下飘然离去，词尽而意无穷。

当时明月在，
曾照彩云归。

黄庭坚（1045—1105），字鲁直，号山谷道人，晚号涪翁，洪州分宁（今江西修水）人，北宋著名文学家、书法家。治平四年（1067）进士及第，官至鄂州知州。诗与苏轼齐名，称“苏黄”。为盛极一时的“江西诗派”开山之祖。与张耒、晁补之、秦观游学于苏轼门下，合称为“苏门四学士”。

戏呈孔毅父[①]

管城子无食肉相，孔方兄有绝交书。[②]
文章功用不经世，何异丝窠缀露珠？[③]
校书著作频诏除，犹能上车问何如。[④]
忽忆僧床同野饭，梦随秋雁到东湖。[⑤]

（第一季 1 次，第三季 1 次，第四季 1 次）

① 孔毅父：孔平仲，字毅父，临江新淦（今江西新干）人，治平二年（1065）进士。黄庭坚好友。

② 管城子：毛笔。出自韩愈《毛颖传》。食肉相：封侯之相。据《后汉书·班超传》记载，看相的人曾说班超“燕颔虎颈，飞而食肉，此万里侯相也”。后来班超投笔从戎，立功西域，果然封侯。孔方兄：钱。古时的铜钱中有方孔，故有此称，语出鲁褒《钱神论》“亲爱如兄，字曰孔方”，暗含鄙视与嘲笑之意。绝交书：嵇康有《与山巨源绝交书》。这里借指与钱财无缘。

③ 经世：治理社会。丝窠（kē）：这里指蜘蛛网。

④ 校书：校书郎，司校勘宫中所藏典籍诸事。著作：著作佐郎，旧掌编撰国史。诏除：朝廷下令拜官授职。问何如：近来身体怎么样。典出《颜氏家训》。

⑤ 东湖：在江西省南昌市东南，离黄庭坚家不远。

这首诗是作者元祐二年（1087）在京任著作佐郎时所作，是一首抒发诗人仕途失意之作。因为不宜写得过于直白，所以诗人工于用典，把表面上若干不相关的人事组织起来，以自我解嘲的方式，道出自己的满

唐 · 韩滉《文苑图》

腹牢骚。首两句写自己的贫贱，分别用了毛笔、铜钱的典故，意丰语谐；三、四句反语自嘲文章无益于世，表面看来是自责，实际暗示自己文章不为世人赏识，“丝窠缀露珠”，用清晨缀附于蛛网上闪闪发亮的露珠，来比喻外表华美而没有坚实内容的文章，比喻十分恰当；五、六句转写官职的低微与无聊，“上车问何如”，是借梁代贵家子弟空疏少才来表现自己仕途无聊的心态；末两句突然想到江湖的野趣，表达归隐之思。此诗多用典故，联想奇特，意趣诙谐，加之有意以律诗的变格来作古诗，句法变化多端，与诗人提倡的“夺胎换骨”主张颇为吻合。

管城子无食肉相，

孔方兄有绝交书。

寄黄几复[①]

我居北海君南海，寄雁传书谢不能。[②]
桃李春风一杯酒，江湖夜雨十年灯。
持家但有四立壁，治病不蕲三折肱。[③]
想得读书头已白，隔溪猿哭瘴烟藤。

（第二季 1 次，第三季 1 次，第四季 2 次）

① 黄几复：名介，南昌人，是黄庭坚少年时的好友，时为广州四会（今广东省四会市）县令。

② “我居”句：《左传·僖公四年》：“君处北海，寡人处南海，惟是风马牛不相及也。”作者在《跋》中说：“几复在广州四会，予在德州德平镇，皆海滨也。”“寄雁”句：传说雁南飞时不过衡阳回雁峰，更不用说岭南了。

③ 四立壁：形容清贫。《史记·司马相如列传》：“文君夜亡奔相如，相如乃与驰归成都，家居徒四壁立。”蕲：祈求。肱：上臂，手臂由肘到肩的部分，《左传·定公十三年》：“三折肱，知为良医。”意为经多次折臂而成良医，比喻行政才能。

这首诗作于宋神宗元丰八年（1085），此时黄庭坚在德州（今属山东）德平镇。诗是寄给好友黄几复的，黄此时在四会县（今广东省四会市），各处海滨，相隔千里，是一首怀念友人的诗作。前半部分写往日的交情和今时的怀念。当年你我在京城桃李春风之中把酒言欢，而今你我相别十年，每逢夜雨，独对孤灯。后半部分赞赏黄几复的清廉好学、干练有为，然而十多年来，官职不显，屈居下僚。既怜其才，也为其鸣不平。“桃李春风一杯酒，江湖夜雨十年灯”两句纯以名词成联，高度融合，概括力极强，在对比中突出今昔落差，在结构上对仗工稳。

桃李春风一杯酒，
江湖夜雨十年灯。

鄂州南楼书事（其一）[1]

四顾山光接水光，凭栏十里芰荷香。[2]
清风明月无人管，并作南楼一味凉。[3]

① 鄂（è）州：在今湖北省武汉市。南楼：在武昌蛇山顶。
② 四顾：向四周望去。山光、水光：山色、水色。凭栏：靠着栏杆。十里：形容水面辽阔。芰（jì）：菱角。
③ 并：合并在一起。一味凉：一片凉意。

《鄂州南楼书事》共四首，此为第一首，作于宋徽宗崇宁二年（1103）。诗以写景见称。前两句写登楼所见，视野开阔，山光水色，芰荷芬芳，好景扑面而来。后两句着重写主观之感受。清风明月无处不在，无拘无束，诗人在此时此刻感到无比的自在和惬意。人生的得意未必是高官厚禄，锦衣玉食，一缕清风，一份悠闲，有时就可以营造出身心轻快的适意。“清风明月无人管”，写自然物象不受人为拘束的状态，也是此时此刻诗人心态的写照。

清风明月无人管

登快阁[①]

痴儿了却公家事，快阁东西倚晚晴。[②]
落木千山天远大，澄江一道月分明。[③]
朱弦已为佳人绝，青眼聊因美酒横。[④]
万里归船弄长笛，此心吾与白鸥盟。[⑤]

（第一季 1 次，第三季 1 次，第四季 2 次）

① 快阁：在吉州泰和县（今属江西）东澄江（赣江）之上，以江山广远、景物清华著称。

② 痴儿了却公家事：意思是说，自己并非大器，只会敷衍官事。痴儿，俗言庸夫俗子，作者自指。《晋书·傅咸传》载杨济与傅咸书云：“天下大器，非可稍了，而相观每事欲了。生子痴，了官事，官事未易了也，了事正作痴，复为快耳。”这是当时的清谈家崇尚清谈，反对务实的观点，认为一心想把官事办好的人是“痴”，黄庭坚这里反用其意，以“痴儿”自许。了却：完成。

③ 落木：落叶。澄江：指赣江。澄，澄澈，清澈。

④ 朱弦：这里指琴。佳人：美人，引申为知己、知音。青眼：黑色的眼珠在眼眶中间，青眼看人则是表示对人的喜爱或重视、尊重，指正眼看人。白眼指露出眼白，表示轻蔑。《晋书·阮籍传》：“（阮）籍又能为青白眼，见礼俗之士，以白眼对之。及嵇喜来吊，籍作白眼，喜不怿而退。喜弟康闻之，乃赍酒挟琴造焉，籍大悦，乃见青眼。”聊：姑且。

⑤ 弄：吹奏。与白鸥盟：这里是指无利禄之心，借指归隐。据《列子·黄帝》：“海上之人有好沤（鸥）鸟者，每旦之海上从沤鸟游，沤鸟之至者，百住而不止。其父曰：‘吾闻沤鸟皆从汝游，汝取来吾玩之。’明日之海上，沤鸟舞而不下也。”后人以与鸥鸟盟誓表示毫无机心。

此诗作于元丰五年（1082）作者任泰和令时，是诗人登临快阁而作的抒情之作。首联交代登临快阁的大致背景，是官事之余的黄昏时段。诗人登高临远，在晚晴的视野下，所见极为壮阔，“落木千山天远大，澄江一道月分明”两句，道尽了万木凋谢、苍山莽莽的辽阔景象，又有一江秋水，明月辉映，面对此情此景，诗人胸襟顿感豁然明澈。第五、六句，诗人巧用典故。前句用伯牙摔琴谢知音的故事，后句用阮籍青白眼事。两句大意是说，因为知音不在，我弄断了琴上的朱弦，不再弹奏，于是只好清樽美酒，聊以解忧了。结句诗人想象自己坐上归船，吹弄着悠扬的长笛，回到向往已久的地方与订好盟约的白鸥相伴相随，过上清静自守的隐士生活。全诗主要表达的是诗人厌倦世俗、向往自由的归隐情怀，与他写诗的一贯风格类似。此诗也讲究用典，但化用得很自然，读来毫无生涩之感。

落木千山天远大，
澄江一道月分明。

牧童诗

骑牛远远过前村，短笛横吹隔陇闻。①
多少长安名利客，机关用尽不如君。②

（第一季 1 次）

① 陇：山陇。闻：听到。
② 机关：周密、巧妙的计谋。比喻用尽心思。

这首《牧童诗》相传是黄庭坚七岁时所作，写得十分轻快悠扬，在清新自然的话语中借牧童的无忧无虑、毫无心机反衬了追名逐利者的得不偿失，令人反感。表达诗人不为利累、向往自由的生活态度。本诗不讲究用典，天机一片，明快清新，与黄庭坚诗歌一贯的“瘦硬”之风异趣。成语“机关用尽”即出自本篇，比喻费尽心机。

机关用尽不如君。

秦观（1049—1100），字少游，一字太虚，号淮海居士。高邮（今属江苏）人，宋神宗元丰八年（1085）进士及第，官至国史院编修官。词最著名，被尊为婉约派代表词人，与黄庭坚、张耒、晁补之游学于苏轼门下，合称为“苏门四学士”。诗风清丽，时人说他“诗如词”。有《淮海集》传世。

春　日

一夕轻雷落万丝，霁光浮瓦碧参差。①
有情芍药含春泪，无力蔷薇卧晓枝。②

① 丝：喻雨。霁（jì）光：雨天之后明媚的阳光。霁，雨后放晴。浮瓦：晴光照在瓦上。参差：高低错落的样子。
② 芍药：芍药花。春泪：雨点。

这首诗写雨后春景，以描摹细腻见称。写雨突出春雨细密轻柔的特点，伴随着轻轻的雷声，万丝飘扬，令人不由得联想到老杜笔下“随风潜入夜，润物细无声”的美好意境。接着切换到雨后初晴的画面，碧瓦晶莹，参差错落，着一“浮”字，把雨后初晴轻烟氤氲的情景刻画得动感十足。如果说前两句是大处着笔的话，那么后两句则是细处描画，仿佛摄影中的特写镜头，描绘了芍药和蔷薇百媚千娇的情态。“有情芍药含春泪，无力蔷薇卧晓枝”写芍药带雨含泪，脉脉含情，蔷薇静卧枝蔓，娇艳妩媚。因其体物入微，情致蕴藉，具有一种清新婉丽的韵味，展示了诗人对自然界景物、现象敏锐的观察力、感受力和摄取力、表现力。在表现手法上，这两句兼用了对偶与拟人，富有偶对精工、生机勃发的美感。

有情芍药含春泪，
无力蔷薇卧晓枝。

满庭芳

山抹微云，天粘衰草，画角声断谯门。[①]暂停征棹，聊共引离尊。多少蓬莱旧事，空回首，烟霭纷纷。[②]斜阳外，寒鸦万点，流水绕孤村。

销魂。当此际，香囊暗解，罗带轻分。[③]谩赢得、青楼薄幸名存。[④]此去何时见也？襟袖上、空惹啼痕。伤情处，高楼望断，灯火已黄昏。

①粘（nián）：紧贴着。谯（qiáo）门：城门上的楼，可以瞭望。
②蓬莱：会稽（今浙江绍兴）有蓬莱阁。
③香囊：香袋，古人身上一种配饰物。
④谩：徒然。

这首词作于宋神宗元丰二年（1079），秦观游历会稽时。这首词描写词人与眷恋的女子离别的场景，曾传诵很广，秦观还得了个“山抹微云君”的雅号。上阕描写离别时的景色以及对往事的回忆，下阕抒写离别时的留恋、惆怅之情。开头“山抹微云，天粘衰草”同是极目天涯的意思，为惜别伤怀的主旨做好了铺垫。“斜阳外，寒鸦万点，流水绕孤村”三句是千古绝唱，调美、音美、境美、笔美。以景物写心境，天色已是黄昏，连禽鸟都想要回归宿处了，人又何尝不是？而词人却仍与流水孤村相伴，突显词人作为离群游子的孤苦寂寞，而此时又更要与佳人分别，更是愁上加愁。从“斜阳外”到“销魂”这几句实际上化自隋炀帝诗：“寒鸦千万点，流水绕孤村。斜阳欲落处，一望黯销魂。”整首词情中有景、景中有情，将凄凉的秋色与伤别之情完美地融合在一起。

斜阳外，寒鸦万点，
流水绕孤村。

八六子

倚危亭，恨如芳草，萋萋刬尽还生。[1] 念柳外青骢别后，水边红袂分时，怆然暗惊。

无端天与娉婷。[2] 夜月一帘幽梦，春风十里柔情。怎奈向、欢娱渐随流水，素弦声断，翠绡香减，那堪片片飞花弄晚，濛濛残雨笼晴。[3] 正销凝。黄鹂又啼数声。[4]

①刬（chǎn）：通“铲”。

②天与：老天赐予的。娉（pīng）婷：形容女子姿态美好。

③怎奈向：怎奈，奈何。那：读nǎ。

④销凝：因伤感而凝神。

这是一首写离别相思的怀人之词，怀念对象是词人曾经相爱过的一个歌女。词开头情感直接破空而来，由情切入，以春风吹又生的芳草比喻绵绵不断的离愁别恨。下边两句用“念”字引起追忆，显出词人对情人的深切感情。下阕继续回忆，“夜月一帘幽梦，春风十里柔情”是写情人欢聚的名句，借用了杜牧《赠别》诗：“娉娉袅袅十三余，豆蔻梢头二月初。春风十里扬州路，卷上珠帘总不如。”含蓄柔美，风流不失雅致。下文“怎奈向”接着回到现实，叹息好景不长，“那堪”一句至末尾转而写当前景物，融情入景，含蓄深邃。整首词语言精美，写与旧情人的离情但不直说，而是以景衬情，将凄楚忧愁的感情依托在景物上，更显得含蓄动人。

夜月一帘幽梦，
春风十里柔情。

千秋岁

水边沙外，城郭春寒退。花影乱，莺声碎。飘零疏酒盏，离别宽衣带。①人不见，碧云暮合空相对。

忆昔西池会，鹓鹭同飞盖。②携手处，今谁在？日边清梦断，镜里朱颜改。春去也，飞红万点愁如海。③

① 飘零：漂泊。疏酒盏：多时不饮酒。宽衣带：比喻人变瘦。

② 西池：这里指北宋京都开封西郑门西北之金明池，秦观于元祐间居京时，与诸同僚有金明池之游会。鹓（yuān）鹭：古代常以鹓鹭喻百官。这里指好友如云，宾朋群集。

③ 飞红：落花。

这首词写于宋哲宗绍圣二年（1095），秦观被贬为监处州酒税游处州府治南园时。本词把过去与现在，政治上的失意与爱情上的愁苦交织在一起，感情极其悲伤。上阕着重写“今”，起首两句写眼前之景，下文眼前“花影乱”，耳边“莺声碎”，这情景对于一个失意飘零的人来说，更加勾起他的伤感，引出“飘零疏酒盏，离别宽衣带”两句，有汉魏诗风，因此情感柔而不靡。上阕最后两句抒写离别后的惆怅。下阕词人转而回忆往昔的峥嵘岁月，比较现今政治理想破灭，情感发自肺腑，是对元祐党祸痛心疾首的控诉。词的结尾“春去也，飞红万点愁如海”是全词感情的高潮，比喻忧愁有如浩瀚的大海，以海喻愁是词人了不起的创造，应该是受到李后主“问君能有几多愁？恰似一江春水向东流”的启发，从中可以看出词人因政治理想的破灭而产生难以排遣的愁苦悲伤。

春去也，飞红
万点愁如海。

鹊桥仙

纤云弄巧，飞星传恨，银汉迢迢暗度。① 金风玉露一相逢，便胜却人间无数。②

柔情似水，佳期如梦，忍顾鹊桥归路。③ 两情若是久长时，又岂在朝朝暮暮。

（第一季 3 次，第二季 1 次，第三季 1 次，第四季 1 次）

① 纤（xiān）云弄巧：纤薄的云彩，变化多端，呈现出许多细巧的花样。
银汉：银河。

② 金风：秋风。玉露：秋天清晨晶莹如玉的露水。

③ 忍顾：怎么忍心回顾。

《鹊桥仙》原本是为咏牛郎织女的爱情故事而创作的乐曲，秦观这首词也围绕这个主题歌咏爱情。词上阕先写夜空美景，字里行间都在传递牛郎织女的离愁别恨。紧接着“金风”两句写两人相会的场景，诗人不直接实写，而是直接感慨金风玉露之夜相逢的美好，用高明的手段从侧面讴歌了圣洁而永恒的爱情。词下阕抒情兼议论，“柔情”三句写相会的短暂，像梦一般倏然而逝，令人心碎。末尾两句已成为千古抒情绝唱，明白如话却掷地有声，字字珠玑，表现了词人对坚贞不渝爱情的歌颂。这句词在现在常被误用成“两情若是长久时”，其实应该是“久长时”才符合格律。整首词融抒情、写景、议论为一体，用自然流畅、通俗易懂的词语讴歌了人间美好的爱情，余味无穷。

两情若是久长时，
又岂在朝朝暮暮。

望海潮

梅英疏淡，冰澌溶泄，东风暗换年华。[①]金谷俊游，铜驼巷陌，新晴细履平沙。[②]长记误随车，正絮翻蝶舞，芳思交加。柳下桃蹊，乱分春色到人家。[③]

西园夜饮鸣笳。[④]有华灯碍月，飞盖妨花。[⑤]兰苑未空，行人渐老，重来是事堪嗟！[⑥]烟暝酒旗斜，但倚楼极目，时见栖鸦。无奈归心，暗随流水到天涯。

① 澌（sī）：流冰。
② 金谷：洛阳园名，晋石崇所建。此处借指北宋都城汴京的金明池。俊游：游览胜地。铜驼：洛阳街名。此处借指汴京的琼林苑。巷陌：街道。
③ 桃蹊（xī）：桃树下的小路。
④ 西园：指汴京金明池，它位于汴京之西。“西园”三句，用曹丕西园雅集典故。笳：古时一种管乐器。
⑤ 飞盖：奔驰的车辆。盖：车篷。
⑥ 兰苑：美好的园林。

这首词作于绍圣元年（1094）春，当时朝局大变，秦观所属的旧党阵营下台，他也因此遭到贬官即将离京。词的起首三句写眼前景象，一句“东风暗换年华”意味深长，是全文主旨所在。它既指眼前春天景物的变化，也寄寓了新旧党争、政治时局变化的含义。下文“金谷俊游”到“飞盖妨花”追忆旧游，怀念过去的欢愉。而过去写得越热闹，就越显得如今凄凉。从“兰苑未空”开始转入写当下的状况，“是事堪嗟”与前文“暗换年华”相呼应，“烟暝酒旗斜”与“时见栖鸦”显出如今的冷落萧条，与昔日“夜饮鸣笳”“华灯碍月，飞盖妨花”等形成鲜明对比。结尾道出思归之心，情感自然而然，给人无限沧桑之感。整首词通过今昔对比，抒发对世事盛衰的感叹，写心中感伤而不露痕迹。

元·孙君泽《楼阁山水图》

东风暗换年华。

虞美人

碧桃天上栽和露，不是凡花数。乱山深处水萦洄，可惜一枝如画为谁开？①

轻寒细雨情何限，不道春难管。② 为君沉醉又何妨，只怕酒醒时候断人肠。

① 萦洄（yíng huí）：水流回旋的样子。

② 不道：不觉。

这是一首托物寓怀、自伤身世的小词。词的上阕写碧桃，下阕以仙桃喻美人。起首两句赞美碧桃的仙品，化用晚唐高蟾的名句“天上碧桃和露种”，夸奖它不是凡花俗卉之辈。后面两句笔锋一转，写仙桃生长环境的恶劣，在荒僻之地盈盈如画，却没有人来欣赏，暗示诗人自己怀才不遇、仕途坎坷。下阕前两句写碧桃在暮春的清寒细雨中动人的姿态，及词人惜春留春的情感。结尾两句 “为君沉醉又何妨，只怕酒醒时候断人肠”是脍炙人口的名句，“君”既指花，又暗指坎坷的仕途，词人因怜惜花寂寞无人赏而醉饮，同时从对花的同情中产生同病相怜的共鸣感。这首词借赞扬碧桃天生丽质、幽独不凡却无人赏识，象征词人自己的高洁品格和坎坷遭遇。

为君沉醉又何妨，只怕酒醒时候断人肠。

李之仪（1048—1127），字端叔，自号姑溪居士，沧州无棣（今山东省无棣县）人。治平四年（1067）进士及第，官至朝议大夫，是北宋中后期“苏门”文人集团的重要成员。有《姑溪居士文集》。

卜算子

我住长江头，君住长江尾。日日思君不见君，共饮长江水。此水几时休？

此恨何时已？[1] 只愿君心似我心，定不负相思意。

（第一季 1 次，第三季 2 次，第四季 1 次）

①已：完结，停止。

李之仪这首《卜算子》明白如白话，复叠回环的手法别具音乐节奏的美感。词的上阕借长江说恋情，十分有韵味。重叠复沓的句式，让读者可以感触到主人公深情的思念与叹息。下阕仍紧扣长江水，承接“思君不见君”写如水一般绵绵无期的相思情。写到这里，相思之恨充斥着心灵，但词人却笔锋一转，翻转出一层新的意蕴，“只愿君心似我心，定不负相思意”，既抒发了自己的感情，也鼓舞着对方的信心，勉励情人不要动摇。由此，隔绝情人的江水反倒成了升华感情的条件，写出了在痛苦相思中对永恒的爱情怀抱期待的心愿。整首词语言明净、构思巧妙、情思深婉，歌颂了坚贞的爱情，情感真挚，耐人寻味。

只愿君心似我心，
定不负相思意。

贺铸（1052—1125），字方回，号庆湖遗老，卫州共城（今河南省辉县市）人。因长相丑陋，面色铁青，人称“贺鬼头”。因有名句“试问闲愁都几许？一川烟草，满城风絮，梅子黄时雨”，世称“贺梅子”。词风兼具豪放、婉约两派之长，善于化用前人诗句。有《庆湖遗老集》。

青玉案

凌波不过横塘路，但目送、芳尘去。① 锦瑟华年谁与度？② 月桥花榭，琐窗朱户，只有春知处。③

碧云冉冉蘅皋暮，彩笔新题断肠句。④ 试问闲愁都几许？一川烟草，满城风絮，梅子黄时雨。

（第一季 1 次，第三季 2 次）

① 凌波：形容女子脚步轻盈。横塘：古堤名，在苏州胥门外九里。芳尘：指美人的行踪。

② 锦瑟华年：比喻美好的青春岁月。

③ 琐窗：雕刻连锁花纹的窗子。

④ 冉冉：形容云慢慢地移动。蘅皋（héng gāo）：长着香草的水边高地。

这首词写于贺铸退居苏州时，词人对一位女子产生倾慕之情，因而写出了这篇名作。词的上阕写相思，写词人偶遇佳人，佳人却不知所踪的惆怅，“月桥”“花榭”“琐窗”“朱户”都是词人对佳人住所的想象，但其实又难以想象，所以说“只有春知”，可见词人对佳人之一往情深。词的下阕写因思慕而引起的无限愁思。末尾的“试问闲愁都几许？一川烟草，满城风絮，梅子黄时雨”已成千古名句，兼用设问、比喻和排比的修辞手法，将闲愁这一抽象的感情巧妙地具象化成三种意蕴丰富的实物，生动形象地将词人心中的愁思展现出来。整首词写一见钟情而又求之不得的闲愁，写得异常风雅、美妙动人。

元·朱叔重《春塘柳色图》

试问闲愁都几许？一川烟草，满城风絮，梅子黄时雨。

周邦彦（1056—1121），字美成，号清真居士，钱塘（今浙江杭州）人。官至秘书监、大晟府提举。精通音律，擅填词，在婉约词人中被尊为“正宗”，尤其擅长化用唐人诗句。有《清真集》。

满庭芳·夏日溧水无想山作①

风老莺雏，雨肥梅子，午阴嘉树清圆。②地卑山近，衣润费炉烟。③人静乌鸢自乐，小桥外、新绿溅溅。④凭阑久，黄芦苦竹，拟泛九江船。

年年，如社燕，漂流瀚海，来寄修椽。⑤且莫思身外，长近尊前。⑥憔悴江南倦客，不堪听、急管繁弦。歌筵畔，先安簟枕，容我醉时眠。⑦

① 溧水：县名（今江苏省南京市溧水区）。周邦彦曾担任县令，无想山是他命名的小山。
② 风老莺雏：幼莺在暖风里长大了。老，使……老。
③ 衣润费炉烟：衣服受潮，常须用炉烟来熏。
④ 乌鸢：乌鸦和老鹰。溅溅：流水声。
⑤ 社燕：燕子。瀚海：沙漠。这里泛指遥远、荒僻的地方。修椽：长的椽子，高大的屋檐。
⑥ 且莫思身外：化用杜甫《绝句漫兴》：“莫思身外无穷事，且尽生前有限杯。”尊：同“樽”，古代盛酒的器具。
⑦ 簟（diàn）枕：枕席。泛指卧具。

这首词作于宋哲宗元祐八年（1093），当时周邦彦担任溧水县令。写他年年奔波、仕途不顺的愁闷，但写景抒情都极其含蓄有分寸，不特意渲染感情的苦乐。上阕开头写春日已去，但词人仍极力欣赏景物的美好，反映出作者随遇而安的心情。之后多次转折，时而说“人静乌鸢自乐”的怡然自乐的心情，时而流露出沦落天涯的诗意。下阕词人以燕子自比，

明·朱端《松院闲吟图》

流露出漂泊无定的心情，但又宽慰自己不去考虑身外的事情，还是借酒浇愁吧。“憔悴江南倦客，不堪听、急管繁弦”触人心弦，在官场宦海中漂泊的词人想在酒宴中暂寻欢乐，但宴会上的音乐却更勾起了词人的感伤，“不堪听”不是真的不听，而是被触到了伤心处。整首词写词人长年累月地经历宦海飘零，十分疲倦，但又强打精神安慰自己要随遇而安，宽慰与苦闷杂糅，体现了词人矛盾曲折的心理。

憔悴江南倦客，不堪听、急管繁弦。

聂胜琼（生卒年不详），北宋京城汴京名妓，善填词，为礼部属官李之问所爱，后嫁李之问。

鹧鸪天·寄李之问

玉惨花愁出凤城，莲花楼下柳青青。[①] 尊前一唱阳关后，别个人人第五程。[②]

寻好梦，梦难成。况谁知我此时情！枕前泪共帘前雨，隔个窗儿滴到明。

元 · 倪瓒《雨后空林图》

① 玉惨花愁：形容女子愁眉苦脸。凤城：这里代指京城汴梁。

② 阳关：送别曲《阳关曲》或《阳关三叠》，据王维《送元二使安西》改编。人人：为宋代市井俗语，用于对昵爱者的称呼。第五程：表示送别的路程之远。

这是一首寄赠词。据宋人杨湜《古今词话》，此词是聂胜琼送别李之问归来之后所作。

上阕主要写离别时的情景，下阕写别后的思念之情。全词感情凄婉，痴情缠绵悱恻，情与景完美交融，具有很强的艺术感染力。“枕前泪共帘前雨，隔个窗儿滴到明”，本为唐末江淮间名妓徐月英所作的名句，被聂胜琼借来放入《鹧鸪天》词末，意义情调皆恰到好处。这两句随《鹧鸪天》词而流传更广，许多人甚至以为是聂胜琼所创的名句。“枕前泪”与“帘前雨”相互映衬，离别之后梦不成心上人，泪水打湿了枕衾，相思的泪水正与这窗外的雨水一样缠绵无休，以无情的雨滴烘托相思的泪滴心碎，雨不停泪也不停，共同滴到天明。晚唐温庭筠《更漏子》词末尾这样描写过：“梧桐树，三更雨，不道离情正苦。一叶叶，一声声，空阶滴到明。”相比温词，聂胜琼此处借用徐月英的“枕前泪共帘前雨，隔个窗儿滴到明”，将个人心情与自然景物融合为一体，整个情境真切感人。到宋末更有蒋捷的“悲欢离合总无情，一任阶前点滴到天明”（《虞美人》）。

枕前泪共帘前雨，
隔个窗儿滴到明。

李清照（1084—1155？），号易安居士，济南（今山东省济南市）人，李格非之女，赵明诚之妻。婉约词派代表，有“千古第一才女”之称。词以南渡为界，前期多写离别相思，后期悲叹亡国之恸与身世孤苦。论词强调协律，崇尚典雅，提出词“别是一家”之说。有《漱玉集》。

夏日绝句

生当作人杰，死亦为鬼雄。①

至今思项羽，不肯过江东。②

（第一季 1 次，第二季 1 次，第四季 2 次）

① 人杰：人中的豪杰。鬼雄：鬼中的英雄。

② 项羽：秦末时自立为西楚霸王，与刘邦争夺天下，在垓下之战中，兵败自杀。江东：项羽当初随叔父项梁起兵的地方。

李清照的这首小诗，篇幅虽小，但所蕴含的道理与情感却是十分深刻、沉甸的。诗起笔雄杰，有丈夫气，“生当作人杰，死亦为鬼雄”强调人活着应当做人中俊杰，即便死了也要为鬼界之雄，道出诗人内心对英雄的崇拜与向往，崇尚建功立业、绝不苟活的人生取向。这首诗歌颂的对象是历史英雄项羽，诗人接着高度评价项羽宁死“不肯过江东”的凌然气概，与杜牧“江东子弟多才俊，卷土重来未可知”的假设大异其趣。婉约词人李清照肯定的是视死如归的那个项羽，所以才引起她的由衷赞美。当然，李清照是在目睹南宋遭受金人侵凌、节节败退的现实下写就此诗的，那是一个呼唤英雄的时代。所以，诗的现实针对性极强，富有激励人心的强烈效果。

生当作人杰，
死亦为鬼雄。

如梦令

常记溪亭日暮，沉醉不知归路。① 兴尽晚回舟，误入藕花深处。争渡，争渡，惊起一滩鸥鹭。②

（第一季 1 次，第二季 1 次）

①溪亭：临水的亭台。
②争：抢，指奋力划船。

这首词大约写于词人的青年时代，是一首记叙游赏之作。年轻时的词人既没有太多相思之苦，更没有家仇国恨，因此词风清新别致，读来让人耳目一新。“常记”两句以自然和谐的平淡笔墨娓娓道来，将读者带入她创造的叙事节奏中。“沉醉”“兴尽”等词透露出作者饮宴后心底的欢愉和流连忘返的情志；“不知归路”“误入”等词则在行文之间流畅自然地呈现出词人忘情的姿态。词的末尾写道“争渡，争渡，惊起一滩鸥鹭”，表达了词人急于从迷途中寻找出路的焦急心情，把停栖在洲渚上的水鸟都吓飞了。整首词不事雕琢，写出了词人年少时的好心情，展现了一个活泼可爱、豪放潇洒的少女形象，读来让人如沐春风。

争渡，争渡，惊起一滩鸥鹭。

如梦令

昨夜雨疏风骤，浓睡不消残酒，试问卷帘人，却道海棠依旧。[①] 知否？知否？应是绿肥红瘦。[②]

（第一季 2 次，第二季 1 次）

① 雨疏风骤：雨点稀落，风势迅猛。
② 绿肥：指枝叶茂盛。红瘦：指花朵稀少。

这首如梦令也是词人早期的作品。这首小词以景衬情，委婉地表达了作者怜花惜花的心情。这首词字数虽少，但其中既有人物，又有场景，还有对白，充分体现了词人的语言表现能力、布局能力和绝妙的叙事节奏。词的开头写经过一夜风雨，一觉醒来，愁与酒却仍在胸中。“试问卷帘人，却道海棠依旧”两句体现了词人爱花惜花之情，妙在一字不提所问何事，却在答话“知否？知否？应是绿肥红瘦”中透露出谜底，因词人是真心爱花惜花，所以才能看出海棠花丛中的花朵已经变得稀少，真可谓巧夺天工，同时又十分自然。整首词表现出词人为花而醉、因花伤春，进而以花自喻，感慨自己青春易逝、红颜易老。其实这首词是对晚唐韩偓《懒起》诗的改写，韩诗曰：“昨夜三更雨，临明一阵寒。海棠花在否？侧卧卷帘看。”韩诗有问无答，李清照回答：“绿肥红瘦。”这四个字新颖，已为成语，多用来形容暮春景色。

知否？知否？应是绿肥红瘦。

醉花阴

薄雾浓云愁永昼，瑞脑消金兽。①佳节又重阳，玉枕纱厨，半夜凉初透。②

东篱把酒黄昏后，有暗香盈袖。③莫道不消魂，帘卷西风，人比黄花瘦。

（第一季 1 次，第二季 1 次，第三季 5 次，第四季 2 次）

① 瑞脑：又称“龙脑”，香料的一种。金兽：兽形铜香炉。

② 纱厨：纱帐，夏天用来避蚊蝇。

③ 东篱：陶渊明以后，后人经常以东篱指代种菊花的地方。暗香：指菊花淡雅的香气。

这首词大约写作于宣和二年（1120）重阳节。此时，因赵明诚在外做官，夫妻两人分隔两地。李清照写这首词寄给赵明诚，寄托深透入骨的相思之情。上阕中，用寥寥数语，描摹出一个心事重重的闺中少妇的形象——天气阴沉，只能望香炉青烟；白天心情沉闷，半夜独守空闺更难熬。下阕写重阳节饮酒赏菊，这本是重阳节的主要活动，但满心愁绪的词人直到黄昏才打起精神，暗写难以排遣的相思之情。“帘卷西风，人比黄花瘦”是千古名句，蕴含深切的孤独寂寞：西风掀起帘子，现出相思的词人比菊花还要清瘦。“黄花”承接上文的“东篱把酒”，在上下文情感的联系之下，“人比黄花瘦”这一句所暗示的相思之情就更加深刻。据说李清照把这首词寄给赵明诚，赵想超过夫人，模仿作了五十首，并把这首也夹在其中，送给朋友看，朋友看后说，只有三句好，就是“莫道不消魂，帘卷西风，人比黄花瘦”。

帘卷西风，人
比黄花瘦。

一剪梅

红藕香残玉簟秋，轻解罗裳，独上兰舟。① 云中谁寄锦书来？雁字回时，月满西楼。②

花自飘零水自流。一种相思，两处闲愁。此情无计可消除，才下眉头，却上心头。

（第一季 1 次，第三季 2 次，第四季 1 次）

① 玉簟：光华如玉的席子。
② 雁字：雁群飞时排成“一”或“人”形。相传雁能传书。

这首词是在抒写相思之情，但蕴含的愁苦明显地比后期作品要淡一些。词写作于李清照婚后不久，赵李两家虽然同样居住在汴京，但赵明诚是太学生，根据当时的太学制度，两人相聚时间很少。一对新婚夫妇，难免会产生相思之苦。词的上阕通过写景叙事烘托词人内心的凄凉寂寞、百无聊赖，暗写相思。词的下阕开始直接写情，“一种相思，两处闲愁”用得十分巧妙，表现出夫妻两人间彼此的信任。结尾“此情无计可消除，才下眉头，却上心头”是被人称道的名句，是词人化用范仲淹“都来此事，眉间心上，无计相回避”而来，青出于蓝而胜于蓝，更自然动人。整首词用浅近明白、轻柔自然的语言，表达了对挚爱的相思之情。

此情无计可消除，才下眉头，却上心头。

凤凰台上忆吹箫

香冷金猊，被翻红浪，起来慵自梳头。[1] 任宝奁尘满，日上帘钩。[2] 生怕离怀别苦，多少事，欲说还休。新来瘦，非干病酒，不是悲秋。

休休！这回去也，千万遍《阳关》，也则难留。念武陵人远，烟锁秦楼。[3] 惟有楼前流水，应念我，终日凝眸。凝眸处，从今又添，一段新愁。

① 金猊（ní）：狻（suān）猊形状的铜香炉。红浪：形容被子没有铺的样子。

② 宝奁：华贵的镜匣。

③ 武陵人：借指丈夫。用刘晨、阮肇典故。秦楼：凤楼、凤台。借用春秋时代萧史与弄玉的仙凡爱情典故，写夫妇两人的思念之深。

这首词开创性地写离别前的愁苦与离别后的痛苦。上阕写离别前，词人有万千话语想对即将离别的丈夫诉说，但是怕引起丈夫“离怀别苦”，所以“欲说还休”。“新来瘦，非干病酒，不是悲秋”是写离愁别恨的名句，词人分明是因为离别的感伤所以使自己消瘦，但她不明说，而是用留白的手法让人猜，暗示自己的愁比“病酒悲秋”更苦，用笔婉转曲折。下阕写离别后，深情地抒写夫妻双方的相思之情。“惟有楼前流水，应念我，终日凝眸”也是写愁的名句，流水无情，词人的痴人痴语更衬托出相思情深。最后使用顶针格，衔接紧密，感情的激烈程度也更加彰显，末尾则终于点出“愁”字。整首词真实地抒写了词人心中的离愁别恨。

新来瘦，非干病
酒，不是悲秋。

武陵春

风住尘香花已尽，日晚倦梳头。① 物是人非事事休，欲语泪先流。

闻说双溪春尚好，也拟泛轻舟。② 只恐双溪舴艋舟，载不动、许多愁。③

（第四季 1 次）

① 尘香：尘土里有落花的香气。
② 双溪：浙江金华县的江名。
③ 舴艋（zé měng）舟：形似蚱蜢的小船。

这首词写在李清照南渡后，是在金华躲避战乱时候作的，词人的丈夫也早已逝世，所以词中感情非常悲凉。“风住尘香花已尽”是借花自喻，暗示自己坎坷的人生。“日晚倦梳头”，到晚都懒梳头，写出词人一种悲凉的心境。“物是人非事事休，欲语泪先流”将难以控制的满腔忧愤一下子倾泻出来，十分打动人心。下阕“闻说双溪春尚好，也拟泛轻舟”，看似是在写词人听说金华郊外春光明媚，让读者以为词人心情稍稍恢复，兴起了出游的兴致，接下来却笔锋一转，“只恐双溪舴艋舟，载不动、许多愁”，情感在经过铺垫之后，急转直下，把“愁”写得有重量，用新颖的笔法道出内心积蓄的愁苦之深。李清照写作这首词时已经经历了生死别离、国家战乱，痛苦坎坷的经历让词人笔下的词更加深沉哀婉。

只恐双溪舴艋舟，
载不动、许多愁。

声声慢

寻寻觅觅，冷冷清清，凄凄惨惨戚戚。乍暖还寒时候，最难将息。[1] 三杯两盏淡酒，怎敌他、晚来风急！雁过也，正伤心，却是旧时相识。

满地黄花堆积，憔悴损，如今有谁堪摘？守着窗儿，独自怎生得黑！梧桐更兼细雨，到黄昏、点点滴滴。这次第，怎一个愁字了得！[2]

① 将息：调养。

② 这次第：这许多情况。

《声声慢》这首词脍炙人口，是李清照南渡以后震动词坛的名作。当时，北宋王朝已经覆灭，丈夫赵明诚刚刚去世不久，词人孤苦地飘零流亡。词的前三句用十四字叠字，“寻寻觅觅”写内心失落，“冷冷清清”写内心孤寂清冷，“凄凄惨惨戚戚”写内心悲愁难解，感情一步步地深入，愁绪一层层地被揭开。“乍暖还寒时候，最难将息”，说天气忽冷忽热的时候，最难调养休息。明的是埋怨天气不好致使身体单薄，实际上是词人内心痛苦、心情恶劣，所以坏天气更令词人的心情雪上加霜。总的来说，这首词打破了上下阕的局限，全词一气呵成，几乎是一句一愁、一句一泪，充分倾泻了作者孤独寂寞的忧郁情绪、漂泊不安的身心状况、生离死别的深沉痛苦。“冷冷清清”“乍暖还寒”皆已作为成语。

乍暖还寒时候，
最难将息。

鹧鸪天

暗淡轻黄体性柔，情疏迹远只香留。何须浅碧深红色，自是花中第一流。

梅定妒，菊应羞，画栏开处冠中秋。[1] 骚人可煞无情思，何事当年不见收？[2]

（第三季 2 次，第四季 4 次）

① 画栏：暗用李贺《金铜仙人辞汉歌》中的诗句“画栏桂树悬秋香”。

② “骚人”句：骚人指屈原，他在《离骚》中为了比喻君子的修身美德，提到了各种名花珍卉，但唯独少了桂花。李清照在词中指责先贤，为桂花打抱不平。

《鹧鸪天》这首咏桂词写作于南渡前，李清照与丈夫闲居青州期间，远离了官场的斗争与都市的喧嚣。通过吟咏品格高尚的桂花，显现出怡然自得的情趣。开头两句短短十四字形神兼备地写出了桂花的独特风韵，下面两句“何须浅碧深红色，自是花中第一流”，“何须”两字，将依靠“色”取胜的群花都推了开去，道出词人对色淡香浓、迹远品高的桂花的欣赏。李清照一生酷爱梅花，写过五首咏梅词，她对菊花也颇为欣赏，在下阕中却甘愿用梅花和菊花来烘托桂花，可见词人对桂花的喜爱。这首咏物词以群花作比，以梅、菊做陪衬，更指责先贤对桂花的遗忘，形象地表达了词人在隐居生活中对“暗淡轻黄”“情疏迹远”的桂花的欣赏之情。“花中第一流”唐宋以来一般认为是牡丹，自李清照这一名句出来后，又指桂花了。

何须浅碧深红色，
自是花中第一流。

菩萨蛮

风柔日薄春犹早，夹衫乍著心情好。睡起觉微寒，梅花鬓上残。①

故乡何处是？忘了除非醉。沉水卧时烧，香消酒未消。②

① 风柔：春风和煦。日薄：日光淡薄。乍著：刚刚穿上。
② 沉水：沉香的别称。

这首词是李清照晚年流居越中（今绍兴及杭州市萧山区等地）时的作品，写对故乡济南的深沉怀念。开头两句写经过严冬迎来早春的喜悦心情，后两句闲闲叙写，写闲适恬静的日常生活的同时，又渲染了一丝愁绪。下阕开始情调突变，转写思乡，“故乡何处是？忘了除非醉。”写思乡之情的深刻悲痛。一个“忘”字采用反语手法，将“无法忘，想忘偏不能忘”的感情表现得更加强烈。结尾两句围绕“醉”字做文章，香都已经消散了，而酒仍没有醒，更是间接渲染乡愁的浓烈。整首词采用了对比的手法，上阕写早春之喜，下阕写思乡之苦，以美好的春色反衬有家难归的悲凉，深切感人。失去故乡是因为亡国，所以李清照的思乡带有强烈的家国之痛。

故乡何处是？
忘了除非醉。

李重元（生卒年不详），北宋末期人。《花庵词选》录其《忆王孙》四首，分别咏春夏秋冬四季。

忆王孙·春词

萋萋芳草忆王孙，柳外楼高空断魂，杜宇声声不忍闻。① 欲黄昏，雨打梨花深闭门。

（第二季 1 次）

①萋萋：草茂盛的样子。王孙：旧诗词中对男子的称呼，这里指自己的恋人。杜宇：杜鹃。相传古蜀杜宇号望帝，让位后化为杜鹃，啼声哀切。

这首词书写的是一个古老而永恒的主题：闺怨。写闺中人在春日对丈夫的思念之情。词主要是通过写景抒情，结构上由大而小，由外而内，在场景的收缩中传达出伤春怀人的忧愁苦闷。通过对萋萋芳草、柳外高楼、杜鹃声啼、梨花带雨等一系列触动情怀的物象的巧妙布置，构成一曲伤感委婉的乐章。尤其“雨打梨花深闭门”一句，先是将场景收缩至梨花带雨的庭院，最后收束为一个闺门深闭的近镜头，仿佛闺中女子的芳心，随着意中人的远游而变得封锁紧闭，传递出凄恻的相思之情。并且，词中不锤炼雕琢奇字警句，以最常见的物象将感情娓娓道来，整首词情感委婉曲折，轻柔细腻。“雨打梨花深闭门”一句常被后人引用，明代唐寅《一剪梅》将其作为首句。

雨打梨花深闭门。

陈与义（1090—1138），字去非，自号简斋，洛阳（今属河南）人。身逢南北宋之交，在北宋做过地方官，在南宋是朝廷重臣，官至参知政事。江西诗派代表作家之一，同时也工于填词。后人将他与黄庭坚、陈师道推为江西诗派“三宗”之一。有《简斋集》。

临江仙·夜登小阁忆洛中旧游

忆昔午桥桥上饮，坐中多是豪英。① 长沟流月去无声。杏花疏影里，吹笛到天明。②

二十余年如一梦，此身虽在堪惊！闲登小阁看新晴，古今多少事，渔唱起三更。③

① 午桥：在洛阳城南。

② 沟：护城河。

③ 渔唱：打渔人的歌儿。这里作者叹惜前朝兴废的历史。

这首词写于高宗绍兴五年（1135）或六年（1136），陈与义用本词来追忆二十年前的洛中旧游。那时还是宋徽宗政和年间，天下太平，而北宋灭亡后，朝廷与文人皆流离逃难，饱尝艰苦。词人回忆往事，当真是百感交集。词中“杏花疏影里，吹笛到天明”最为“奇丽”，所写是回忆中的情景，却仿佛历历在目。良辰美景用快言爽语道出，展现出极佳的意境。“二十余年如一梦，此身虽在堪惊”一语说尽国事沧桑、自身飘零。末尾三句则转而言他，将沉挚的悲伤转化为旷达。本词风格明亮，浑然天成，在自然而然之中显出作者极高的文学素养。

杏花疏影里，

吹笛到天明。

岳飞（1103—1141），字鹏举，相州汤阴（今属河南）人。抗金名将。官至枢密副使，封武昌郡开国公。因拒绝和议，为秦桧所害。宋孝宗时冤狱平反，追谥“武穆”，宋宁宗时追封鄂王。有《岳武穆集》。

满江红·写怀

怒发冲冠，凭阑处、潇潇雨歇。抬望眼，仰天长啸，壮怀激烈。三十功名尘与土，八千里路云和月。[①] 莫等闲、白了少年头，空悲切。

靖康耻，犹未雪。[②] 臣子恨，何时灭。驾长车，踏破贺兰山缺。[③] 壮志饥餐胡虏肉，笑谈渴饮匈奴血。待从头、收拾旧山河，朝天阙。[④]

（第一季 1 次，第二季 2 次，第四季 2 次）

① 尘与土：风尘仆仆，四处奔走。也指功名如尘土微不足道。八千里路：指转战数千里。云和月：披星戴月。

明 · 沈周《报德英华图》（局部）

② 靖康耻：靖康元年（1126），金兵攻破汴京；次年，掳徽、钦二帝北去，北宋灭亡。

③ 长车：战车。缺：山口。

④ 朝天阙：朝见皇帝。天阙，皇帝住的宫殿。

《满江红》这首词壮怀激烈，是脍炙人口的佳作。开头凌云壮志，气盖山河，因国土存亡之际，立志报国的将领心中有一股悲愤之情。随后道出“三十功名尘与土，八千里路云和月”。词人这里是在回忆半生经历后，感慨自己呕心沥血、风尘仆仆的抗金事业之不易与艰辛。紧接着他感慨“莫等闲、白了少年头，空悲切”，告诉天下人成就事业不易，莫让年华虚度、空留遗憾。下阕开始，词人抒发心中的壮志。英雄忠愤的气概，从词人的肺腑中倾泻而出。总而言之，这是一首充满爱国主义激情的词，语言朴实有力，音调高亢悲壮，体现英雄壮志的千古绝唱。“八千里路云和月”今多用来比喻前面的路还很遥远。

三十功名尘与土，

八千里路云和月。

陆游（1125—1210），字务观，号放翁。越州山阴（今浙江绍兴）人，南宋著名诗人。少时受家庭爱国思想熏陶，一生以收复山河为己任。宋孝宗时赐进士出身，官至宝章阁待制。晚年退居家乡。其一生笔耕不辍，今存诗9000多首，内容极为丰富。与王安石、苏轼、黄庭坚并称“宋代四大诗人”，又与杨万里、范成大、尤袤合称“中兴四大诗人”。

冬夜读书示子聿①

古人学问无遗力，少壮工夫老始成。②
纸上得来终觉浅，绝知此事要躬行。③

（第二季1次，第三季6次，第四季1次）

① 示：训示、指示。子聿（yù）：陆游的小儿子。
② 学问：指读书学习。无遗力：用出全部力量，没有一点保留。遗，保留，存留。少壮：青少年时代。工夫：做事所耗费的时间。始：才。
③ 纸：书本。终：毕竟。浅：肤浅。绝知：深入、透彻地理解。躬行：亲身实践。

这首诗写于宋宁宗庆元五年（1199）底，主要是开导儿子如何培养正确的学习态度和方法。先从古人说起，古人做学问有成就者，无一不是通过刻苦用功得来的。接着进一步指出，学问是一生的事情，少壮时期下的功夫，打下的基础对后期的成就起到决定性的作用。“老始成”三字强调了做学问不是一朝一夕就可告成的，到老方有所成。指出学习的漫长，须持之以恒。诗的后半部分转到和学习有关的另一个方面来说，即实践的重要性。一般人教导子女仅停留在对书本知识的掌握上，而陆游自身对学问体会颇深，所以道理也讲得透彻。“纸上得来终觉浅，绝知此事要躬行。”“终觉浅”既是诗人的认识，也符合求学的规律。“绝知”两字说得十分肯定，是其一生学问的经验所得。这首诗把道理讲得自然亲切，毫无卖弄和虚夸的口气。尤其是“少壮工夫老始成”一句，融汇

明·戴进《溪堂诗思图》

了前人“少壮不努力，老大徒伤悲”的道理，同时在强调努力的基础上，还必须有坚持不懈的韧劲。

少壮工夫老始成。

剑门道中遇微雨[1]

衣上征尘杂酒痕，远游无处不消魂。[2]
此身合是诗人未？细雨骑驴入剑门。[3]

① 剑门：剑门关，在今四川剑阁县北。
② 消魂：心情沮丧得好像丢了魂似的，形容非常愁苦。
③ 合：应该。未：表示发问。

本诗写于陆游从抗金前线的南郑调回后方成都的途中。陆游此前在前线体验过一段“铁马秋风”的军旅生活，可现在又要去后方充任闲职，重做诗人了，这使作者有壮志难酬之感，写此诗实是在沉痛中调侃自己。首句从自己衣容着笔，衣服上沾满了尘土，还布满了饮酒时洒下的痕迹，一副衣冠不整的样子。写出自己长期奔走，加之心愿不遂，无心料理仪表的状态。写衣服实际是反映内心的失落和沮丧。下一句正好印证了这一心情，“消魂”指的是心情沮丧，失魂落魄的样子，故所见处处伤心。走到剑门时自问：“我难道只该是一个诗人吗？为什么在微雨中骑着驴子走入剑门关，而不是过战地生活呢？”作者为什么会提到“骑驴”呢？因为李白、杜甫、贾岛等都有“骑驴”的故事，而李白是蜀人，杜甫、高适、岑参、韦庄都曾入蜀，晚唐诗僧贯休从杭州骑驴入蜀，写下了“千水千山得得来”的名句，更为人们所熟知。所以骑驴与入蜀，自然容易联想到“诗人”。

细雨骑驴入剑门。

十一月四日风雨大作

僵卧孤村不自哀，尚思为国戍轮台。①
夜阑卧听风吹雨，铁马冰河入梦来。②

（第一季 1 次，第二季 1 次，第三季 2 次）

① 僵（jiāng）卧：僵直躺着，不能动。孤村：孤寂荒凉的村庄。不自哀：不为自己哀伤。思：想着，想到。戍：守卫。轮台：在今新疆境内，是唐代边防重地，此代指边关。
② 夜阑（lán）：夜深。铁马：披着铁甲的战马。冰河：冰封的河流，指北方地区的河流。

此诗作于宋光宗绍熙三年（1192）。共有两首，此是其二。诗以叙事的形式写自己夜卧孤村，为国事而辗转难眠，好不容易睡着了，梦里出现的依然是睡前想着上前线杀敌的情景。首句“不自哀”，突出诗人以身许国、不计个人荣辱的高尚情怀。次句写睡不着的原因，诗人心挂国家存亡，一生最大的抱负就是到前线去守边抗敌。第三句写夜晚风雨交加的环境，这是自然的风雨，也是暗有所指，此时，外敌虎视眈眈，南宋朝廷一直处于主和与主战的矛盾中，此不正是南宋政权的生动写照吗？“铁马冰河入梦来”，以梦境展示未酬之壮志，是放翁的惯用手法，其实际的效果是把诗人的爱国心、报国情展示得更加真诚和动人！

铁马冰河入梦来。

病起书怀[1]

病骨支离纱帽宽，孤臣万里客江干。[2]
位卑未敢忘忧国，事定犹须待阖棺。[3]
天地神灵扶庙社，京华父老望和銮。[4]
出师一表通今古，夜半挑灯更细看。[5]

① 病起：病愈。

② 病骨：指多病瘦损的身躯。支离：憔悴；衰疲。孤臣：孤立无助或不受重用的远臣。江干：江边；江岸。

③ 阖（hé）棺：指死亡，意指盖棺论定。“事定”句：本意为一个人盖棺方能论定，此指自己死后才可能实现国家统一。

④ 庙社：宗庙和社稷，以此喻国家。京华：京城之美称。和銮（luán）：同“和鸾”。古代车上的铃铛。挂在车前横木上称“和”，挂在轭首或车架上称“銮”。诗中代指君主御驾亲征，收复祖国河山的美好景象。

⑤ 出师一表：指三国时代诸葛亮所作《出师表》。挑灯：拨动灯火。

此诗写于陆游被免官后的淳熙三年（1176）。表达诗人忧心国事，盼望天子御驾亲征，早日收复国土的强烈愿望。首联“病骨支离纱帽宽，孤臣万里客江干”，描写自己病后消瘦的状态，“纱帽宽”一语双关，既言其病后瘦损，故感觉帽子宽松，也暗含被贬官后的憔悴落寞之形容。颔联中“位卑未敢忘忧国”与顾炎武的“天下兴亡，匹夫有责”的意思相通，表明诗人身虽卑微，但不改对国家的忠贞与热爱。“事定犹须待阖棺”句主要针对自己被免官一事而发，他一心为国的昭昭之心，天地可鉴，所以他坚信历史是公正的，一定会对自己作出恰如其分的评价。颈联宕开一笔，抒写了对国家政局的忧虑，同时呼吁朝廷北伐，重返故都，以慰京华父老之望。在这里诗人寄托了殷切的期望：但愿天地神灵扶持国家，早日实现黎民久盼的山河统一。尾联写夜半挑灯

明·刘俊《雪夜访普图》

读《出师表》，对忠臣之士的敬仰，有以诸葛亮自比的意思，也暗含希望天子能早日悟出“出师一表通今古”的道理。

位卑未敢忘忧国

游山西村

莫笑农家腊酒浑，丰年留客足鸡豚。①
山重水复疑无路，柳暗花明又一村。②
箫鼓追随春社近，衣冠简朴古风存。③
从今若许闲乘月，拄杖无时夜叩门。④

（第二季 2 次，第三季 4 次，第四季 2 次）

① 腊酒：腊月里酿造的酒。足鸡豚（tún）：意思是准备了丰盛的菜肴。足，足够，丰盛。豚，小猪，代指猪肉。

② 山重水复：一座座山、一道道水重重叠叠。柳暗花明：柳色深绿，花色红艳。

明 · 陆治《花溪渔隐图》

③ 箫鼓：吹箫打鼓。春社：古代把立春后第五个戊日作为春社日，拜祭社公（土地神）和五谷神，祈求丰收。古风存：保留着淳朴的古代风俗。

④ 若许：如果这样。闲乘月：有空闲时趁着月光前来。无时：没有一定的时间，即随时。叩（kòu）门：敲门。

这首诗作于宋孝宗乾道三年（1167），当时诗人罢官退居山阴。全诗主要写诗人春日乡村游赏的所见所感。首联渲染出丰收之年农村一片宁静、欢愉的气象。农家以腊酒、鸡豚款待客人，体现热情好客的淳朴风尚。颔联写行走在山间水畔的景色和感受。颈联展示了一幅南宋初年的农村风俗画卷。村民们吹吹打打操练乐器，进行着一年一度的土神祭祀。他们衣着俭朴，生活言语和方式都透露出古风。尾联表达诗人对此乡风民俗的喜爱，吐露自己意犹未尽，希望经常来此走访游玩的心愿。“山重水复疑无路，柳暗花明又一村”是广为传诵的名句，诗中所写主要是行走在曲折盘旋的山道上，山路时有时无，几经跋涉终于看到村舍人烟的经历。在寻找的过程中有失望、有惊喜，不仅反映了诗人对前途所抱的希望，也道出了世间事物消长变化的哲理。成语“山重水复”出自本篇，“柳暗花明”虽出自唐人，但经本篇妙用，变成更加流行的成语。

山重水复疑无路，
柳暗花明又一村。

临安春雨初霁[①]

世味年来薄似纱，谁令骑马客京华。[②]
小楼一夜听春雨，深巷明朝卖杏花。[③]
矮纸斜行闲作草，晴窗细乳戏分茶。[④]
素衣莫起风尘叹，犹及清明可到家。[⑤]

（第三季3次）

① 霁（jì）：雨后转晴。
② 世味：人世滋味，社会人情。客：客居。京华：京城之美称。
③ 深巷：很长的巷道。
④ 矮纸：短纸、小纸。斜行：倾斜的行列。草：指草书。细乳：沏茶时水面呈白色的小泡沫。分茶：区分茶的等级，即品茶。
⑤ 素衣：白衣。此句化用陆机诗："京洛多风尘，素衣化为缁。"风尘叹：因风尘而叹息。暗指不必担心京城的不良风气会污染自己的品质。

《临安春雨初霁》是陆游62岁时的诗作。淳熙十三年（1186）春，在家乡山阴赋闲了五年的诗人，奉诏入京，接受严州知州的职务。赴任之前，先到临安（今杭州）去觐见皇帝，住在西湖边上的客栈里听候召见，在百无聊赖中写下了此诗。首联写诗人对世味人情的感受，"薄似纱"形容世情之淡薄无味，写出内心寥落之感。"谁令"两字表明自己对新命官职的被动与冷漠。"小楼一夜听春雨，深巷明朝卖杏花"一联着重从听觉角度写京城春天的生机与气息。春雨淅沥，打在树叶屋瓦上弹奏出春的节律。"一夜"两字透露出诗人彻夜未眠。次日清晨，深幽的小巷中传来了叫卖杏花的声音，"客子光阴书卷里，杏花消息雨声中"（陈与义）。春雨和杏花经陈与义与陆游诗名句的传诵，成为江南特色景物的代表。颈联转写闲来练草书、临窗品茶等活动。这些本是文人雅事，但由于诗人是在无聊中打发时间，故隐隐透露一丝寂寥。尾联自我释怀，

元·赵孟頫《人骑图》

劝自己不要为眼下的际遇叹息，居留京城不过是短暂的，赶在清明前就可回到家乡了。诗人一生壮志难酬，晚年还要接受与志相违的官职，借此诗婉转地表达了自己的牢骚和失落。

小楼一夜听春雨，
深巷明朝卖杏花。

书　愤[1]

早岁那知世事艰，中原北望气如山。[2]
楼船夜雪瓜洲渡，铁马秋风大散关。[3]
塞上长城空自许，镜中衰鬓已先斑。[4]
出师一表真名世，千载谁堪伯仲间！[5]

（第二季1次，第三季2次，第四季3次）

① 书愤：书写自己的愤恨之情。书，写。

② 早岁：早年，年轻时。那：即“哪”。世事艰：指抗金大业屡遭破坏。“中原”句：北望中原，收复故土的豪迈气概坚定如山。中原北望，“北望中原”的倒文。

③ 楼船：高大有楼的战船。瓜洲：在今江苏邗江南长江边，与镇江隔江相对，是当时的江防要地。铁马：披着铁甲的战马。大散关：在今陕西宝鸡西南，是当时宋、金的西部边界。

五代南唐·赵干《江行初雪图》（局部）

④ "塞上"句：意为作者徒然地自比为"塞上长城"。塞上长城，比喻能守边的将领。《南史·檀道济传》载，宋文帝要杀大将檀道济，檀临刑前怒叱道："乃坏汝万里长城！"衰鬓：年老而疏白的头发。斑：指黑发中夹杂了白发。

⑤ 名世：名传后世。堪：能够。伯仲：比喻人物不相上下，难分优劣高低。

陆游这首诗抒写壮志难酬、报国无路的激愤心情。首联回忆早岁的意气风发、收复中原的豪情壮志。颔联叙艰难的抗金事业，"楼船"句写宋兵在东南瓜洲一带抗击金兵事；"铁马"句写宋兵在西北大散关一带抗击金兵事。两句都以名词合成，对偶精工，景象苍茫阔大，景中含情，情感激越，体现诗人立志从军、奋勇杀敌的豪情。颈联叹岁月流逝、理想落空。诗人早年以"塞上长城"自许，相信一定能担当中流砥柱的大任，不料自己屡受打击，现在已是两鬓染霜，早年许下的抱负都成了空谈，可见内心的失望与焦虑。尾联对诸葛亮《出师表》高度肯定，陆游在诗中多次提到《出师表》，表明他对忠智之士的深情赞许，有以诸葛亮自比的意向，借此也希望天子能忠奸分明，重用爱国志士，励志收复中原。

楼船夜雪瓜洲渡，
铁马秋风大散关。

夜泊水村[①]

腰间羽箭久凋零，太息燕然未勒铭。[②]
老子犹堪绝大漠，诸君何至泣新亭？[③]
一身报国有万死，双鬓向人无再青。[④]
记取江湖泊船处，卧闻新雁落寒汀。[⑤]

① 泊：停泊。水村：临水的村庄。

② 羽箭：箭尾插羽毛，称羽箭。太息：叹气。燕然：燕然山，在今蒙古国境内。勒铭：刻上铭文。

③ 老子：陆游自称，犹言老夫。绝大漠：横度大沙漠。绝，横度，跨越。大漠，古瀚海，亦称大碛。新亭：又名劳劳亭，在今南京市南。东晋时中原沦陷，王室南渡，有一些过江的士大夫在新亭宴饮，席间众人闷闷不乐，相对涕泣。独有王导不以为然，《晋书·王导传》记王导曰：“当共戮力王室，克复神州，何至作楚囚相对泣耶？”

④ “一身”句：意谓自己有不怕死万次的报国决心。青：变成黑色。

⑤ 记取：记住，记着。新雁：刚从北方飞来的雁。汀：水边平地，小洲。

陆游一生写了大量反映抗金报国之志的诗篇，这首七律作于山阴，当时作者已家居九年。首联借腰间羽箭的凋零闲置，反映无缘疆场、抗敌无路、功业渺茫的苦恼。颔联情绪由低落转为昂扬，说自己尚有勇略，壮心未已，并借王导呵众的典故，来表达他对那些高居庙堂的衮衮诸公在国家山河破碎之际束手垂泪的懦弱精神面貌的不满。“一身报国有万死”，意思是为了拯救国家民族，自己甘愿身死一万次。“一”与“万”形成强烈的对比，鲜明地表达了自己的拳拳爱国之心，情感充沛有力。“双鬓向人无再青”，这一句写自己头发已白，岁月一去不回，白发不会返青，如果再无机会上前线，抗敌报国的理想将会落空。抒发了对华年空掷、青春难再的感伤与悲愤。尾联回笔写眼前自己闲泊水村的寂寥景象。整首诗将誓死报国的决绝与壮志难酬的愤懑有机地融为一体，构成一股强大的情感张力。

元·吴镇《芦花寒雁图》

一身报国有万死，
双鬓向人无再青。

示 儿[①]

死去元知万事空，但悲不见九州同。[②]
王师北定中原日，家祭无忘告乃翁。[③]

（第二季 1 次，第四季 2 次）

① 示儿：写给儿子们看。
② 元知：原本知道。但：只是。九州：古代中国分为九州，所以常用九州指代中国。同：统一。
③ 王师：指南宋朝廷的军队。乃：你；你的。

这是陆游爱国诗中的又一首名篇。陆游一生致力于抗金斗争，一直希望能收复中原。但是这一理想直到他临终之际也未实现，他在弥留之时心里最难释怀的还是这件大事，故以诗抒怀，叮嘱儿子们将来要把收复中原的喜讯告知九泉下的自己。首句说在生命走到终结之时，感到万事皆空，没有什么值得牵挂的。这是先抑后扬的一种表达方式，其实他内心有一件事是很放不下的，那就是国土未收复，强敌没驱走。“王师北定中原日，家祭无忘告乃翁。”此生见不到国家光复，就是死后也希望它变成现实。这句话出自一个行将就木的老者之口，令人倍感沉痛和悲伤，诗人的爱国激情是何等的深沉执着、至死不渝！

王师北定中原日，
家祭无忘告乃翁。

金错刀行①

黄金错刀白玉装，夜穿窗扉出光芒。
丈夫五十功未立，提刀独立顾八荒。②
京华结交尽奇士，意气相期共生死。③
千年史策耻无名，一片丹心报天子。④
尔来从军天汉滨，南山晓雪玉嶙峋。⑤
呜呼！楚虽三户能亡秦，岂有堂堂中国空无人！⑥

（第二季 1 次）

① 金错刀：用黄金装饰的刀。
② 八荒：指四面八方，边远地区。
③ 京华：京城之美称。奇士：非常之士；德行或才智出众的人。相期：相约。这里指互相勉励。
④ 史策：即史册、史书。丹心：赤诚的心。
⑤ 尔来：近来。天汉滨：汉水边。这里指汉中一带。南山：终南山，在陕西省南部。嶙峋：山石参差重叠的样子。
⑥“楚虽三户”句：战国时，秦攻楚，占领了楚国不少地方。楚人激愤，有楚南公云：“楚虽三户，亡秦必楚。”意思说，楚国即使只剩下三户人家，最后也一定能报仇灭秦。三户，指屈、景、昭三家。中国：国家，朝廷。

这是一首七言歌行，写于宋孝宗乾道九年（1173）。此前，陆游应四川宣抚使王炎的聘请，到南郑（今陕西汉中）经历了一年多的军旅生活，感受到严峻的抗金形势，故写下此诗。全诗共十二句，前面十句皆为七言，最后两句用叹词“呜呼”引起，末句则用一气直下的九字反诘句，读起来铿锵有力，波澜起伏。内容上大致分为三个层次：第一层从开头到“提刀独立顾八荒”，从赋咏金错刀入手，引出提刀人渴望杀敌立功的形象。第二层从“京华结交尽奇士”到“一片丹心报天子”，从提刀人推扩到“奇士”群体形象，抒发其共同的报国丹心。第三层从“尔来从军天汉滨”到结束，联系眼前从军经历，揭明全诗题旨，表达了“中国”必胜的豪情壮志。

“楚虽三户能亡秦，岂有堂堂中国空无人！”此句化用《史记·项羽本纪》中楚南公语“楚虽三户，亡秦必楚”，实际的意思是南宋虽小，但只要大家有心抗敌，必将战胜敌国。难道偌大中国就没有能收复江山的人吗？语气掷地有声，直击人心。这种光鉴日月的爱国精神，是中华民族浩然正气的体现，永远具有鼓舞人心、催人奋起的巨大力量。

北宋·郭熙《雪山兰若图》

楚虽三户能亡秦，岂有
堂堂中国空无人！

卜算子·咏梅

驿外断桥边，寂寞开无主。[1] 已是黄昏独自愁，更著风和雨。[2]
无意苦争春，一任群芳妒。[3] 零落成泥碾作尘，只有香如故。[4]

（第一季1次，第二季2次，第三季1次，第四季2次）

① 驿：驿站。无主：不属于谁，没有人过问。
② 更著：又加上。
③ 一任：任凭。群芳：群花、百花，此处喻指政界中的群小。
④ 碾：轧碎。

陆游平生喜爱梅花，尤其推崇梅花傲雪斗霜、不畏艰难的高坚气节。这首词作者自己注为咏梅，但实际上意在言外，是以梅花自喻。上阕写梅花的困境，用梅花所处的自然环境来烘托词人自己内心的苦闷。下阕托梅言志，“无意苦争春，一任群芳妒”表现了陆游孤高的傲骨和不屑与阿谀奉承、争宠邀媚之徒为伍的品格。“零落成泥碾作尘，只有香如故”将梅花坚贞的品格更推进了一层。这两句既让人感到悲戚，仔细琢磨又非常具有傲骨，即使梅花凋落，被践踏、被碾压成灰，它的芳香也永远存世，一丝一毫也改变不了。陆游是在借此道出自己的内心：一生抱定的报国志向，并没有因为在政治上受到压迫而有一丝更改。

零落成泥碾作尘，
只有香如故。

诉衷情

当年万里觅封侯，匹马戍梁州。[①] 关河梦断何处，尘暗旧貂裘。[②]

胡未灭，鬓先秋，泪空流。此生谁料，心在天山，身老沧洲。[③]

（第四季 1 次）

① 梁州：今陕西省汉中一带，当时的前线。

② 关河：指大散关、渭河一带。

③ 天山：在今新疆维吾尔自治区，是汉唐时的边疆，这里借指战争前线。沧洲：水边陆地，古时隐者居住的地方。这里借指陆游晚年居住的山阴镜湖之滨。

陆游这首词作于晚年，当时已年近 70 岁，居住在山阴（今绍兴市），虽身处江湖，但一颗报国之心仍然炽热。词的上阕表现了词人十分怀念乾道八年（1172）在王炎幕下任职时的军旅生活，他渴望报效祖国、收拾山河，可是那些壮志凌云的生活迫于残酷的现实已经离他远去。如今他只是一个双鬓斑白的老人，“胡未灭，鬓先秋，泪空流”说尽平生不得志。“此生谁料，心在天山，身老沧洲。”“谁料”两字点出理想与现实的落差，而末尾两句更是淋漓尽致地将这种差距展现出来。这首词说尽人生的不如意，而作者的失意中融合着炽热的报国壮志，也因此比一般抒写个人愁苦的作品更有力量，更为动人，既有壮美的格调，又有悲凉的情调。

心在天山，
身老沧洲。

钗头凤

红酥手，黄縢酒，满城春色宫墙柳。① 东风恶，欢情薄，一怀愁绪，几年离索。错！错！错！

春如旧，人空瘦，泪痕红浥鲛绡透。② 桃花落，闲池阁，山盟虽在，锦书难托。莫！莫！莫！

（第二季 1 次，第三季 1 次）

① 黄縢（téng）酒：此处指美酒。宋代官酒以黄纸或黄丝巾封口，故又称黄封酒。宫墙：绍兴是古越国旧都，南宋陪都，故称。

② 红：这里代指红色的胭脂。浥（yì）：湿润。鲛绡（jiāo xiāo）：丝质手帕、手绢。

这首词写的是陆游自己的爱情悲剧，情真意切。陆游的原配唐琬是同郡唐氏士族的大家闺秀，原本门当户对，但在成亲后，陆母却对儿媳妇产生恶感，逼陆游休去唐氏。陆游劝谏哀求无果后，两人被迫分离。这首词写于数年后的一个春天，陆游在家乡山阴（今绍兴市）城南的沈园与偕夫同游的唐氏相遇，唐氏派人送黄封酒和果品菜肴给陆游，陆游心中五味杂陈，写下这首词题于园壁之上，唐琬也以同调词相答。其中“红酥手”一词的理解颇有争议，一种将它解为唐氏手臂的红润，另一种解释为菜肴名，指猪手或面点。无论是哪种解释，都代表着词人与唐氏千丝万缕的羁绊，而如今只留下“一怀愁绪”。下文自“东风恶”一句开始，情感如开了闸的潮水一般汹涌流出。全词节奏急促、声情凄惨，再加上“错！错！错！”“莫！莫！莫！”先后两次感叹，读来让人荡气回肠、直透人心。总之，眷恋与相思是词的主题，它催人泪下，真正抒发了词人怨恨愁苦又难以言状的凄楚心情。

红酥手，黄縢酒

范成大（1126—1193），字致能，号石湖居士，苏州吴县（今江苏苏州）人。绍兴二十四年（1154）进士，官至参知政事。诗风清新平易，题材广泛，以反映农村社会生活内容的田园诗成就最高，与杨万里、陆游、尤袤合称“中兴四大诗人”。有《石湖集》。

夏日田园杂兴

昼出耘田夜绩麻，村庄儿女各当家。①
童孙未解供耕织，也傍桑阴学种瓜。②

（第二季 1 次，第三季 4 次，第四季 4 次）

① 绩麻：搓麻线。儿女：指年轻人。当家：各司其事，各管一行。
② 解：领会。傍：依傍。

范成大以善写田园诗著称，这是他描写农村夏日生活的一首小诗。首句总写夏日乡村忙碌的情景，男子下地耕作，女子忙完白天的活后，晚上还得接着搓麻线，准备织布材料。次句用老农的口气写男女各司其事，“儿女”也就是指年轻人，他们都有各自的一份活，这些十分符合农耕社会乡村的实际，可见诗人是熟悉村居生活实况的。第三、四句由写成人劳作转到村童活动上来，“童孙未解供耕织，也傍桑阴学种瓜”，写孩子们在大人的耳濡目染下也勤快地动起手来，虽然他们不会耕也不会织，却不闲着，也在茂盛成荫的桑树底下学种瓜，把农村儿童喜爱劳动的天真情趣呈现出来，这令人联想到白居易《观刈麦》中的“妇姑荷箪食，童稚携壶浆”。

童孙未解供耕织，
也傍桑阴学种瓜。

杨万里（1127—1206），字廷秀，号诚斋，吉州吉水（今江西省吉水县）人。绍兴二十四年（1154）进士，官至秘书监。其诗师法自然，自成一家，号“诚斋体”，与尤袤、范成大、陆游合称“中兴四大诗人”。作诗20,000余首，今存诗4000多首，有《诚斋集》。

小　池

泉眼无声惜细流，树阴照水爱晴柔。①
小荷才露尖尖角，早有蜻蜓立上头。②

（第一季3次，第二季1次，第三季3次）

① 泉眼：泉水的出口。惜：吝惜。照水：映在水里。晴柔：晴朗温和。
② 尖尖角：初出水端还没有舒展的荷叶尖端。上头：顶端。

此诗是一首清新生动的小品。诗人以饱含童趣的眼光欣赏小池上的一切，那里有涓涓的细泉，有映照池水的树荫，有初露尖角的小荷，更有立在小荷尖端的蜻蜓，一切都显得如此和谐有趣、生机盎然。诗人观察入微，趣味十足，故下笔也十分细腻，景语皆情语，体现了诗人对生活及自然万物的亲近与喜爱。杨万里是南宋诗坛比较独特的诗人，他对江西诗派作诗讲究“无一字无来处”的做法不太赞同，倡导在自然中寻找灵感，注重谐趣，讲究圆美流转如弹丸的自然美。这首诗很能代表杨万里的诗论主张。“小荷才露尖尖角”现在多用来形容孩子初露才华，前途无量。

小荷才露尖尖角

晓出净慈寺送林子方①

毕竟西湖六月中，风光不与四时同。②
接天莲叶无穷碧，映日荷花别样红。③

（第一季2次，第二季1次，第三季1次，第四季1次）

① 净慈寺：全名“净慈报恩光孝禅寺”，与灵隐寺为杭州西湖南北山两大著名佛寺。林子方：作者的朋友，官居直阁秘书。
② 毕竟：到底。四时：春夏秋冬四个季节。在这里指六月以外的其他时节。
③ 接天：与天空相接。无穷碧：因莲叶面积很广，似与天相接，故呈现无穷的碧绿。别样：不同寻常。

这是一首描写杭州西湖六月美景的绝句。前一联诗人以直笔写出西湖的六月风光与其他季节不同，是足可留恋的。“毕竟”两字有突出、强调之意，也表露出诗人钟情于此的心理倾向。虽然读者还不曾从诗中领略到西湖美景，但已能从诗人赞叹的语气中感受到了。诗句脱口而出，不假雕琢，因而更强化了西湖之美。后一联“接天莲叶无穷碧，映日荷花别样红”，直接描写西湖之美。西湖可描写的对象很多，为什么诗人独独把西湖的莲花呈现给读者呢？原来六月的西湖最精彩之处就在于此。写莲叶层层着以“接天”两字，把“十里荷花”的气派简洁有力地表现出来。写荷花之艳丽则透过阳光的映照来刻画，叶绿花红，互相映衬，好一派西湖美景图！全诗通过对西湖美景的赞美，曲折地表达对友人的挽留之情。“映日荷花别样红”，现在多用来称赞别人事情做得很出彩。

映	日	荷	花	别	样	红	。

下横山滩头望金华山四首（其二）

山思江情不负伊，雨姿晴态总成奇。[1]
闭门觅句非诗法，只是征行自有诗。[2]

① 山思（sì）：山的情思。伊：你。
② 觅：寻觅，寻找。征行：远行。

杨万里《下横山滩头望金华山》诗共写了四首，这是其中的第二首，与其他三首同题诗相较，这一首说理的成分更浓一些，而且是就作诗取材与灵感问题发表议论。首两句寓景于论，说明江山多姿多彩，不辜负诗人的一片诗心，自然界的“雨姿晴态”随时都会给人灵感，令人诗意大发。后两句进一步提出自己的诗论观点，表明“江山之助”对诗歌创作的重要意义。“闭门觅句非诗法，只是征行自有诗”，这两句的大意是：关起门来寻觅诗句不是作诗的方法，只要出门远行便能写出好诗。脱离生活，闭门造车，写不出好的文学作品；只有深入生活，才能获得创作的素材，引出创作的情思，从而写出好作品来。杨万里生活的时期正是“江西诗派”走向末流阶段，“无一字无来处”那种死抠书本的作诗法则已显露出僵化倾向，杨万里的观点和实践有利于诗歌朝向自然活泼一路发展，有积极的意义。即便是今天，我们依然强调生活永远是创作的源泉。

闭门觅句非诗法，
只是征行自有诗。

宿新市徐公店二首（其一）①

篱落疏疏一径深，树头新绿未成阴。②
儿童急走追黄蝶，飞入菜花无处寻。③

（第二季 1 次，第四季 3 次）

① 新市：地名，在今浙江德清县新市镇。宋代时，新市为酿酒中心，杨万里来此痛饮大醉，留住新市徐公店。徐公店：姓徐的人家开的酒店名。
② 篱落：即篱笆。新绿：一作“花落”。
③ 菜花：油菜花。

这是杨万里六十多岁时所作的一首童趣诗。写春天乡村美好景色下，儿童奔跑追逐黄蝴蝶，追到一片油菜花地，蝴蝶不见了，因为油菜花是一片金黄色。宋诗讲求理趣，但有两个极端，理学家的哲理诗是一个极端，杨万里诗是另一个极端，杨万里诗表面上看不出有哲理，但童趣的画面中又含有哲理，耐人寻味。

儿童急走追黄蝶，
飞入菜花无处寻。

朱熹（1130—1200），字元晦，号晦庵，谥“文”，又称朱文公。祖籍徽州婺源（今江西省婺源县），生于南剑州尤溪（今属福建省三明市），一生中多数岁月在武夷山著述讲学。绍兴十八年（1148）进士，官至秘阁修撰。南宋著名的理学家、教育家、诗人，中国古代最杰出的儒学大师之一，是宋代理学的集大成者。

春　日

胜日寻芳泗水滨，无边光景一时新。①

等闲识得东风面，万紫千红总是春。②

（第一季1次，第二季3次，第三季4次）

① 胜日：天气晴朗的好日子。寻芳：游春，踏青。泗水：河名，在山东省。滨：水边，河边。光景：风光风景。

② 等闲：平常、轻易。“等闲识得”是容易识别的意思。

人们一般把这首诗当作春景诗来读。从诗题及诗中所写的景物来看，似乎不容置疑。首句“胜日寻芳泗水滨”，交代在一个春光明媚的日子，诗人于泗水之滨漫步寻芳，尽享春天的美景，点明了主题。下面三句都是写“寻芳”所见所感。次句“无边光景一时新”，写观赏春景中获得的初步印象。用“无边”形容视线所及的全部风光景物。“一时新”既写出春回大地，自然景物焕然一新，也写出了作者郊游时耳目一新的欣喜感觉。第三句“等闲识得东风面”，是说春天的面容与特征是很容易辨认的。第四句“万紫千红总是春”，是说这万紫千红的景象全是由春光点染而成的，人们从这万紫千红中认识了春天，感受到了春天的美。

但这首诗又不是纯粹写春景的诗。朱熹是一个理学家，他的诗用来表达理趣的较多，言在此而意在彼。比如这首诗，从字面上看，这首诗好像是写游春观感，但细究寻芳的地点是泗水之滨，有人就此指出：泗水在山东地区，而朱熹生活在南宋，一生主要结庐讲学于南方，泗水为金人侵占，

元・陆广《丹台春晓图》

他未曾北上，当然不可能在泗水之滨游春吟赏。其实诗中的“泗水”是暗指孔门，因为春秋时孔子曾在洙泗之间弦歌讲学，教授弟子。因此所谓“寻芳”即是指求圣人之道。“万紫千红”喻孔学的丰富多彩。诗人将圣人之道比作催发生机、点燃万物的春风。这其实是一首寓理趣于形象之中的哲理诗。“万紫千红”已为成语，形容百花齐放，色彩艳丽，也比喻事物丰富多彩。

万紫千红总是春。

观书有感二首（其一）

半亩方塘一鉴开，天光云影共徘徊。①

问渠那得清如许？为有源头活水来。②

（第二季1次，第三季3次，第四季1次）

① 方塘：方形的水塘。鉴：镜。古人以铜为镜，包以镜袱，用时打开。“天光”句：日光和云彩投映在塘水之中，交互变动，往来不绝。

② 渠：他，指方塘。那得：怎么会。清如许：如此清澈。源头活水：源头流动不息的清新之水，这里比喻不断更新的知识。

《观书有感》是一首说理诗。从诗的题目看出，作者是就看书而产生的感想和思考。但是这首诗也采用了上首诗的做法，以表面上的描写田园风景来暗示某个道理。从字面来看，此诗确有写景诗的特征：先写平静的水塘，有如一面新打开的镜子，上面浮映着各种光彩和影像，显得十分清澈透亮。接着自问自答，这方水塘何以如此清澈呢？原来它不是一潭死水，不断流动的水源给水塘注入了生机，使它免于暗淡混浊。其实，诗人要表达的是读书对于一个人的重要性。诗作以源头活水比喻学习要不断读书，不断从读书中汲取新的营养才能有日新月异的进步。学生在读书时要克服浮躁情绪，才能使自己的内心清澈如水。以诗说理本来是写诗的一大忌讳，但是宋人擅长说理，经常采用自然物象的相互变动来加以暗示，使得理在其中，不显晦涩枯燥，读者在享受诗的韵味中默默地接受了教育和启发，这就是哲理诗的特色及高明之处。“源头活水”已为成语，现多用来比喻事物发展的动力和源泉。

问渠那得清如许？

为有源头活水来。

偶 成

少年易学老难成，一寸光阴不可轻。
未觉池塘春草梦，阶前梧叶已秋声。①

① 池塘春草梦：用钟嵘《诗品》记载的一个典故，说谢灵运梦见谢惠连而得妙句“池塘生春草”。

这首诗在我国长期失传，却在日本广为流传，日本江户时期朱熹这首诗可谓家喻户晓。传回我国后亦不胫而走，可见是一首好诗。其主旨是劝青少年珍视光阴，努力向学。“池塘春草梦”意思是美好的青春年华将很快消逝，如同一场春梦。“少年易学老难成，一寸光阴不可轻”两句，借鉴了唐代杜荀鹤的“少年辛苦终身事，莫向光阴惰寸功”（《题弟侄书堂》），以及王贞白的“读书不觉已春深，一寸光阴一寸金”（《白鹿洞》）。

少年易学老难成，
一寸光阴不可轻。

张孝祥（1132—1170），字安国，号于湖居士，历阳乌江（今安徽省和县乌江镇）人，唐代诗人张籍的七世孙。绍兴二十四年（1154）状元及第。历任地方官，卒年39岁。词风豪放，酷似东坡。有《于湖集》。

念奴娇·过洞庭

洞庭青草，近中秋，更无一点风色。① 玉鉴琼田三万顷，着我扁舟一叶。② 素月分辉，明河共影，表里俱澄澈。悠然心会，妙处难与君说。

应念岭表经年，孤光自照，肝胆皆冰雪。短发萧骚襟袖冷，稳泛沧溟空阔。③ 尽挹西江，细斟北斗，万象为宾客。④ 扣舷独啸，不知今夕何夕！

① 洞庭青草：青草湖在洞庭湖南面，两湖相通，总称洞庭湖。
② 玉鉴琼田：形容月光照在湖面上，十分皎洁。扁（piān）舟：小船。
③ 萧骚：稀疏。
④ 挹（yì）：以器皿舀取。细斟北斗：将北斗星当作酒勺来盛酒。

这首词中体现了词人深邃的“宇宙意识”，“天人合一、物我相惬”的澄澈境界，是一首杰出的中秋词。词上阕写中秋夜明月照在洞庭湖上的景象：水天一色，星月映湖，一叶扁舟。其中“着”一字，体现了如鱼归水般的自然，向读者暗示了物我之间的和谐，浑然融为一体。上阕以“悠然心会，妙处难与君说”的虚笔作赞叹语，最是让人留有余味。于广袤静谧的湖水中乘着小船，沐浴皎洁幽冷的月光，以北斗七星作酒勺，豪情邀请天地万象共饮，这些与大自然快意相拥、晶莹澄澈的境界，都是词人口中“妙处”的来源。结尾“扣舷独啸，不知今夕何夕！”更是已然达到“物我两忘”的境界，将一切功名、得失全都抛到九霄云外，让人感觉酣畅淋漓。

明 · 袁尚统《远溪秋兴图》

悠然心会，妙处难与君说。

张栻（1133—1180），字敬夫，号南轩。汉州绵竹（今四川省绵竹市）人，右相张浚之子。宋孝宗乾道元年（1165），主讲岳麓书院，是湖湘学派集大成者。与朱熹、吕祖谦齐名，时称“东南三贤”。有《南轩集》。

立春偶成

律回岁晚冰霜少，春到人间草木知。①
便觉眼前生意满，东风吹水绿参差。②

（第四季2次）

① 律回：即大地回春的意思。古人以音乐的十二律吕对应十二个月，农历十二月属吕，正月属律，立春往往在十二月与一月之交，所以曰“律回”。岁晚：写此诗时的立春是在年前，民间称作内春，所以叫岁晚。

② 参差：不齐的样子。

立春象征着新一年的开始，春回大地，万物复苏，这是多少诗人都乐于歌颂的季节！此诗作者从残冬的冰霜下笔，冰霜消退，意味着春的到来，而最早感受到春天节律的就是自然界中的草木了。“春到人间草木知”，多么寻常而又风趣的话语，将无知的草木拟人化，把自然的规律性通过个别细微的变化展示出来，其手法与苏轼的“春江水暖鸭先知”有异曲同工之妙。冰化雪消，草木滋生，开始透露出春的信息。于是，眼前顿时豁然开朗，到处呈现出一派生意盎然的景象。那碧波荡漾的春水，也充满着无穷无尽的活力。从“草木知”到“生意满”，诗人在作品中富有层次地再现了大自然的这一变化过程，洋溢着饱满的生活激情。

春到人间草木知。

林升（生卒年不详），字梦屏，平阳（今浙江省苍南县）人。约生活于宋孝宗年间（1163—1189），今存诗仅一首。

题临安邸①

山外青山楼外楼，西湖歌舞几时休？②
暖风熏得游人醉，直把杭州作汴州。③

（第二季 1 次，第三季 4 次）

① 临安：今浙江省杭州市，金人攻陷北宋都城汴京后，宋统治者逃亡到南方，建都于杭州，改名为临安，有临时安置的意思。邸（dǐ）：旅店。
② 休：休止、停止。
③ 熏（xūn）：吹，用于温暖馥郁的风。直：简直。汴州：即汴京，北宋都城，今河南开封市。

明·谢环《杏园雅集图》（局部）

这是一首题在临安城一家旅店墙壁上的诗，因为它有很强的现实讽刺性而得以传诵至今。

“山外青山楼外楼”，诗人抓住临安城青山重叠、楼台栉比的特点展开，显得十分繁华富丽。接着以“西湖歌舞几时休”进行反诘，此时的临安城正沉醉于美景歌舞之中，表面看来歌舞升平，一片太平盛世的气象。诗人写以上乐景并不是为了夸赞杭州西湖的美丽，而是另有用意。此时南宋已失去北面的半壁江山，在金人的虎视眈眈之下，苟且偷安，国家危在旦夕，谁不触景伤情？诗句中一个“休”字，不但暗示了诗人对现实社会处境的心痛，更为重要的是表现出诗人对当政者一味“休”战言和，不思收复中原失地，只求苟且偏安、寻欢作乐的愤慨之情。后两句中，“暖风”一语双关，在诗歌中，既指自然界的春风，又指社会上淫靡享乐之风，“游人”在这里也不能仅作一般游客理解，它主要特指那些忘了国难、苟且偷安、寻欢作乐的南宋统治阶级。在诗人看来，正是这股“暖风”把“游人”的头脑吹得如醉如迷，忘记了被敌人侵占的中原故地，反而把临时安置的杭州当作故都汴京城了。本诗以乐景写哀，使读者倍增一份哀愁。同时，以反讽之语，不露声色地揭露了“游人们”忘记家仇国难、麻木不仁的精神状态，表达诗人哀其不幸，怒其不争的愤慨。“山外青山楼外楼”一句已用作成语，比喻优秀之中有优秀，先进之中有先进。

山外青山楼外楼

志南（生卒年不详），号明老，会稽（今浙江绍兴）人。南宋诗僧，与朱熹友善。

绝　句

古木阴中系短篷，杖藜扶我过桥东。①
沾衣欲湿杏花雨，吹面不寒杨柳风。②

（第四季 2 次）

① 系（xì）：连接。短篷：小船。篷，船帆，船的代称。杖藜：拐杖。藜，一年生草本植物，茎秆直硬，古人常以之作杖。
② 杏花雨：清明前后杏花盛开时节的雨。杨柳风：指春风。

这首绝句出自僧人之手，写诗人在微风细雨中拄杖春游的所见所感。前两句交代行程情况。诗人驾着小船来到古木阴下，系好小舟，登岸徐行，拄着拐杖，走过了一座小桥，去欣赏眼前无边的春色。诗人拄杖春游，却说“杖藜扶我”，是将藜杖人格化了，赋予藜杖以人的情态，仿佛诗人的游伴，默默无言地扶人前行，给人以亲切感、安全感。“沾衣欲湿杏花雨，吹面不寒杨柳风”写诗人对春天细雨蒙蒙、微风习习的独特感受。“沾衣欲湿杏花雨”，此句颇有唐人“山路元无雨，空翠湿人衣”的韵味，写出春雨似有似无、滋润轻柔的特点。“吹面不寒杨柳风”，写春风轻拂略带暖意，给人以温馨惬意的美好享受，表达了诗人对春的无限喜爱与赞美。

吹面不寒杨柳风。

辛弃疾（1140—1207），字幼安，号稼轩，历城（今山东济南）人。21 岁参加抗金义军，后领军归宋。曾任江西安抚使、福建安抚使等职。一生力主抗金，由于与主和派政见不合，后被弹劾落职，长期乡居。其词风格悲壮激烈，与苏轼并称“苏辛”。有《稼轩长短句》，存词 600 多首。

清平乐·村居

茅檐低小，溪上青青草。醉里吴音相媚好，白发谁家翁媪。①

大儿锄豆溪东，中儿正织鸡笼，最喜小儿无赖，溪头卧剥莲蓬。②

（第二季 1 次，第三季 1 次，第四季 2 次）

① 媪（ǎo）：老妇人。翁媪：泛指老人。

② 莲蓬：莲花的花托，倒圆锥形，里面有莲子。

这是辛弃疾描写农村生活的优秀作品之一。这首词语言清新，充满诗情画意，纯粹用白描的手法描绘出宁静和平的农村生活。低小的茅草房，紧靠潺潺流水的小溪，满头白发的老夫妻坐在一起饮酒聊天，温暖幸福的老年夫妻生活跃然纸上。接下来描写三个儿子不同的劳动形象，尤其“最喜小儿无赖，溪头卧剥莲蓬”两句，将小儿子天真活泼的神情状貌描绘得栩栩如生，别具情趣，可谓是神来之笔。整首词清新悦目，描绘了一幅和谐的农家画卷。

最喜小儿无赖，

溪头卧剥莲蓬。

永遇乐·京口北固亭怀古[①]

千古江山，英雄无觅，孙仲谋处。舞榭歌台，风流总被雨打风吹去。斜阳草树，寻常巷陌，人道寄奴曾住。[②]想当年，金戈铁马，气吞万里如虎。

元嘉草草，封狼居胥，赢得仓皇北顾。[③]四十三年，望中犹记，烽火扬州路。可堪回首，佛狸祠下，一片神鸦社鼓。[④]凭谁问：廉颇老矣，尚能饭否？

（第二季 3 次，第三季 3 次，第四季 1 次）

① 京口：今江苏省镇江市。北固亭：在镇江东北的北固山上，下临长江，三面环水，为登临之胜地。

② 寄奴：南朝宋武帝刘裕，小字寄奴，早年曾住京口。

③ 元嘉：宋武帝之子文帝刘义隆年号元嘉，此以元嘉指代文帝。封狼居胥：汉武帝时，霍去病曾追击匈奴至狼居胥山（今内蒙古自治区西北），封山而还。仓皇北顾：匆忙南逃时回看追敌。宋文帝曾派兵北伐，被北魏太武帝拓跋焘杀得大败。

④ 佛狸（bì lí）祠：北魏太武帝拓跋焘小名佛狸，当年南侵，一路攻到瓜步（今南京市长江北岸六合区），在此建起武帝庙，又名佛狸祠。象征南侵者留下的痕迹。神鸦：啄食祭品的乌鸦。社鼓：祭祀时的鼓声。讽刺人们忘了金兵南侵至此的耻辱。

这首词作于开禧元年（1205），韩侂胄正准备北伐，而朝廷只是表面上起用辛弃疾，实则只是利用他主战派元老的招牌作为号召的虚名。词中运用了大量的典故，但却都用得自然得体、恰到好处。上阕开头讲述“孙权”“刘裕”两位从百战中开创基业的历史故事，尤其是“想当年，金戈铁马，气吞万里如虎”三句话，气势恢宏地讲述了振奋人心的历史事实，与南宋统治者偷安江左的怯懦表现形成鲜明对比。下阕以宋文帝刘义隆的典故讽刺现在朝廷用人不当，用“佛狸”拓跋焘影射同时代的金人入侵者完颜亮，更以廉颇的遭遇自比，体现

明·钱贡《岁寒图》

了词人深刻的忧愤。整首词运用大量巧妙的典故，体现了语言艺术上的成就，同时是在借古讽今，表达了词人报国之志难以实现的一腔愤懑。

想当年，金戈铁马，
气吞万里如虎。

西江月·夜行黄沙道中[①]

明月别枝惊鹊，清风半夜鸣蝉。[②]稻花香里说丰年，听取蛙声一片。

七八个星天外，两三点雨山前。旧时茅店社林边，路转溪桥忽见。[③]

（第一季2次，第二季1次，第三季2次，第四季3次）

① 黄沙：黄沙岭，在江西上饶西。
② 别枝：斜枝。
③ 社：土地神庙。社林：社庙丛林。

这是辛弃疾中年时经过江西上饶黄沙岭道时写的著名乡村词。这首词笔调灵活，语言没有雕琢，没有堆砌典故。作者以轻松的笔调，描绘了一幅充满农村生活气息的夏夜素描。风、月、蝉、鹊、星、雨、村本都是平常的物象，但经过作者的组合，画面就特别具有生命的气息，或构成清幽的夜色，或营造恬静的氛围。“稻花香里说丰年，听取蛙声一片”两句开创性地运用以“蛙声”来报“丰年”，仿佛看到群蛙在稻田里齐声合唱，争说满村遍野的稻花香意味着丰年的到来，从听觉、嗅觉、视觉三方面向读者展示了一幅丰收的农家画面。这首词体现了辛弃疾雄浑豪放风格之外清新自然的一面。

稻花香里说丰年，
听取蛙声一片。

菩萨蛮·书江西造口壁

郁孤台下清江水，中间多少行人泪。① 西北望长安，可怜无数山。②

青山遮不住，毕竟东流去。江晚正愁予，山深闻鹧鸪。

（第二季 1 次，第三季 2 次，第四季 1 次）

① 郁孤台：在今江西赣州市北。

② 长安：这里是指北宋的旧都开封。

这首词抒发了作者对南宋建炎年间国事艰危的沉痛追怀，对靖康以来失去国土的深情挂念，是南宋爱国精神深沉凝聚的绝唱。词中运用比兴手法，凭借眼前景来道出心上事，“青山遮不住，毕竟东流去”两句已成为千古名句，江水滚滚东流，是重重青山都无法阻挡的。妙就妙在似有寄托却又难以指出一个实在的对象，联系上下文之后可以隐隐感觉到词人似以青山喻敌人，以江水东流喻正义所向，但是并没有完全点明，是藏情于景的高明手法。这两句现在已成生活用语，多表示客观规律或正义的事业不可阻挡。

青山遮不住，
毕竟东流去。

青玉案·元夕[①]

东风夜放花千树，更吹落，星如雨。[②]宝马雕车香满路。凤箫声动，玉壶光转，一夜鱼龙舞。[③]

蛾儿雪柳黄金缕，笑语盈盈暗香去。[④]众里寻他千百度，蓦然回首，那人却在，灯火阑珊处。

（第一季2次，第二季1次，第三季4次）

① 元夕：元宵。
② 花千树：指众多花灯。星如雨：形容风吹时灯光晃动。
③ 玉壶、鱼龙：指不同形状的灯。
④ 蛾儿、雪柳、黄金缕：指妇女头上的头饰。

这首词是写元宵词中的经典之作。上阕渲染元宵的热闹景象，下阕转而写云鬟雾鬓的美丽女子，亮点在末尾处绽放："众里寻他千百度，蓦然回首，那人却在，灯火阑珊处。"原来，词人此前所写的一切元宵欢庆，一切灯光、月亮、香车、烟火、舞蹈、游女，全都是为了意中人所做的铺垫，这"一夜"所有苦心寻找，在回首见到意中人的瞬间已不再重要了。南宋女子多不出闺门，只有元宵和上巳这两个节日可自由出门观灯或幽会。也有学者将寻找的"那人"解释为词人不逐众流、不慕荣华的精神人格的化身。王国维在《人间词话》中将这几句词巧妙地借用，说人之成大事业者需经历三个境界，稼轩这几句词的境界是第三重最高境界。这首词用精妙的布局、新颖的构思、工巧的语言、余味无穷的意蕴，展现了词人含蓄婉约的一面。

众里寻他千百度，蓦然回首，那人却在，灯火阑珊处。

破阵子·为陈同甫赋壮词以寄之①

醉里挑灯看剑，梦回吹角连营。八百里分麾下炙，五十弦翻塞外声。② 沙场秋点兵。

马作的卢飞快，弓如霹雳弦惊。③ 了却君王天下事，赢得生前身后名。可怜白发生！

（第一季 2 次，第二季 2 次，第三季 1 次，第四季 1 次）

① 陈同甫：陈亮（1143—1194），字同甫，辛弃疾的好友。富有才华，坚持抗金，终生未仕，是南宋豪放词派的重要词人。

② 八百里：指牛。晋代王恺有一头牛，名叫“八百里驳（bó）”。见《世说新语》。麾（huī）下：指部下将士。麾，古代指军队的旗帜。炙（zhì）：烤熟的肉。

③ 的卢：一种烈性快马。传说刘备在荆州遭遇危险，骑的卢“一跃三丈”而脱险。

辛弃疾与好友陈亮是才气相若、志同道合的力主抗金的志士，宋孝宗淳熙十五年（1188）冬，陈亮到上饶拜访辛弃疾，做客十日，这首词大约写于这个时期。本词全篇豪迈雄壮，描绘了军容雄伟的军队画面，塑造了神采奕奕、意气风发、“沙场秋点兵”的将军，但残酷的现实是，这一切终究只能存在于回忆与理想中。末尾一句“可怜白发生”，词人与读者同时从理想的高峰跌落，回到冰冷的现实，余下的只有一个在夜里“醉里挑灯看剑”的白发老人。本词的布局也值得注意，从“梦回”一句开始陡然起势，如大鹏扶摇直上，意气昂扬；到末尾又戛然而止，词人对情绪的掌控十分到位，产生扣人心弦的艺术效果。“沙场秋点兵”已为常用习语，多形容威武的军容或单位重要成绩的检验和展示。

沙场秋点兵。

摸鱼儿

淳熙己亥，自湖北漕移湖南，同官王正之置酒小山亭，为赋。①

更能消、几番风雨，匆匆春又归去。惜春长怕花开早，何况落红无数。春且住！见说道、天涯芳草无归路。怨春不语。算只有殷勤，画檐蛛网，尽日惹飞絮。

长门事，准拟佳期又误。②蛾眉曾有人妒。千金纵买相如赋，脉脉此情谁诉？③君莫舞，君不见玉环飞燕皆尘土！④闲愁最苦。休去倚危栏，斜阳正在，烟柳断肠处。

（第二季 1 次，第四季 1 次）

① 淳熙己亥：宋孝宗淳熙六年（1179）。湖北漕：湖北转运副使。宋代称转运使等为漕官。王正之：王正己，字正之，当时亦为湖北漕官。

② 长门事：汉武帝时，陈皇后失宠，离开皇城，居住在长门宫（今陕西西安）。此处自比政治上的失意。

③ “千金”句：陈皇后失宠后，以黄金百斤请司马相如作《长门赋》诉说自己的怨愁，感动武帝，重新得到宠幸。

④ 玉环：杨贵妃，小字玉环。飞燕：赵飞燕。杨玉环、赵飞燕生前都擅长跳舞。

这首词写于宋孝宗淳熙六年（1179）暮春，当时辛弃疾 40 岁。他抗击金军、恢复中原的主张从来没有被南宋朝廷采纳，而只是任命他作闲职官员和地方官吏。辛弃疾意识到朝廷对抗战派的打压，写了这首词抒发胸中的郁闷。词人以美人自比，感慨年华易逝，青春不再，而自己仍受朝廷冷落弃置，满怀忧愤。词的下阕以失宠的陈皇后自比，表达出作者希望朝廷信任自己，然而却只是遭到更多的压制与打击。“君莫舞，君不见玉环飞燕皆尘土！”几句是对当时得势奸人的讽刺，意思是说：你们不要太得意忘形，难道忘记玉环飞燕都死于非命吗？你们也一样，

元 · 张观《山林清趣图》

终将化作历史的尘埃。这首词流露出对朝廷的不满与渴望建功立业的心情，同时也饱含着对国事的深切担忧。

君莫舞，君不见玉环飞燕皆尘土！

南乡子·登京口北固亭有怀

何处望神州？满眼风光北固楼。[1] 千古兴亡多少事？悠悠，不尽长江滚滚流。[2]

年少万兜鍪，坐断东南战未休。[3] 天下英雄谁敌手？曹刘，生子当如孙仲谋！[4]

（第一季 1 次，第三季 1 次）

① 北固楼：北固亭的别称，位于今江苏镇江北固山上，北临长江。
② 悠悠：指时间之漫长久远。
③ 兜鍪（dōu móu）：古代士兵的头盔，词中借指士兵。
④ 曹刘：曹操和刘备。

辛稼轩这首词大约写作于嘉泰四年（1204）前后，词人在京口（今镇江）担任知府期间。词感怆雄壮，意境高远。开头以“何处望神州？满眼风光北固楼”的问答开始，词人站在北固楼上，满眼望去，江山易主，中原地区几乎无一处是宋人的天下。“千古兴亡多少事，悠悠，不尽长江滚滚流”三句是对李白“古来万事东流水”的发挥，词人纵观千古之成败，它们随着时间的流逝，都消逝在无尽滚滚东流的长江水中。下阕突出孙权的少年英雄，当年东吴“坐断东南”的形势与南宋政府十分相似，统治者却相差千里，犀利地讽刺了当朝文武的庸碌无能。这首词表达了作者渴望像古代英雄人物那样金戈铁马、为国效力的热血爱国思想，也流露出报国无门的无限感慨。

千古兴亡多少事？悠悠，
不尽长江滚滚流。

丑奴儿·书博山道中壁[①]

少年不识愁滋味，爱上层楼，爱上层楼，为赋新词强说愁。[②]
而今识尽愁滋味，欲说还休，欲说还休，却道天凉好个秋。

（第一季 1 次、第四季 1 次）

① 丑奴儿：又名《采桑子》。博山：山名，在江西上饶市东，广丰区西南。
② 层楼：高楼。强（qiǎng）：硬要，勉强。

这首词是辛弃疾被弹劾离职后，闲居带湖期间所作。词通过“少年”与“而今”的对比，在含蓄委婉中表达自己胸中的悲愤，以及报国无路的痛苦，含而不露，别具一格。词上阕写自己少年时代，那时涉世未深，爱上高楼赋诗，为了诗兴也要勉强说些愁的话语。作者用两个“爱上层楼”的叠句，分别与“少年不识愁滋味”“为赋新词强说愁”构成因果关系，布局巧妙。下阕则与上阕形成转变，随着年岁与阅历的增长，一生力主抗战、恢复失土却报国无门的遗憾让词人心中满怀愁苦，且这种愁苦在投降派把持朝政的情况下是难以抒发的。在过去词人无愁硬要说愁，如今愁到极点却已无话可说，只好转而说天气，更体现出心中的郁闷痛苦。成语“欲说还休”即出自本篇，多形容情意复杂而又难于表达。

少年不识愁滋味，爱
上层楼，爱上层楼，
为赋新词强说愁。

水龙吟·登建康赏心亭①

楚天千里清秋，水随天去秋无际。遥岑远目，献愁供恨，玉簪螺髻。②落日楼头，断鸿声里，江南游子。把吴钩看了，阑干拍遍，无人会、登临意。

休说鲈鱼堪脍，尽西风、季鹰归未？③求田问舍，怕应羞见，刘郎才气。可惜流年，忧愁风雨，树犹如此！④倩何人、唤取红巾翠袖，揾英雄泪！⑤

（第三季 4 次，第四季 1 次）

明 · 仇英《秋江待渡图》

① 赏心亭：在建康（今南京）下水门城上，下临秦淮河，当时名胜，今废弃。

② 玉簪：碧玉簪。螺髻：螺旋盘结的发髻。玉簪、螺髻皆形容远山秀美。

③ “休说鲈鱼”句：见《世说新语》：晋人张翰，字季鹰，在洛阳做官，见秋风起，思念吴中莼菜羹鲈鱼脍，遂弃官回家。

④ 流年：流逝的时光。

⑤ 倩：请，央求。揾：这里是揩拭的意思。

这首词写作于乾道四至六年（1168—1170）间辛弃疾担任建康通判时。词人因抗金复土的壮志难酬，遂写下这首词抒发一腔怨恨和满腹牢骚。上阕借景抒情，由水写到山，在“把吴钩看了，阑干拍遍，无人会、登临意”三句中直抒胸臆，淋漓尽致地抒发自己报国无门、壮志难酬的悲愤。下阕直接言志，借张季鹰的典故，诉说有家难归的乡思，又抒发对金人、对南宋朝廷的激愤，可以说是一石三鸟。下文“求田问舍，怕应羞见，刘郎才气”借用典故，作者是说，我很怀念家乡但却绝不是像许汜一样，买田买房，发家致富，那样会被英雄刘备所耻笑。“可惜流年，忧愁风雨，树犹如此”是全首词情感的核心，表达了对时光流逝、北伐无期的感慨。最后过渡到结尾，表达因抱负无法实现、朝堂之上没有知己的悲凉寂寞心境。全词意境慷慨悲壮，而又深曲含蓄，表达了词人报国无门的满腔愤懑。

求田问舍，怕应羞见，刘郎才气。

姜夔（1155—1209），字尧章，号白石道人，鄱阳（今属江西）人。南宋著名文学家、音乐家。一生布衣，多才多艺，其词清空骚雅，对后世影响较大。有《白石道人诗集》《白石道人歌曲》。

鹧鸪天·元夕有所梦

肥水东流无尽期，当初不合种相思。[①] 梦中未比丹青见，暗里忽惊山鸟啼。[②]

春未绿，鬓先丝，人间别久不成悲。谁教岁岁红莲夜，两处沉吟各自知。[③]

（第三季 1 次）

① 肥水：源出安徽合肥西北将军岭，向南入巢湖。
② 丹青：泛指画像。见：所见，引申为明显，鲜明。
③ 红莲夜：指元宵灯节。红莲，指灯笼。

这首词是姜夔为怀念青年时代在合肥的恋人而作，当时的欢聚，成为词人一生的回忆。首句以肥水起兴，暗比悠悠逝去的岁月，次句明为怨恨当初种下的情缘，实则饱含着深沉的怀念。第三、四句描写梦中模糊的伊人身影与梦醒时的惆怅，切题“元夕有所梦”。下阕“春未绿，鬓先丝，人间别久不成悲”是全词感情的凝聚点，包含着深刻的人生体验——别久相聚无望，心头的伤痛逐渐麻木。结尾两句切题“元夕”，而元宵佳节又容易触动起情人们内心的情感，“两处沉吟各自知”道出分隔两地的旧情人默契的相思，平缓的语势下隐藏的是汹涌的感情。这首词用自然清丽的语言，表达了词人深情的相思。

春未绿，鬓先丝，
人间别久不成悲。

暗　香

辛亥之冬，予载雪诣石湖。① 止既月，授简索句，且征新声，作此两曲。② 石湖把玩不已，使工妓肄习之，音节谐婉，乃名之曰《暗香》《疏影》。③

旧时月色，算几番照我，梅边吹笛。唤起玉人，不管清寒与攀摘。何逊而今渐老，都忘却春风词笔。④ 但怪得竹外疏花，香冷入瑶席。

江国，正寂寂。⑤ 叹寄与路遥，夜雪初积。翠尊易泣，红萼无言耿相忆。长记曾携手处，千树压西湖寒碧。又片片吹尽也，几时见得？

（第一季 1 次，第四季 1 次）

① 石湖：在苏州西南，与太湖通。此指范成大。范成大居于此，因称石湖居士。

② 止既月：指住满一月。

③ 工妓：乐工、歌妓。肄（yì）习：学习。

④ 何逊：南朝梁诗人。此处是作者以何逊自比。

⑤ 江国：江邑，水乡。

姜夔爱梅至深，所作咏梅词共 17 首，其中《暗香》《疏影》最出色。词起笔以“旧时月色”开头，以眼前的景象勾连出对过去的回忆，令人摇曳生情。“唤起玉人”句以美人衬梅花，月色下、笛声中，有美人欲采摘梅花，展现了动人的景象。下阕再通过“路遥”“夜雪”“翠尊”“红萼”等词营造相思的气氛，“长记曾携手处，千树压西湖寒碧”直接拉开回忆的序幕，写到当年与旧人携手同游梅林的景象，千树梅花映照在寒碧的西湖水面之上。“寒碧”是用通感手法造出来的妙语。这两句借景抒情，写回忆中的景象如在目前一般清晰，体现词人与旧人的深厚感情。而末

元·王冕《寒梅图》

尾则写梅花凋零，美好的回忆戛然而止。语气平淡，但惋惜之情溢于言表。全词笔法委婉，物中有情、情中寓物，寄托了词人悠远的情思。

长记曾携手处，千
树压西湖寒碧。

赵师秀（1170—1219），字紫芝，号灵秀，温州永嘉（今浙江温州）人，宋太祖八世孙，绍熙元年（1190）进士。“永嘉四灵”之一，诗学姚合、贾岛，多闲逸写景之作。

约　客①

黄梅时节家家雨，青草池塘处处蛙。②
有约不来过夜半，闲敲棋子落灯花。③

（第一季1次，第二季1次，第三季4次，第四季1次）

① 约客：邀请客人来相会。
② 黄梅时节：农历五月，江南梅子熟了，大都是阴雨绵绵的时候，称为“梅雨季节”，所以称江南雨季为“黄梅时节”。处处蛙：到处是蛙声。
③ 落灯花：旧时以油灯照明，灯芯烧残，落下来时好像一朵闪亮的小花。落，使……掉落。灯花，灯芯余烬结成的花状物。

明·郭诩《杂画图册，青蛙草蝶》

此诗另有一个题目《有约》，写生活中的一个小细节，即与人约会而久候不至的心理波动。首句交代事件发生的时间背景，“黄梅时节家家雨”，这一时节雨多，人们干不了事，多比较清闲，这也是诗人和朋友相约的内在原因。当然，由于阴雨连绵，这或许也是朋友爽约的原因所在。既然是黄梅时节，外面发生哪些变化了呢？“青草池塘”，这是从视觉角度状写生机盎然的春色，似乎是化用了谢灵运的“池塘生春草”诗句。两句用叠词和颜色词进行巧妙对仗，而不觉雕琢。第三句转到事情的本身，与友人约好的相见，到半夜时分了朋友为什么还不来呢？这是诗人心里的悬疑和自问。“过夜半”，过了半夜，可见他等待许久，心里难免焦躁不安。最后一句以一个具体细微的动作来衬托内心的焦躁。“敲棋子”，以动作写心理；“落灯花”，侧面烘托等待之久。这两句诗把日常情致状写得诗意丰盈，余味无穷，历来受人称道和喜爱。

有约不来过夜半，
闲敲棋子落灯花。

翁卷（生卒年不详），字续古，一字灵舒，温州乐清（今属浙江）人。“永嘉四灵”之一。一生布衣，诗学姚合、贾岛，风格闲雅秀润。

乡村四月

绿遍山原白满川，子规声里雨如烟。①
乡村四月闲人少，才了蚕桑又插田。②

（第二季 1 次，第四季 1 次）

① 山原：山陵和原野。白满川：即水满川，指稻田里的水色映着天光。川，平地。子规：杜鹃鸟的别名。
② 才了：刚刚结束。蚕桑：种桑养蚕。插田：插秧。

这首诗以白描手法写江南农村初夏农忙时节的景象。前两句写乡村景色：首句分别以绿、白两个体现色彩的词，大致勾画出江南农村的整体印象，刻画得生机无限；次句把子规声声融于烟雨蒙蒙之中，把江南初夏的氛围形容得妙不可言。后两句写人事，四月的农事接二连三，农人既忙采桑养蚕又要耕地插秧，衬托出“乡村四月”劳动的紧张与繁忙。前呼后应，交织成一幅色彩鲜明的图画，让人既感受到农村的美丽，又感受到农民的辛劳。

乡村四月闲人少，
才了蚕桑又插田。

叶绍翁（1194—？），字嗣宗，处州龙泉（今属浙江）人。长期隐居钱塘西湖之滨，属于江湖诗派，与真德秀、葛天民友善。其名句“春色满园关不住，一枝红杏出墙来”“知有儿童挑促织，夜深篱落一灯明”皆写隐居生活所见，清新可喜。

游园不值[①]

应怜屐齿印苍苔，小扣柴扉久不开。[②]

春色满园关不住，一枝红杏出墙来。

（第一季 3 次，第二季 1 次，第三季 3 次，第四季 2 次）

① 不值，指园主不在或不同意。值，遇到。

② 怜：怜惜。屐（jī）齿：屐是木鞋，鞋底前后都有高跟儿，叫屐齿。小扣：轻轻地敲门。柴扉（fēi）：用木柴、树枝编成的门。

北宋 · 赵昌《杏花图》

这首小诗写诗人早春游园观花的所见所感，写得十分生动而又富有情趣。头两句“应怜屐齿印苍苔，小扣柴扉久不开”，交代作者访友不遇，园门紧闭，无法观赏园内的春花。但写得风趣有味，以内心独白式的猜测说园主人爱惜园内的青苔，怕我的屐齿在上面留下践踏的痕迹，所以“柴扉”紧闭，久叩不开。将主人不在家，有意说成主人拒客，为下面的诗句做了相应的铺垫。由于进不了园子，诗人不经意地在外面张望起来，忽然他有了激动的发现：“春色满园关不住，一枝红杏出墙来。”春色是充满生机和活力的，虽然主人的柴门紧闭，但是他怎能锁住满园春色呢？你看，那不是一枝红艳的杏花探出墙头来了吗？诗人欣赏不到满园春色本有些许失落，然这一惊喜马上抵消了之前的不快，足以使之兴致勃发。这两句构思奇特，形象鲜明，以拟人手法点化春景，景中寓理，预示一切新生的美好事物是封锁不住的，它定能冲破禁锢，焕发出绚烂的生命。以墙头红杏的象征，把门外的冷寂与园内的繁华加以对比，语淡意远，耐人寻味。最后一句是点化晚唐吴融《途中见杏花》“一枝红艳出墙头”而来。“春色满园”已为成语，用来形容生机勃勃、繁荣兴旺的气象。

春色满园关不住，
一枝红杏出墙来。

吴文英（1202—1276），字君特，号梦窗，四明（今浙江宁波）人。一生布衣，常出入侯门。不仅善作词，还会谱曲。其词辞藻富丽，如“七宝楼台”。有《梦窗词》。

唐多令·惜别

何处合成愁？离人心上秋。[①] 纵芭蕉、不雨也飕飕。[②] 都道晚凉天气好，有明月，怕登楼。

年事梦中休，花空烟水流。燕辞归，客尚淹留。[③] 垂柳不萦裙带住，漫长是、系行舟。[④]

① 心上秋：心、秋两字合成即是愁，这种手法在古代歌谣中颇为常见。
② 飕飕：形容风雨的声音。
③ 淹留：停留，滞留。
④ 萦：牵缠。裙带：指离去的女子。漫长是：不要老是。

本词写羁旅怀人的愁苦情感，语言浅显，纯用白描，是吴文英词中少有的不事雕琢、不堆砌典故、自然浑成的作品。上阕通过描写“风雨”“明月”等景物渲染了羁旅秋思，“何处合成愁？离人心上秋”是写愁的名句，近乎字谜游戏，“愁”字是由“秋心”两字拼成的，而“秋”也确实有心境凄凉之义。这是作者信手拈来之笔，紧扣秋思离愁的主题，没有造作之嫌。下阕则直抒对离去之人的怀念之情。写佳人已别，而自己却不能随之而去。词人既身处异乡，如今又与相伴之人离别，更加深了心中愁苦。结尾三句责怪垂柳，看似无理，但可表达真情，故“无理而妙”。

何处合成愁？
离人心上秋。

卢梅坡（生卒年不详），名钺，字威仲，号梅坡，永福（今属福建）人，寓居苏州。淳祐四年（1244）进士及第，官至户部尚书。以《雪梅》诗留名千古。

雪　梅（其一）

梅雪争春未肯降，骚人阁笔费评章。①
梅须逊雪三分白，雪却输梅一段香。②

① 降（xiáng）：服输。骚人：诗人。阁笔：放下笔。阁，同“搁”，放下。评章：这里指评议梅与雪的高下。
② 逊：差，逊色。

此诗写梅、雪两个美好的事物，各有优点，以不同的特质给人以美感。首两句以拟人手法写梅花和雪花相争不休，谁也不肯服输。到底谁更美呢？自古咏梅颂雪的诗章无数，诗人一时也给不出准确答案。于是，诗人放下笔思量起来。“阁笔”一动作表明诗人对此问题的重视，特地搁笔思考。“费评章”，一个“费”字显出诗人用心之深。“梅须逊雪三分白，雪却输梅一段香”是诗人经过深入比较之后得出的答案：雪以白胜，梅以香优。诗中巧用数量词，“三分”“一段”，用得精确，这也是诗人谨慎评判的态度体现，说明诗人对两者各有侧重，都十分喜爱。这两句也蕴含着一定的哲理，对事物的判断，必须站在客观公正的立场，要善于发现各自的优点，切不可以偏概全、主观偏废。

梅须逊雪三分白，
雪却输梅一段香。

文天祥（1236—1282），字履善，又字宋瑞，号文山，吉州庐陵（今江西吉安）人。南宋末大臣，文学家，民族英雄。宝祐四年（1256）状元，官至右丞相兼枢密使。前往元军军营谈判，被扣留。后脱险南归，坚持抗元。祥兴元年（1278）兵败被俘，后被囚于元大都三年，屡拒威逼利诱，视死如归，临刑作《正气歌》。

正气歌

余囚北庭，坐一土室。室广八尺，深可四寻。单扉低小，白间短窄，污下而幽暗。当此夏日，诸气萃然：雨潦四集，浮动床几，时则为水气；涂泥半朝，蒸沤历澜，时则为土气；乍晴暴热，风道四塞，时则为日气；檐阴薪爨，助长炎虐，时则为火气；仓腐寄顿，陈陈逼人，时则为米气；骈肩杂遝，腥臊汗垢，时则为人气；或圊溷、或毁尸、或腐鼠，恶气杂出，时则为秽气。叠是数气，当之者鲜不为厉。而予以孱弱，俯仰其间，于兹二年矣，幸而无恙，是殆有养致然尔。然亦安知所养何哉？孟子曰："吾善养吾浩然之气。"彼气有七，吾气有一，以一敌七，吾何患焉！况浩然者，乃天地之正气也，作《正气歌》一首。

天地有正气，杂然赋流形。①
下则为河岳，上则为日星。
于人曰浩然，沛乎塞苍冥。②
皇路当清夷，含和吐明庭。③
时穷节乃见，一一垂丹青。
在齐太史简，在晋董狐笔。④
在秦张良椎，在汉苏武节。⑤
为严将军头，为嵇侍中血。⑥
为张睢阳齿，为颜常山舌。⑦
或为辽东帽，清操厉冰雪。⑧
或为《出师表》，鬼神泣壮烈。
或为渡江楫，慷慨吞胡羯。⑨
或为击贼笏，逆竖头破裂。⑩

是气所磅礴，凛烈万古存。
当其贯日月，生死安足论。[11]
地维赖以立，天柱赖以尊。[12]
三纲实系命，道义为之根。[13]
嗟予遘阳九，隶也实不力。[14]
楚囚缨其冠，传车送穷北。[15]
鼎镬甘如饴，求之不可得。[16]
阴房阒鬼火，春院閟天黑。[17]
牛骥同一皂，鸡栖凤凰食。[18]
一朝蒙雾露，分作沟中瘠。[19]
如此再寒暑，百沴自辟易。[20]
哀哉沮洳场，为我安乐国。[21]
岂有他缪巧，阴阳不能贼。[22]
顾此耿耿在，仰视浮云白。[23]
悠悠我心悲，苍天曷有极。[24]
哲人日已远，典刑在夙昔。[25]
风檐展书读，古道照颜色。[26]

（第二季 2 次）

① “天地有正气”两句：天地之间充满正气，它赋予各种事物以不同形态。这类观点虽有唯心色彩，但这里作者主要用以强调人的节操。杂然：纷繁，多样。

② “于人曰浩然”两句：赋予人的正气叫浩然之气，它充满天地之间。沛乎：旺盛的样子。苍冥：天地之间。

③ 皇路：国运，国家的局势。清夷：清平，太平。吐：表露。

④ 太史：史官。简：古代用以写字的竹片。《左传·襄公二十五年》载，春秋时，齐国大夫崔杼把国君杀了，齐国的太史在史册中写道“崔杼弑其君”。崔杼怒，把太史杀了。太史的两个弟弟继续写，都被杀，第三个弟弟仍这样写，崔杼没有办法，只好让他写在史册中。在晋董狐笔：出自《左传·宣公二年》，其载，春秋时，晋灵公被

赵穿杀死，晋大夫赵盾没有处置赵穿，太史董狐在史册上写道：“赵盾弑其君。”孔子称赞这样写是“良史”笔法。

⑤ 张良椎（chuí）：《史记·留侯世家》载，张良祖上五代人都做韩国的丞相，韩国被秦始皇灭掉后，他一心要替韩国报仇，找到一个大力士，持一百二十斤的大椎，在博浪沙（今河南省新乡市南）伏击出巡的秦始皇，未击中。后来张良辅佐刘邦建立汉朝，封留侯。苏武节：《汉书·李广苏建传》载，汉武帝时，苏武出使匈奴，匈奴人要他投降，他坚决拒绝，被流放到北海（今西伯利亚贝加尔湖）边牧羊。为了表示对祖国的忠诚，他一天到晚拿着从汉朝带去的符节，牧羊 19 年，始终坚贞不屈，后来终于回到汉朝。

⑥ 严将军：《三国志·蜀志·张飞传》载，严颜在刘璋手下做将军，镇守巴郡，被张飞捉住，要他投降，他回答说：“我州但有断头将军，无有降将军！”张飞见其威武不屈，把他释放了。嵇侍中：嵇绍，嵇康之子，晋惠帝时做侍中（官名）。《晋书·嵇绍传》载，晋惠帝永兴元年（304），皇室内乱，惠帝的侍卫都被打垮了，嵇绍用自己的身体遮住惠帝，被杀死，血溅到惠帝的衣服上。战争结束后，有人要洗去惠帝衣服上的血，惠帝说：“此嵇侍中血，勿去！”

⑦ 张睢阳：即唐朝的张巡。《旧唐书·张巡传》载，安禄山叛乱，张巡固守睢阳（今河南省商丘市），每次上阵督战，大声呼喊，牙齿都咬碎了。城破被俘，拒不投降，敌将问他：“闻君每战眦裂，嚼齿皆碎，何至此耶？”张巡回答说：“吾欲气吞逆贼，但力不遂耳。”敌将视其齿，存者不过三数。颜常山：即唐朝的颜杲卿，任常山太守。《新唐书·颜杲卿传》载，安禄山叛乱时，他起兵讨伐，后城破被俘，当面大骂安禄山，被钩断舌头，仍不屈，被杀死。

⑧ 辽东帽：东汉末年的管宁有高节，是在野的名士，避乱居辽东（今辽宁省辽阳市），一再拒绝朝廷的征召，他常戴一顶黑色帽子，安贫讲学，闻名于世。清操厉冰雪：是说管宁严格奉守清廉的节操，凛如冰雪。厉，严肃，严厉。

⑨ 渡江楫：东晋爱国志士祖逖率兵北伐，渡长江时，敲着船桨发誓北定中原，后来终于收复黄河以南失地。楫，船桨。胡羯：古代对北方少数民族的称呼。过去史书上曾称匈奴、鲜卑、羯、氐、羌为五胡。这句是形容祖逖的豪壮气概。

⑩ 击贼笏（hù）：唐德宗时，朱泚谋反，召段秀实议事，段秀实不肯同流合污，以笏猛击朱泚的头，大骂：“狂贼，吾恨不斩汝万段，

岂从汝反耶？”笏，古代大臣朝见皇帝时所持的手板。逆竖：叛乱的贼子，指朱泚。

⑪ “当其贯日月”两句：当正气激昂起来直冲日月的时候，个人的生死还有什么值得计较的。

⑫ “地维赖以立”两句：是说地和天都依靠正气支撑着。地维，古代人认为地是方的，四角有四根支柱撑着。天柱，古代传说，昆仑山有铜柱，高入云天，称为天柱。

⑬ 三纲实系命：是说三纲实际系命于正气，即靠正气支撑着。

⑭ 遘（gòu）：遭逢，遇到。阳九：即百六阳九，古人用以指灾难年头，此指国势的危亡。隶也实不力：是说我实在无力改变这种危亡的国势。隶，地位低的官吏，此为作者谦称。

⑮ 楚囚缨其冠：《左传·成公九年》载，春秋时被俘往晋国的楚国俘虏钟仪戴着一种楚国的帽子，表示不忘祖国，被拘囚着，晋侯问是什么人，旁边人回答说是“楚囚”。这里作者是说，自己被拘囚着，把从江南戴来的帽子的带系紧，表示虽为囚徒仍不忘宋朝。传车：官办交通站的车辆。穷北：极远的北方。

⑯ 鼎镬（huò）甘如饴：身受鼎镬那样的酷刑，也感到像吃糖一样甜，表示不怕牺牲。鼎镬，大锅。古代一种酷刑，把人放在鼎镬里活活煮死。

⑰ 阴房阒（qù）鬼火：囚室阴暗寂静，只有鬼火出没。阴房，见不到阳光的居处，此指囚房。阒：幽暗、寂静。春院天黑：虽在春天里，院门关得紧紧的，照样是一片漆黑。閟（bì）：关闭。

⑱ “牛骥同一皂”两句：牛和骏马同槽，鸡和凤凰共处，比喻贤愚不分，杰出的人和平庸的人都关在一起。骥，良马。皂，马槽。鸡栖，鸡窝。

⑲ 一朝蒙雾露：一旦受雾露风寒所侵。蒙，受。分（fèn）作沟中瘠：料到自己一定成为沟中的枯骨。分，料，估量。沟中瘠，弃于沟中的枯骨。《说苑》：“死则不免为沟中之瘠。”

⑳ 如此再寒暑：在这种环境里过了两年了。百沴（lì）自辟易：各种致病的恶气都自行退避了，这是说没有生病。沴，恶气，灾害。

㉑ 沮洳（jù rù）场：低下阴湿的地方。

㉒ “岂有他缪（miù）巧”两句：哪有什么妙法奇术，使得寒暑都不能伤害自己？缪巧，智谋，机巧。贼，害。

㉓ 顾此耿耿在：只因心中充满正气。顾，但，表示意思有转折的连接词。此，指正气。耿耿，光明貌。仰视浮云白：对富贵不屑一顾，视若

浮云。《论语·述而》："不义而富且贵，于我如浮云。"

㉔ "悠悠我心悲"两句：我心中亡国之痛的忧思，像苍天一样，哪有尽头。曷（hé）：何，哪。极：尽头。

㉕ 哲人日以远：古代的圣贤一天比一天远了。哲人，贤明杰出的人物，指上面列举的古人。典刑：榜样，模范。夙昔：从前，过去。

㉖ 风檐展书读：在临风的廊檐下展开史册阅读。古道照颜色：古代传统的美德，闪耀在面前。

这是文天祥留给后世的一首慷慨悲歌。宋祥兴元年（1278）文天祥被俘，在关押三年期间，书写了几百篇诗词文章，以抒发誓死不屈之情。元至元十八年（1281）夏季，在暑气、腐气、秽气等七气的熏蒸中，文天祥慷慨挥毫，在牢中写就了千古流传、掷地有声的铿锵之作《正气歌》。诗前有序，详细交代了在狱中遭受的屈辱折磨及自己不为所惧的豪情。全诗共六十句，大致分以下几个层次：先写天地间正气的自然存在，及在人身上的体现；接着一连举出十二位历史上正气弥满的英雄人物，在句法上注重变化，分别以四个"在"字、四个"为"字、四个"或"字引出三组十二位历史英雄，诗人逐一为之赞叹。再述正气的本质构成："地维赖以立，天柱赖以尊。三纲实系命，道义为之根。"详细剖析了正气的能量之大与宝贵。然后转回狱中现实，叙说自己遭受的非人折磨，表露内心正气耿耿，足以抵御狱中恶魔的侵害。最后再次申明自己要像历史上的那些英雄人物那样，不畏屈辱，视死如归。整首诗大气磅礴、慷慨激昂，其充沛的情感力量至今读来仍有催人泪下的艺术魅力。

天地有正气，
杂然赋流形。

过零丁洋①

辛苦遭逢起一经，干戈寥落四周星。②
山河破碎风飘絮，身世浮沉雨打萍。③
惶恐滩头说惶恐，零丁洋里叹零丁。④
人生自古谁无死，留取丹心照汗青！⑤

（第二季 1 次，第三季 3 次）

① 零丁洋：零丁洋又名“伶丁洋”。在今广东中山南的珠江口。宋末帝赵昺祥兴元年（1278）十二月，文天祥率军在广东五坡岭与元军激战，兵败被俘，囚禁船上曾经过零丁洋。

② 遭逢：际遇，机遇。起一经：因为精通一种经书，通过科举考试而被朝廷起用做官。文天祥 20 岁考中状元。干戈：指抗元战争。寥落：荒凉冷落。四周星：四周年，文天祥从 1275 年起兵抗元，到 1278 年被俘，一共四年。

③ 絮：柳絮。萍：浮萍。

④ 惶：一作“皇”。惶恐滩：在今江西万安县，水流湍急，为赣江十八滩之一。宋景炎二年（1277），文天祥在江西空坑兵败，经惶恐滩退往福建。零丁：孤苦无依的样子。

⑤ 丹心：红心，比喻忠心。汗青：同汗竹，史册。古代用简写字，先用火烤干其中的水分，干后易写而且不受虫蛀。

文天祥于德祐元年（1275）起兵勤王，至祥兴元年（1278）被俘，此诗约作于被俘后的祥兴二年。此年二月他被元军押解经过零丁洋，当时元军主帅要文天祥写信劝降抗元主将张世杰，文天祥就写下这首诗以明志。首联回顾一生经历，把个人遭遇与国家命运紧紧地联系在一起，高度概括，感慨悲凉。颔联用两个比喻构成对仗。颈联写当时处境，构思措辞巧妙，把地名与感受拼合在一起，自然成对，感觉鲜明。“人生自古谁无死，留取丹心照汗青”一联笔势一转，撇开个人遭遇及现实成败，道出自己视死如归、死得其所的人生取向，铿锵有力，掷地有声，有如

明·杜堇《题竹图》

一团赤诚的熊熊之火，光芒四射，英气逼人。这一千古名句也激励着后世的仁人志士，在民族危亡之际，总有人勇敢地接过这把火炬，为正义事业而前仆后继。

人生自古谁无死，
留取丹心照汗青！

郑思肖（1241—1318），字忆翁，号所南，名、字、号都是宋亡后所改，表示不忘赵宋。连江（今属福建）人。客居吴下，善画墨兰，宋亡后画兰不画土，表示地已为人夺去。

寒菊

花开不并百花丛，独立疏篱趣未穷。①
宁可枝头抱香死，何曾吹落北风中？②

（第三季1次）

① 不并：不合、不靠在一起。并，一起。疏篱：稀疏的篱笆。未穷：未尽，无穷无尽。

② 抱香死：菊花凋残后不落，仍系枝头而枯萎，所以说抱香死。何曾：哪曾、不曾。北风：寒风，此处语意双关，亦指元朝的残暴势力。

郑思肖的这首寒菊诗，又题作《画菊》。与一般的颂菊诗不同，此诗有鲜明的托物言志倾向，诗人将民族沦陷、江山易主下的不屈精神赋予了菊花。“花开不并百花丛，独立疏篱趣未穷”，这两句咏菊诗是人们对菊花的共识。菊花不与百花同时开放，它是不随俗不媚时的高士。“宁可枝头抱香死，何曾吹落北风中”，这两句突出枯死的菊花造型，写菊花宁愿枯死枝头，也决不被北风吹落的高洁之志。“宁可”一词具有强烈的情感倾向，菊花就好像是一个忠贞的烈士，傲骨凌霜，绝俗独立。郑思肖经历南宋灭亡，蒙元入主的巨大动荡，他忠于大宋，不愿屈己奉人。宋亡后，他画兰都不画土，人问其故，答曰：“地为人夺去，汝犹不知耶？”可见其对故国的深情。他写菊花正如他画兰花一样，有着强烈的主观态度，以此表示自己坚守高尚节操、宁死不肯向元朝投降的决心。他笔下枯菊的坚贞节操涵养着世代中华儿女的心灵。

明·徐渭《菊竹图》

宁可枝头抱香死，
何曾吹落北风中？

蒋捷（1245？—1314？），字胜欲，号竹山，常州宜兴（今属江苏）人。生活在宋、元朝代交替之际，咸淳十年（1274）进士，宋亡后在流浪、隐居中度过余生。与周密、王沂孙、张炎并称“宋末四大家”。有《竹山词》。

一剪梅·舟过吴江

一片春愁待酒浇，江上舟摇①，楼上帘招。秋娘渡与泰娘桥②，风又飘飘，雨又萧萧。

何日归家洗客袍？银字笙调，心字香烧。③流光容易把人抛，红了樱桃，绿了芭蕉。④

①江：指流经苏州市吴江区的吴淞江，即吴江。

②秋娘渡、泰娘桥：以唐代著名歌女的名字命名的渡口和桥。

③银字笙：管乐器的一种。调，调弄。心字香烧：点燃熏炉里心字形的香。

④红：使……红。绿：使……绿。

这首词写作者乘船漂泊，途中厌倦了颠沛流离的生活，而思念归家的心情。上阕白描写景，景中带情，通过描绘扁舟过江的场景，表现作者急欲归家与闺中人团聚的心情；下阕正面写情，情中有景，既抒发对年华易逝的感慨，又包含了对自己久居客乡、光阴如水流逝的叹息。“流光容易把人抛，红了樱桃，绿了芭蕉”是蒋捷脍炙人口的名句，创造性地利用樱桃和芭蕉这两种植物随着季节的颜色变化，来突出时光流逝之快。后人因这句词称他为“樱桃进士”。整首词通篇不用一个难懂之字，但思归的情绪悠扬动人。

流光容易把人抛，红

了樱桃，绿了芭蕉。

虞美人·听雨

少年听雨歌楼上，红烛昏罗帐。[1] 壮年听雨客舟中，江阔云低，断雁叫西风。[2]

而今听雨僧庐下，鬓已星星也。[3] 悲欢离合总无情，一任阶前点滴到天明。[4]

① 昏：昏暗。罗帐：古代床上的纱幔。
② 断雁：失群的孤雁。
③ 星星：白发星星点点，形容白发很多。
④ 一任：听凭。

这首词是蒋捷的代表作之一，画面清晰，构思精巧，脉络分明。它按照时间的顺序，讲述了词人少年、壮年、老年时期的不同环境，不同心情，不同经历，同时以“听雨”为线索贯串始终。作者用其高度的概括能力，从漫长的一生中截取了三幅具有代表性的画面：纵情欢宴的少年风流，随波逐流的壮年漂泊以及僧舍听雨的晚年萧索，形象地概括了从少到老感情的巨大变化。最后，尝遍人间百态的作者发出“悲欢离合总无情，一任阶前点滴到天明”两句无可奈何的感慨，蕴含着无限伤感。“一任”两字，可以感受到诗人的欲说还休，将痛苦埋藏在了心中。这两句借鉴了温庭筠名句“梧桐树，三更雨，不道离情正苦。一叶叶，一声声，空阶滴到明”。词人另有一首《贺新郎·兵后寓吴》，其中所写的情与事，可以与这首词相互印证。另外，当代诗人余光中《乡愁》的构思，即学习了这首词。

悲欢离合总无情，一
任阶前点滴到天明。

张炎（1248—1320），字叔夏，号玉田，临安（今浙江杭州）人。生逢宋元之交，战乱中家道中落，浪迹不仕。擅写长短句，以春水词得名，人称“张春水”，又因其孤雁词写得妙，有“张孤雁”之称。与周密、王沂孙、蒋捷并称“宋末四大家”。有《山中白云词》《词源》。

解连环·孤雁

楚江空晚，怅离群万里，恍然惊散。自顾影、欲下寒塘，正沙净草枯，水平天远。[①] 写不成书，只寄得、相思一点。料因循误了，残毡拥雪，故人心眼。[②]

谁怜旅愁荏苒。[③] 谩长门夜悄，锦筝弹怨。[④] 想伴侣、犹宿芦花，也曾念春前，去程应转。暮雨相呼，怕蓦地、玉关重见。未羞他、双燕归来，画帘半卷。

① 自顾影：顾影自怜，也有深自珍惜的意思。
② 因循：迟延。残毡拥雪：用苏武雁足传书的故事。
③ 荏苒（rěn rǎn）：辗转或迁延的意思。
④ “谩长门”两句：用汉武帝时陈皇后失宠后孤宿长门宫的典故。

明 · 周臣《人物故事图》

《解连环》是张炎著名的咏物词。这首咏物词技法精湛，对孤雁的刻画细致生动，在借咏孤雁的同时表达自己对“国势垂危，但却对时局无能为力”的忧愤之情。词作上阕主要渲染孤雁离群万里的寂寞。“写不成书”一处用苏武“雁足传书”的典故，后人诗词中常把雁作为传书使者，“只寄得、相思一点”则与题目“孤雁”相呼应——因为孤雁排不成字，只能传达一点相思。作者身处的时代南北相隔，他是想要表达相思之苦与家国之恨夹杂的复杂情感。下阕从“想伴侣、犹宿芦花”开始，是想象之词，这些虚无缥缈的设想是孤雁忍受长期孤苦的精神支撑。整首词文字耐人咀嚼，通过对孤雁的描绘，把家国之痛和身世之感全部蕴含词中。

写不成书，只寄得、相思一点。

元好问（1190—1257），字裕之，号遗山，秀容（今山西忻州）人。金兴定五年（1221）进士及第，官至左司员外郎。金亡不仕，回乡从事著述，编成金诗总集《中州集》。他的词多取法苏辛豪放之风，亦不废婉约风格。在金词中，其成就较高。有《元遗山诗集》《遗山乐府》。

摸鱼儿·雁丘

乙丑岁赴试并州，道逢捕雁者，云："今旦获一雁，杀之矣。其脱网者悲鸣不能去，竟自投于地而死。"予因买得之，葬之汾水之上，累石为识，号曰"雁丘"。时同行者多为赋诗，予亦有《雁丘辞》，旧所作无宫商，今改定之。

问人间、情是何物，直教生死相许？[1]天南地北双飞客，老翅几回寒暑！[2]欢乐趣，离别苦，是中更有痴儿女。[3]君应有语：渺万里层云，千山暮雪，只影向谁去？[4]

横汾路，寂寞当年箫鼓，荒烟依旧平楚。[5]招魂楚些何嗟及，山鬼暗啼风雨。[6]天也妒，未信与、莺儿燕子俱黄土！千秋万古，为留待骚人，狂歌痛饮，来访雁丘处。

（第二季1次）

①问人间：一作"问世间"，一作"恨人间"。
②双飞客：对雁的拟人化称呼。
③是中：大雁中。
④君：指殉情的孤雁。
⑤横汾路：指汉武帝当年横渡汾水的地方。即今葬雁之处。汉武帝《秋风辞》："泛楼船兮济汾河，横中流兮扬素波，箫鼓鸣兮发棹歌。"
⑥招魂楚些（suò）：用"楚些"招魂。何嗟及：嗟何及，即没有用。

这是一首著名的咏雁词。大雁竟能殉情如此，人何以堪？大雁的生死至情深深地震撼了作者，作者将自己的震惊、同情、感动，化为有力的词句，歌颂了生死不渝的真情、至情，赞美了大雁殉情的不朽意义。明代汤显祖在《牡丹亭题词》中说："生者可以死，死者可以生。生而不可以死，死而不可复生者，皆非情之至也。"作者驰骋丰富的想象，运用比喻、拟人等艺术手法，对大雁殉情而死的故事，展开了深入细致的描绘，再加以充满悲剧气氛的环境描写的烘托，塑造了忠于爱情、生死相许的大雁的艺术形象，谱写了一曲凄婉缠绵、感人至深的爱情悲歌。词作中大雁的惨死正象征着青年男女纯真爱情的礼赞，其中深深寄托了词人进步的爱情理想。词中以帝王盛典之消逝反衬雁丘之长存，正说明纯真爱情在词人心目中有着至高无上的地位，词人站在历史的高度，写出了这种精神的永不磨灭，使读者不能不佩服他的惊人识见。"问人间、情是何物，直教生死相许"已成为千古名句。琼瑶《梅花烙》歌词将其改成"问世间、情为何物，直教人生死相许"。金庸《神雕侠侣》也引用了此名句。

问人间、情是何物，
直教生死相许？

【元明清】

虞集（1272—1348），字伯生，号道园，人称“邵庵先生”。元代著名学者、诗人。官至奎章阁侍书学士。其诗与揭傒斯、范梈、杨载齐名，称“元诗四大家”，其词风格雅正，语言浅白。有《道园学古录》。

风入松·寄柯敬仲[1]

画堂红袖倚清酣，华发不胜簪。[2]几回晚直金銮殿，东风软，花里停骖。[3]书诏许传宫烛，轻罗初试朝衫。[4]

御沟冰泮水挼蓝。飞燕语呢喃。[5]重重帘幕寒犹在，凭谁寄、银字泥缄。[6]报道先生归也，杏花春雨江南。

① 柯敬仲：柯九思（1290—1343），浙江仙居人。工诗，官至奎章阁鉴书博士。

② 清酣：清新酣畅。华发：白发。不胜簪：插不住簪子，形容头发稀少。

③ 晚直：晚上值班。直，通“值”。骖（cān）：同驾一车的三匹马，这里泛指马。

④ 传宫烛：传唤掌握火的宫人，送学士归院。

⑤ 泮（pàn）：溶解。挼（ruó）：揉搓。

⑥ 银字泥缄：这里是指书信。

这首词是虞集寄赠给退居吴下的奎章阁鉴书博士柯九思的。词以春天为背景，画面设色匀称明艳，意境柔和妩媚、动静相宜，透露出和谐欢快的气息。上阕写柯九思宫中执勤的日子，下阕写柯九思辞官退居的情形，依旧是春天，御沟的冰渐渐化去，燕子已呢喃迎春，词人不能和好友共享春光，颇有几分忧伤和思念。词人想象柯九思所归去的江南，那里花飞雨飘，春意盎然，寄托了词人对朋友的美好祝愿。虞集用了六个字“杏花春雨江南”，意境全出，如有魔力一般，抓住了人的心弦，令人对春日江南美景浮想联翩。独步千古，真是大手笔。

“杏花春雨江南”，入画入书或入印，还被人织成锦幅，为时所贵。

唐·李昭道《湖亭游骑图》

徐悲鸿的自题联“白马秋风塞上，杏花春雨江南”，画家吴冠中把这一句改为“骏马秋风冀北”，意境相似，后一句则完整保留。画家李可染更是以“杏花春雨江南”为题，画了一幅水墨画。台湾作家余光中在《听听那冷雨》中就这样写道：“杏花。春雨。江南。六个方块字，或许那片土就在那里面。而无论赤县也好神州也好中国也好，变来变去，只要仓颉的灵感不灭，美丽的中文不老，那形象，那磁石一般的向心力当必然长在。”

杏花春雨江南。

王冕（1287—1359），字元章，号煮石山农，诸暨（今属浙江）人，元朝著名画家、诗人、篆刻家。出身农家，幼年替人放牛，靠自学成才。后隐居会稽九里山，以卖画为生。善画梅，其咏梅诗多表现清高孤傲的情怀。有《竹斋集》。

墨　梅①

吾家洗砚池边树，朵朵花开淡墨痕。②
不要人夸颜色好，只留清气满乾坤。③

（第三季 2 次，第四季 1 次）

① 墨梅：用墨笔勾勒出来的梅花。
② 吾家：我家，因王羲之与王冕同姓，所以王冕称与王羲之是一家。洗砚池：即墨池，王羲之写字洗笔洗砚的池子，在今浙江绍兴蕺山下。淡墨：水墨画中将墨色分为多种，如淡墨、浓墨、焦墨。这里是说那朵朵盛开的梅花，是用淡淡的墨迹点化成的。痕：痕迹。
③ 清气：梅花的清朗之气，比喻光明正大之气。满乾坤：弥漫在天地间。满，弥漫。乾坤，天地间。

这是一首题画诗，王冕题画的原版本为“吾家洗砚池头树，个个花开淡墨痕。不要人夸好颜色，只流清气满乾坤。”而后世更通行的版本为“我家洗砚池边树，朵朵花开淡墨痕。不要人夸颜色好，只留清气满乾坤。”诗歌化用王羲之“临池学书，池水尽黑”的典故。名句“不要人夸颜色好，只留清气满乾坤”流传甚广，诗人写梅不侧重写花色与姿态，而是赋予梅花以人的品格，赞美墨梅不求人夸，只愿给人间留下清香的美德，实际上是借梅自喻，表达自己光明正大的人生态度以及不向世俗献媚的高尚情操。

不要人夸颜色好，
只留清气满乾坤。

于谦（1398—1457），字廷益，号节庵，杭州钱塘（今浙江省杭州市）人。永乐十九年（1421）进士，官至少保，世称于少保。瓦剌兵逼京师，于谦率军击退之，论功加封少保。后因“谋逆”罪被冤杀。谥曰“忠肃”。有《于忠肃集》。他脍炙人口的名作，除了本篇，还有七律《咏煤炭》《观书》。

石灰吟①

千锤万击出深山，烈火焚烧若等闲。②
粉骨碎身全不怕，要留清白在人间。③
（第二季 1 次，第三季 1 次，第四季 1 次）

① 石灰吟：赞颂石灰。吟，古代诗歌题材的一种名称。
② 千锤万击：无数次的锤击开凿，千、万都是虚词，形容开采石灰非常艰难。万击，一作“万凿”。若等闲：好像很平常的事情一样。
③ 不怕：一作“不顾”，又作“不惜”。清白：指石灰洁白的本色，比喻高尚的节操。

这是一首托物言志诗，采用象征手法，以石灰喻人，体现了诗人高尚的人格。作者的一身正气和大无畏精神为人所敬佩。于谦为官廉洁正直，曾平反冤狱，救灾赈荒，深受百姓爱戴。明英宗时，瓦剌入侵，明英宗被俘。于谦议立明景帝，亲自率兵固守北京，击退瓦剌，使人民免遭蒙古人再次野蛮统治。但英宗复辟后却以“谋逆罪”诬杀了这位民族英雄。这首《石灰吟》可以说是于谦生平和人格的真实写照。“粉骨碎身全不怕”极形象地写出将石灰石烧成石灰粉的壮烈过程，而“全不怕”三字又使我们联想到其中可能寓有不怕牺牲的精神。至于最后一句“要留清白在人间”更是作者在直抒情怀，立志要做纯洁清白的人。作者以石灰自喻，表达自己为国尽忠，不怕牺牲的意愿和坚守高洁情操的决心。现今常用“要留清白在人间”隐喻不与世俗同流合污的高洁品质。

据学者考证，此诗原型初见元末明初姚广孝《逃虚类稿》中的《双

明·钱贡《坐看云起图》

莲忠禅师传》，是宋末元初高僧信忠的作品。原文为："工夫打就出深山，烈火曾经煅一番。粉骨碎身都不问，要留明白在人间。"于谦对信忠禅师诗稍加改造，即为今天流行的名篇。

粉骨碎身全不怕，
要留清白在人间。

立春日感怀

年去年来白发新，匆匆马上又逢春。
关河底事空留客？岁月无情不贷人。①
一寸丹心图报国，两行清泪为思亲。
孤怀激烈难消遣，谩把金盘簇五辛。②

① 关河：关山河川，这里指边塞。底事：何事。不贷人：不饶人。贷，饶恕。

② 谩：胡乱地，随便地。金盘：金属制成的盘。非指黄金制的盘。簇：攒聚。五辛：指五种辛味的菜，古代立春日吃此菜，取迎新之意。“辛”谐音“新”。《本草纲目》：“元旦、立春，以葱、蒜、韭、蓼蒿、芥辛嫩之叶杂和食之，取迎新之意，谓之五辛盘。”

这首诗是作者在击退了瓦剌入侵后第二年的一个立春日于前线所写。遇此佳节，引起了作者思亲之念，但是为了国事，又不得不羁留在边地。作者表达了忠孝难以两全，不得不舍孝取忠，而又忍不住思念父母，感觉对不起双亲的痛苦心情。一个洒下英雄泪的顶天立地的大丈夫形象跃然纸上，十分真实感人。“一寸丹心图报国，两行清泪为思亲”两句在和平年代也成为常年在外报效祖国的爱国者形象的写照。

一寸丹心图报国，
两行清泪为思亲。

钱福（1461—1504），字与谦，自号鹤滩，松江华亭（今上海松江）人。弘治三年（1490）状元，官至翰林修撰。诗以敏捷见长，其《明日歌》流传甚广，后被文徵明之子文嘉改写。有《鹤滩集》。

明日歌

明日复明日，明日何其多！
我生待明日，万事成蹉跎。①
世人苦被明日累，春去秋来老将至。②
朝看水东流，暮看日西坠。
百年明日能几何？请君听我明日歌。③

① 待：等待。蹉跎（cuō tuó）：光阴虚度。“我生待明日”两句说：如果天天只空等明天，那么只会虚度时日，一事无成。
② 累（lěi）：牵累，使受害。
③ 几何：多少。

这是一首语言通俗、朗朗上口的诗歌。其中前四句流传甚广，说理也通俗易懂，告诫人们珍惜时间，把握当下，做事不要拖拉。整首诗明白如话，没什么隐喻的部分，表达了对时光无情消逝，难以挽留的唏嘘之情和对世人今日事今日毕的劝诫之意。现在有些人将自己的计划和希望不断往后拖延到明天，没有意识到时间是去而不复返的，不懂得牢牢把握当下，最终只能落得个一事无成的下场。诗中“我生待明日，万事成蹉跎”说的就是这一情况，其中概括出的普遍真理能够警醒世人，故《明日歌》数百年来广为世人传诵，经久不衰。

我生待明日，
万事成蹉跎。

唐寅（1470—1523），字伯虎，号六如居士、桃花庵主，苏州吴县（今江苏省苏州市吴中区）人。著名画家、文学家。弘治十一年（1498）以第一名中举，后参加进士考试未中。玩世不恭而又才气横溢，与祝允明、文徵明、徐祯卿并称"吴中四才子"，画与沈周、文徵明、仇英并称"明四家"。其古体诗《把酒对月歌》《桃花庵歌》，七绝《画鸡》《言志》皆脍炙人口。

画　鸡

头上红冠不用裁，满身雪白走将来。
平生不敢轻言语，一叫千门万户开。[①]

（第三季 2 次）

① 轻言语：指随便地鸣叫。

这是一首题画诗，一说是明代沈周所作。这幅画画的是一只白色的大公鸡，大公鸡的主要用处是报晓。古代劳动人民早起干活主要依靠公鸡报晓，公鸡的报晓声如同起床劳作的号令，所以"不敢轻言语"，表现了公鸡的灵性以及对于人的特殊意义。"平生不敢轻言语，一叫千门万户开"两句之间是因果关系，用拟人化手法，赞美了一个引领者的担当。

平生不敢轻言语，
一叫千门万户开。

夜 读

夜来欹枕细思量，独卧残灯漏转长。①
深虑鬓毛随世白，不知腰带几时黄。②
人言死后还三跳，我要生前做一场。
名不显时心不朽，再挑灯火看文章。

① 欹（qī）：通“倚”，斜倚，斜靠。转：更加。
② 腰带几时黄：意为何时可取富贵。黄，古代高官的腰带以黄金为饰，称为“横金”。

这首诗是唐寅 26 岁时的作品，表达其要为自己的理想奋斗不息的思想。诗歌起句就刻画一个深夜欹枕深思的诗人形象，他想到自己头发早白，但依然功业未成，梦想的黄腰带还不知在哪里，心头不禁升起几许失意与不平。好在诗人进取的热情不减，既然有人相信死后尚有贫贱富贵之分，那我为何不在生前努力一把呢？作者的信念来源于当下，来自声名的诱惑，及对自己才华的自信，于是发出“名不显时心不朽，再挑灯火看文章”的呐喊和自励。表达其希望通过自己的努力，写出精湛的文章，来获取当权者的青睐，博取功名的强烈愿望。如今，这一名句依然鼓舞着无数的寒门子弟重拾信心，发奋苦读。

名不显时心不朽，
再挑灯火看文章。

杨慎（1488—1559），字用修，号升庵，四川新都（今成都市新都区）人。正德六年（1511）状元，官至翰林学士。因故贬谪云南终老。其诗清新绮丽，又善文、词及散曲。著作达百余种。后人辑为《升庵集》。

临江仙

滚滚长江东逝水，浪花淘尽英雄。[①] 是非成败转头空。**青山依旧在，几度夕阳红。**[②]

白发渔樵江渚上，惯看秋月春风。[③] 一壶浊酒喜相逢。[④] 古今多少事，都付笑谈中。

（第三季 2 次）

① 淘尽：荡涤一空。

② 几度：多少次。

③ 渔樵：此处指隐居。渚（zhǔ）：原义为水中的小块陆地，此处意为江岸边。秋月春风：指大自然的美好风光。

④ 浊酒：用糯米等酿制的酒，较混浊。

这是一首咏史词，借叙述历史兴亡抒发人生感慨，豪放中有含蓄，高亢中有深沉。第一、二句以长江喻历史，在漫长的历史长河中，英雄迭出，一往不回。“是非成败转头空”，道历史进程之迅速，个人的成败转瞬即逝，从中也可看出作者旷达超脱的人生观。代代英雄虽然消逝，但大自然美好的青山和夕阳却是永恒存在的。再写隐世遁名的从容心态，通过饮酒来衬托其视功名如粪土的情怀。“古今多少事，都付笑谈中”，从历史的胜负成败中汲取智慧，以笑谈之态面对一切。整首词折射出高远的意境和深邃的人生哲理。作者试图在历史长河的奔腾与沉淀中探索永恒的价值，在成败得失之间寻找深刻的人生哲理，有历史兴衰之感，更有人生沉浮之慨，体现出一种旷达的胸怀。此词对历史人生的兴衰感富有极强的概括力，清朝初期被小说《三国演义》借来作

明·朱端《寒江独钓图》

为开篇词，如今被谱成曲作为电视连续剧《三国演义》的片头曲，可见其影响之大。琼瑶有小说《几度夕阳红》。

青山依旧在，
几度夕阳红。

孙承宗（1563—1638），字稚绳，号恺阳，保定高阳（今河北省保定市）人。万历三十二年（1604）进士，官至兵部尚书兼东阁大学士。崇祯十一年（1638），清军攻破高阳城，孙承宗被擒，自缢而死，子孙皆战死。谥号“文忠”。有《高阳集》。

渔　家

呵冻提篙手未苏，满船凉月雪模糊。[1]

画家不识渔家苦，好作寒江钓雪图。[2]

（第二季 1 次）

① 呵冻：呵气取暖。想让僵硬的手暖和起来。凉月：清冷的月光，突出寂寥寒冷的气氛。

② 不识：不了解，不懂得，此处指体会不到。好：此处指偏好，喜欢的意思。

这首诗反映渔家穿越风浪生活的艰苦。首句写天气寒冷，渔家为了生计顶着严寒打鱼。一个“呵”字，一个“提”字，生动逼真，呵一呵冻僵的手，试图让体温来驱走些弥漫的寒气，再拿起结满冰霜的竹篙来撑船，人物神态毕现。第二句写景，渔船上洒满清凉的月光，与积雪互映，突出天气寒冷，照应首句“呵冻”之因。第三、四句，直陈对画家好作“寒江钓雪图”习尚的不满。“画家不识渔家苦，好作寒江钓雪图”说的是画家们往往不体察渔家的辛苦，只喜好把渔人冒雪捕鱼作为入画题材，自我陶醉和欣赏。表达了诗人对下层劳动者的同情，并对那些漠视民瘼的官僚及文人进行婉转批评。

画家不识渔家苦，
好作寒江钓雪图。

吴伟业（1609—1672），字骏公，号梅村，太仓（今属江苏）人。复社张溥弟子。崇祯四年（1631）进士，官至左庶子。入清不仕，顺治九年（1652）被迫进京，官国子监祭酒。与钱谦益、龚鼎孳并称“江左三大家”。长于七言歌行，后人称为“梅村体”。

圆圆曲

鼎湖当日弃人间，破敌收京下玉关。①
恸哭六军俱缟素，冲冠一怒为红颜。②
红颜流落非吾恋，逆贼天亡自荒宴。③
电扫黄巾定黑山，哭罢君亲再相见。④
相见初经田窦家，侯门歌舞出如花。⑤
许将戚里箜篌伎，等取将军油壁车。⑥
家本姑苏浣花里，圆圆小字娇罗绮。⑦
梦向夫差苑里游，宫娥拥入君王起。⑧
前身合是采莲人，门前一片横塘水。⑨
横塘双桨去如飞，何处豪家强载归？⑩
此际岂知非薄命，此时只有泪沾衣。⑪
薰天意气连宫掖，明眸皓齿无人惜。⑫
夺归永巷闭良家，教就新声倾坐客。⑬
坐客飞觞红日暮，一曲哀弦向谁诉？⑭
白皙通侯最少年，拣取花枝屡回顾。⑮
早携娇鸟出樊笼，待得银河几时渡？⑯
恨杀军书抵死催，苦留后约将人误。⑰
相约恩深相见难，一朝蚁贼满长安。⑱
可怜思妇楼头柳，认作天边粉絮看。⑲
遍索绿珠围内第，强呼绛树出雕栏。⑳
若非壮士全师胜，争得蛾眉匹马还。㉑
蛾眉马上传呼进，云鬟不整惊魂定。㉒

蜡炬迎来在战场，啼妆满面残红印。[23]
专征萧鼓向秦川，金牛道上车千乘。[24]
斜谷云深起画楼，散关月落开妆镜。[25]
传来消息满江乡，乌桕红经十度霜。[26]
教曲妓师怜尚在，浣纱女伴忆同行。[27]
旧巢共是衔泥燕，飞上枝头变凤凰。[28]
长向尊前悲老大，有人夫婿擅侯王。[29]
当时只受声名累，贵戚名豪竞延致。[30]
一斛明珠万斛愁，关山漂泊腰支细。[31]
错怨狂风飏落花，无边春色来天地。[32]
尝闻倾国与倾城，翻使周郎受重名。[33]
妻子岂应关大计，英雄无奈是多情。
全家白骨成灰土，一代红妆照汗青。[34]
君不见馆娃初起鸳鸯宿，越女如花看不足。[35]
香径尘生乌自啼，屧廊人去苔空绿。[36]
换羽移宫万里愁，珠歌翠舞古梁州。[37]
为君别唱吴宫曲，汉水东南日夜流。[38]

（第二季 2 次，第三季 1 次）

① 鼎湖：典出《史记·封禅书》。传说黄帝铸鼎于荆山下，鼎成，有龙垂胡须下迎黄帝，黄帝即乘龙而去。后世因称此处为“鼎湖”。常用来比喻帝王去世。此指崇祯帝自缢于煤山（今景山）。

② 缟（gǎo）素：丧服。红颜：美女，此指陈圆圆。

③ 天亡：天意使之灭亡。荒宴：荒淫宴乐。

④ 黄巾、黑山：汉末农民起义军，这里借指李自成。

⑤ 田窦（dòu）：西汉时外戚田蚡、窦婴。这里借指崇祯宠妃田氏之父田弘遇。

⑥ 箜篌伎（kōng hóu jì）：弹箜篌的艺妓，指陈圆圆。油壁车：指妇女乘坐的以油漆饰车壁的车子。

⑦ 姑苏：即苏州。浣（huàn）花里：唐代名妓薛涛居住在成都浣花溪，

这里借指陈圆圆在苏州的住处。娇罗绮（qǐ）：长得比罗绮（漂亮的丝织品）还美丽。

⑧ 夫差（fú chāi）：春秋时代吴国的君王。宫娥：宫中嫔妃、侍女。

⑨ 合：应该。采莲人：指西施。

⑩ 横塘：地名，在苏州西南。

⑪ 薄命：红颜命薄。

⑫ 薰天：形容权势大。宫掖（yè）：皇帝后宫。

⑬ 永巷：妃嫔或宫女居住的地方。倾：使之倾倒。

⑭ 飞觞（shāng）：一杯接一杯不停地喝酒。

⑮ 白皙通侯：肤色白净的通侯，指吴三桂。枝：比喻陈圆圆。

⑯ 银河几时渡：借用牛郎织女七月初七渡过银河相会的传说，比喻陈圆圆何时能嫁吴三桂。

⑰ 抵死：拼死，拼命。

⑱ 蚁贼：对起义军的诬称。长安：借指北京。

⑲ 天边粉絮：指未从良的妓女。粉絮，白色的柳絮。

⑳ 遍索：意谓李自成部下四处搜寻圆圆。绿珠：晋朝大臣石崇的宠姬。内第：内宅。绛（jiàng）树：汉末著名舞妓。这里两人皆指陈圆圆。

㉑ 壮士：指吴三桂。争得：怎得，怎能够。蛾眉：喻美女，此指陈圆圆。

㉒ 云鬟（huán）：高耸的环形发髻。

㉓ 啼妆：东汉时代的女子为表现妩媚的姿态，以粉薄拭目下，看似啼痕，故称啼妆。

㉔ 专征：指军事上可以独当一面，自己掌握征伐大权，不必奉行皇帝的命令。

㉕ 斜谷：陕西眉县西褒斜谷东口。画楼：雕饰华丽的楼房。

㉖ 乌桕（jiù）：树名。

㉗ 浣纱女伴：西施入吴宫前曾在绍兴的若耶溪浣纱。这里是说陈圆圆早年做妓女时的同伴。

㉘ 衔泥燕：比喻地位低微的人。

㉙ 有人：指陈圆圆。

㉚ 延致：聘请。

㉛ 斛（hú）：古代十斗为一斛。细：指瘦损。

㉜ 错怨：怨恨不当。

㉝ 周郎：指三国时吴国名将周瑜，因娶美女小乔为妻而更加著名。这里借喻吴三桂。

㉞ 一代红妆：指陈圆圆。照汗青：名留史册。

㉟ 馆娃：即馆娃宫，在苏州附近的灵岩山，吴王夫差为西施而筑。越女：指西施。

㊱ 屧（xiè）廊：即响屧廊，吴王让西施穿木屐走过以发出声响来倾听。

㊲ 珠歌：指吴三桂沉浸于声色之中。古梁州：指明清时的汉中府，吴三桂曾在汉中建藩王府第，故称。

㊳ 吴宫曲：为吴王夫差盛衰所唱之曲，此指《圆圆曲》。汉水：发源于汉中，流入长江。

《圆圆曲》是清诗中享有盛誉的叙事七言歌行体诗，诗作的历史背景是公元 1644 年的甲申之变。本诗共七十八句，前六十四句叙事，后十四句议论。本诗叙事紧紧扣住陈圆圆命运转折变化中的几件大事展开，将李自成攻陷北京，吴三桂引清兵入关夺回陈圆圆等内容有机地融入情节结构中。运用倒叙、追叙、插叙等手法安排情节结构，通过这些精心的安排，使主题更加引人注目。故事变化曲折，情节跌宕起伏。并且运用顶针格，以前后词句相同相似或者相关之联系，使情节的时空大转换平滑接转，而不显得过于突兀。“冲冠一怒为红颜”，既写陈圆圆在吴三桂心中的重要地位，也表露了吴三桂置民族大义于不顾的自私与鲁莽。在同情圆圆不幸的同时，也委婉地揭露了吴三桂为了一介女妓抛开民族大节、降清叛变的罪行。诗中“冲冠一怒为红颜”“飞上枝头变凤凰”“英雄无奈是多情”“一代红妆照汗青”等句成为传诵名句。其中“飞上枝头变凤凰”已作为现代小说和电影的名称使用，现在经常说“乌鸦飞上枝头变凤凰”或“山鸡飞上枝头变凤凰”，来形容因为攀上高枝之后身价倍增的一些人。

冲冠一怒为红颜。

纳兰性德（1655—1685），字容若，号楞伽山人，满洲正黄旗人。大学士明珠之子。康熙十五年（1676）进士，官一等侍卫。善骑射，好读书。词以小令见长，多感伤情调，间有雄浑之作。与朱彝尊、陈维崧并称“清词三大家”。其词在中国词史上享有较高声誉。词集名《纳兰词》。诗词文集名《通志堂集》。

木兰花令·拟古决绝词柬友①

人生若只如初见，何事秋风悲画扇？②等闲变却故人心，却道故人心易变。③

骊山语罢清宵半，泪雨零铃终不怨。④何如薄幸锦衣郎，比翼连枝当日愿。⑤

（第三季 2 次）

① 柬：给……信札。

② “何事”句：用汉朝班婕妤被弃的典故。班婕妤为汉成帝妃，被赵飞燕谗害，退居冷宫，作有《团扇诗》，以秋扇闲置为喻抒发被弃的怨情。

③ 故人：指情人。

④ “骊山”两句：用唐明皇与杨贵妃的爱情典故。唐明皇与杨贵妃曾于七月七日夜，在骊山华清宫长生殿里盟誓，愿世世为夫妻。后安史乱起，明皇入蜀，于马嵬坡赐死杨贵妃。唐明皇此后于途中闻雨声、铃声而悲伤，遂作《雨霖铃》曲以寄哀思。这里借用此典说即使是最后作决绝之别，也不生怨。

⑤ 薄幸：薄情。锦衣郎：指唐明皇。

这是一首拟古之作，模拟女子的口吻控诉男子的薄情，抒写了被丈夫抛弃的幽怨之情。第一句“人生若只如初见”用语自然平淡但感情十分强烈，写出初见印象在有情男女心中的美好与分量。“秋风悲画扇”紧承上句，道出“初见”时的情感难以持久，导致自己遭弃的命运。“骊山”之语暗指原来浓情蜜意的时刻。“泪雨零铃”写像唐玄宗和杨贵妃那样的亲密爱人也最终肠断马嵬坡。“比翼连枝”出自《长恨歌》诗句，写曾经的爱情誓言已成为遥远的过去。而这“闺怨”的背后，似乎更有着深层的痛楚，“闺怨”只是一种假托。

“人生若只如初见”是整首词里最平淡又是感情最强烈的一句，一段感情,如果在人的心里分量足够重的话,那么无论以后经历了哪些变故，初见的一刹那，永远是最触动心灵的。而因这个初见，词情一下子就拽回到初恋的美好记忆中去了。如今，“人生若只如初见”被广泛应用于文学创作和音乐创作中。

人生若只如初见

长相思

山一程，水一程，身向榆关那畔行，夜深千帐灯。[①]
风一更，雪一更，聒碎乡心梦不成，故园无此声。[②]

（第二季1次）

① 榆关：指山海关。
② 聒：声音嘈杂，使人厌烦。乡心：思乡的情感。

本篇是词人由京城赴关外盛京途中所作，抒写词人羁旅关外，思念故乡的情怀，于柔婉缠绵中见慷慨沉雄。上阕写行程之劳，描写眼前所见之景。叠用两个“一程”，直写出戍途之曲折迢遥。“榆关”即交代出了行旅去向，但此处为“身”向榆关，可见词人“心”之所向并非此地。“夜深千帐灯”描写的景象场面宏大，看似壮观之语，实则情思深苦之句，因为夜深看灯表示彻夜不眠，引出下阕乡情思恋之笔。下阕写游子思乡之苦，重在写所闻、写听觉。“一更”又“一更”的重复叠沓，表明时间的推移和帐外风雪肆虐的情况。作者觉得“梦不成”是因为这风声雪声令人难以承受，将主观原因推给客观，看似无理，反见情痴。“聒碎乡心梦不成，故园无此声”两句，语似平淡，意更深层，由其无理之怨中可以想见征人对故乡的深深眷恋之情，即使如今读来也可以引发无数游子身漂异乡、梦回家园的共鸣。

聒碎乡心梦不成，
故园无此声。

浣溪沙

谁念西风独自凉，萧萧黄叶闭疏窗。① 沉思往事立残阳。②
被酒莫惊春睡重，赌书消得泼茶香。③ 当时只道是寻常。
（第三季2次）

① “谁念”句：语出秦观《减字木兰花》词：“天涯旧恨，独自凄凉人不问。”萧萧：风吹叶落的声音。疏窗：刻有花纹的窗户。
② “沉思”句：语出李珣《浣溪沙》词：“暗思何事立残阳”。
③ 被酒：指醉酒。“赌书”句：李清照和赵明诚的典故。李清照《金石录后序》：“余性偶强记，每饭罢，坐归来堂，烹茶，指堆积书史，言某事在某书某卷第几页第几行，以中否角胜负，为饮茶先后。中即举杯大笑，至茶倾覆怀中，反不得饮而起，甘心老是乡矣！故虽处忧患困穷而志不屈。”此处以此典为喻说明往日与亡妻有着像李清照夫妇一样美满的夫妻生活。消得，消受、享受。

纳兰性德的《浣溪沙》是一首悼亡之作。康熙十三年（1674），纳兰娶妻卢氏，卢氏温柔体贴，纳兰伉俪情深，夫妻感情十分恩爱。三年后卢氏不幸病亡，纳兰深陷悲痛之中，反复写诗词来悼念亡妻，此词即为其一。读此词的第一印象应该是萧瑟、落寞与凄苦。词人首先是被眼前萧瑟的秋景勾起对亡妻的思念，“西风”“黄叶”“残阳”等意象无不给伤痛中的作者以繁华陨落、生命不再的感触。但是，当词人进入回忆时，他脑海中留存的影像是幸福的，他与妻子共处的生活片段随时都能清晰地浮现，酒后浓睡与赌书泼茶两个镜头多么甜蜜和谐！令人惋惜和沉痛的是，这些“当时只道是寻常”的生活点滴，如今却成了不可复得的追忆。词语到此戛然而止，词情却绵绵不息，久久回荡在读者的心间。

当时只道是寻常。

采桑子

谁翻乐府凄凉曲？[①]风也萧萧，雨也萧萧，瘦尽灯花又一宵。[②]

不知何事萦怀抱，醒也无聊，醉也无聊，梦也何曾到谢桥！[③]

① 翻：依照旧曲制作新曲。

② 风也萧萧，雨也萧萧：化用蒋捷《一剪梅》：“风又飘飘，雨又萧萧。”瘦尽灯花：剔尽臃肿的灯花。

③ 梦也何曾到谢桥：反用晏几道的名句“梦魂惯得无拘检，又踏杨花过谢桥”（《鹧鸪天》）。谢桥：指谢娘所在之地。谢娘，唐代名姬谢秋娘，通常泛指所恋之美人。

明·仇英《修竹仕女图》

这是一首恋情词。写一份刻骨痴情遭逢阻绝，而长夜难眠，无可奈何的凄楚和苦痛。上阕点出时间背景与情境氛围。首句以问句发端，表达对这凄凉曲声的共鸣。加上凄凉的风声雨声，形成秋夜凄冷萧疏的情境氛围。诗人无聊地剔除完臃肿的灯花，这样又度过了一个漫漫长夜。下阕扣住“瘦尽灯花又一宵”，进一步诉说其百无聊赖的心绪。不知是什么事老是萦绕心头，清醒时无聊尚可理解，然而“醉也无聊”，即使借酒沉醉也难遣满怀愁情。究竟为什么呢？写到此处，突然笔锋一转，荡出一句“梦也何曾到谢桥”，既属全篇之总结，更是全篇之关键，于是所思之人呼之欲出，跃然纸上，读者至此便豁然明白，此词是一篇恋情词，类似于李商隐的苦恋。纳兰以情语入词，直抒胸臆，善用寻常口语，自然平浅，不事雕饰的特质，又酷似李清照“此情无计可消除，才下眉头，却上心头”等词。“风也萧萧，雨也萧萧，瘦尽灯花又一宵”几句，已成为写爱情的名句。

纳兰的这首词，曾被梁启超赞为“时代哀音”，称其“眼界大而感慨深”。当代长篇小说《采桑子》书中各章的标题均来自这首词。

风也萧萧，雨也萧萧，
瘦尽灯花又一宵。

郑燮（1693—1765），字克柔，号板桥，江苏兴化人。画家、文学家。乾隆元年（1736）进士，任知县长达12年，后罢官归乡，以卖书画为生，为“扬州八怪”之一。其诗、书、画世称“三绝”。其诗多关心民生疾苦。有《板桥集》。

竹　石①

咬定青山不放松，立根原在破岩中。②
千磨万击还坚劲，任尔东西南北风。③

（第二季2次，第三季5次，第四季2次）

① 竹石：扎根在石缝中的竹子。诗人是著名画家，他画的竹子特别有名，这是他题写在竹石画上的一首诗。

② 咬定：喻根扎得结实，像咬着青山不松口一样。立根：扎根，生根。破岩：破裂的岩石。

③ 磨：磨炼。击：打击。还：仍然。任：任凭。尔：你，指风暴。

这是一首题咏竹石图诗，描绘了一幅坚韧、刚直、不屈的竹子形象，象征着在曲折恶劣的环境中不屈不挠、战胜困难的优秀品质。不论遭受多大的打击磨难，一个“咬”字，表现出了竹子倔强和坚韧的性格；一个“任”字生动准确地写出了傲竹临风而立、无所畏惧的英雄气概。诗人自己说过：“画竹子以慰天下劳人。”这首诗的确是在以竹喻人。“千磨万击还坚劲，任尔东西南北风”，铿锵有力，能给不同时代的读者传达出勇气和力量。现在我们常用这两句来形容革命者在斗争中的坚定立场和受到敌人打击绝不动摇的品格。

千磨万击还坚劲，
任尔东西南北风。

潍县署中画竹呈年伯包大中丞括[1]

衙斋卧听萧萧竹，疑是民间疾苦声。[2]
些小吾曹州县吏，一枝一叶总关情。[3]

（第二季 1 次，第三季 2 次）

① 潍县：今属山东省。年伯：古称同榜考取的人为同年，称同年的父辈为年伯。包大中丞括：包括，字银河，钱塘（今浙江省杭州市）人，康熙四十五年（1706）进士。乾隆年间，曾任山东布政使，御史中丞，故称“中丞”。
② 衙斋：官衙中的书斋。
③ 些小：指官职卑微。吾曹：我们。关情：关心。

这是郑燮于乾隆十一至十二年（1746—1747）出任山东潍县知县时赠给包括的诗。第一、二两句托物取喻。诗人听见竹子被风吹出萧萧声时，不禁想到了老百姓的疾苦，好像是饥寒交迫中挣扎的老百姓的呜咽之声，充分体现了作者身在官衙心系百姓的情怀。第三、四两句畅述胸怀，写自己官位虽微，但担当着为民解忧的责任。“一枝一叶总关情”，这句诗既照应了题画内容，又形象地说明官民亲密的关系，表达了对老百姓的深切关爱和同情。倘若当官的皆如郑燮一般心系百姓，爱民如子，则国家幸矣。习近平总书记曾引用“些小吾曹州县吏，一枝一叶总关情”两句诗来勉励干部。

些小吾曹州县吏，
一枝一叶总关情。

曹雪芹（1715—1763），名霑，字梦阮，号雪芹、芹圃、芹溪。满洲正白旗人。从其曾祖起，先后三代任江宁织造。祖父曹寅曾主编《全唐诗》。雍正时其父被革职抄家，迁居北京。晚年居北京西郊，以十年时间撰写《石头记》（即《红楼梦》），书未完而卒，时年不到五十。

临江仙

白玉堂前春解舞，东风卷得均匀。①蜂团蝶阵乱纷纷。②几曾随逝水？岂必委芳尘？③

万缕千丝终不改，任他随聚随分。④韶华休笑本无根。好风凭借力，送我上青云。⑤

（第三季1次）

① 白玉堂：原是形容贾家的富贵豪奢。这里形容柳絮所处高贵。春解舞：说柳花被春风吹散，像在翩翩起舞。均匀：指舞姿柔美，缓急有度。

② “蜂团”句：以蜂蝶之纷乱比喻飞絮。

③ 随逝水：落于水中，随波流去。喻虚度年华。逝水常暗指光阴。委芳尘：落于泥土中。喻处于卑贱的地位。

④ “万缕”两句：虽然柳絮从枝上离去，柳树依旧长条飘拂。比喻不因别人的亲疏而改变固有的姿态。

⑤ 凭：早期的《石头记》各本皆作“频”，程伟元、高鹗《红楼梦》作“凭”。

这首词见于《红楼梦》第七十回，缘起于史湘云见到暮春时节柳絮纷飞，心有所感，作《如梦令》一首，后传给诗社众人看，诗社便发起填词。黛玉写了一首《唐多令》缠绵凄恻，宝钗这首《临江仙》是乐观之词，有意要翻黛玉悲戚之词的案，很好地表现了宝钗的性格特点。

这首咏柳絮词可谓形神兼备。上阕主要状其“形”，下阕主要状

北宋·郭熙《早春图》

其“神”，上下阕皆采用先描写再议论的手法。“韶华休笑本无根。好风凭借力，送我上青云”这几句为全词的神来之笔，一改大多数人对于柳絮轻浮的嘲笑或是飘零时的哀愁，转而将对柳絮的无根不定的哀伤化为一种积极乐观的人生态度，与刘禹锡的“自古逢秋悲寂寥，我言秋日胜春朝。晴空一鹤排云上，便引诗情到碧霄”有异曲同工之妙。

“好风凭借力，送我上青云”已成为生活中常用名句，多用来形容借助外力或关系青云直上，一下子获得较高的名利地位。

好风凭借力，

送我上青云。

红豆曲[1]

滴不尽相思血泪抛红豆，开不完春柳春花满画楼，睡不稳纱窗风雨黄昏后，忘不了新愁与旧愁。咽不下玉粒金莼噎满喉，照不见菱花镜里形容瘦。[2]展不开的眉头，捱不明的更漏。[3]呀！恰便似遮不住的青山隐隐，流不断的绿水悠悠。

①《红豆曲》是《红楼梦》第二十八回贾宝玉在冯紫英宴席上唱的歌词。红豆：一名相思子，形扁圆，色半红半黑，大小略同赤豆，可镶嵌首饰。诗词中多以“红豆”代相思，此指眼泪。

② 玉粒金莼：玉粒指上好的米饭，金莼指珍美的菜肴。莼，睡莲科植物，水生，嫩叶可供食，味美，盛产于江、浙一带。菱花镜：即镜子。古代铜镜映日则发光，影如菱花，故名。

③ 捱不明：等不到天亮。更漏：古代夜间报时用具。

这是一首真挚的相思曲。贾宝玉与冯紫英、蒋玉函、薛蟠等人在酒宴上饮酒打令，自先唱的一曲。虽是为娱乐而即兴作词演唱，但这首《红豆曲》却不能作为普通的相思小曲理解，实际上他是在唱林黛玉。黛玉是为还泪而来的绛珠草转世，成天眼泪汪汪，离了泪，就没有了林黛玉。所以宝玉抓住黛玉最大的特点，以夸张性笔调渲染出黛玉的相思泪。试把《红豆曲》中的字句同黛玉的《葬花词》《题帕诗》等对照起来读，把《红豆曲》的内容同黛玉平日的行状对照起来看，就可知道句句是在唱黛玉。宝玉即便在外面饮酒狂欢时，也忘不掉意中人，可见他对黛玉用情之深。泣血的吟唱，是宝玉爱的倾诉，真情的流露。

这首歌词在形式上颇为独特。曹雪芹在《红楼梦》里大量穿插诗词，而这一首既不是诗，也不是词，而是一首散曲，即元散曲形式。全曲共十句，每句皆重复用一个“不”字，以否定来加强肯定效果，这在诗词中通常是见不到的。开头三句用了散曲中常用而诗词中绝不使用

明·张路《吹箫女仙图》

的“鼎足对”，后面六句两两相对成俳体，增强了抒情效果。还用衬字（如“呀”），散文句法（如“的”字，在诗词中决不能使用），这都是散曲语言的特有形式，颇具灵活性，正适合酒宴的气氛。“滴不尽相思血泪抛红豆”等句早已成为写爱情的名句。

滴不尽相思血泪抛红豆

赵翼（1727—1814），字云崧，号瓯北，江苏阳湖（今常州武进区）人。清代文学家、史学家。乾隆二十六年（1761）进士。官至贵西兵备道。后辞官，主讲扬州安定书院。论诗主独创，反摹拟，与袁枚、蒋士铨并称“乾隆三大家”。有《瓯北集》。

论诗五首（其二）

李杜诗篇万口传，至今已觉不新鲜。①
江山代有才人出，各领风骚数百年。②

（第二季 1 次）

① 李杜：指唐代诗人李白和杜甫。
② 风骚：《诗经》中有《国风》，《楚辞》中有《离骚》，这里借指出色的诗篇。

此诗的题目十分明确地交代是为论诗而写的，所以该诗有议论说理的特色。第一、二句以李白、杜甫这两位大诗人为代表，指出他们的诗篇也有历史局限性。第三、四句说江山之广，文学精英代不乏人，他们以各自的文学风采成为一代之楷模，引领一时之风尚。就诗歌的发展而言，认为一代有一代之文学，不必步古人窠臼。“江山代有才人出，各领风骚数百年”，其哲理内涵已越出诗风求变的讨论范畴，也用来指各个领域、各个时期人才推陈出新的历史规律。

江山代有才人出，
各领风骚数百年。

林则徐（1785—1850），字少穆，晚号俟村老人，福建侯官（今福建福州）人。嘉庆十六年（1811）进士，官至两广总督。政治家、思想家、诗人，曾主持虎门销烟，是中华民族抵御外侮过程中伟大的民族英雄，被誉为近代中国第一个睁眼看世界的人。

赴戍登程口占示家人（其二）

力微任重久神疲，再竭衰庸定不支。①
苟利国家生死以，岂因祸福避趋之！②
谪居正是君恩厚，养拙刚于戍卒宜。③
戏与山妻谈故事，试吟断送老头皮。④

（第二季 1 次，第四季 1 次）

① 衰庸：义近“衰朽”，衰老而无能，这里是自谦之词。

② 苟利国家：如果对国家有利，《左传·昭公四年》记郑国大夫子产改革军赋，受到时人的诽谤，子产曰：“何害？苟利社稷，死生以之。”杨伯峻注：“以，由也。”生死以：无论生死皆不计较。避：退避。趋：趋前。

③ 谪居：因有罪被遣戍远方。养拙：犹言藏拙，有守本分、不显露自己的意思。刚：正好。戍卒宜：做一名戍卒为适当。这句诗谦恭中含有愤激与不平。

④ “戏与”两句：作者自注，宋真宗闻隐者杨朴能诗，召对，问：“此来有人作诗送卿否？”对曰：“臣妻有一首，云：‘更休落魄耽杯酒，且莫猖狂爱咏诗。今日捉将官里去，这回断送老头皮。’”上大笑，放还山。东坡赴诏狱，妻子送出门，皆哭。坡顾谓曰：“子独不能如杨处士妻作一首诗送我乎？”妻子失笑，坡乃出。这两句诗用此典故，表达作者的旷达胸襟。山妻，对自己妻子的谦称。故事，旧事，典故。

道光二十二年（1842），林则徐被遣戍新疆伊犁，在西安与家人告别时，作了题为《赴戍登程口占示家人》七律二首，这就是其中的第二首。诗人先写自己衰朽平庸，不能担当重任，其实是以反语来表达对自己无端获罪、被贬西域的愤慨和不平。把谪居视为养拙，当然也是婉转自嘲的说法，无奈中见其乐观。诗末巧用宋人杨朴、苏轼的典故，把妻子的担心轻轻化开，颇有几分幽默之趣，显示了诗人不畏险难的坦荡胸怀。本诗中最为可贵的是“苟利国家生死以，岂因祸福避趋之”两句，这是诗人自我牺牲精神的表白，也是对志士仁人的深切勉励。读来令人荡气回肠，血脉贲张，感受到诗人强烈的爱国情怀。

苟利国家生死以，
岂因祸福避趋之！

高鼎（生卒年不详），字象一，又字拙吾，仁和（今浙江杭州市）人。清末诗人，生活在鸦片战争之后，事迹不详，因写《村居》诗而知名。有《拙吾诗稿》。

村　居①

草长莺飞二月天，拂堤杨柳醉春烟。②
儿童散学归来早，忙趁东风放纸鸢。③

① 村居：在乡村里居住时见到的景象。
② 拂堤杨柳：杨柳抚摸堤岸。醉：迷醉，陶醉。春烟：春天水泽、草木间蒸发形成的烟雾般的水汽。
③ 散学：放学。纸鸢：一种纸做的形状像老鹰的风筝。鸢，老鹰。

诗人晚年遭受议和派的排斥和打击，志不得伸，归隐于上饶地区的农村。《村居》这首诗写的是诗人居住农村亲眼看到的景象，勾画出一幅生机勃勃、色彩缤纷、欢乐祥和的“乐春图”。第一、二句写自然景物，第三、四句写人的活动，美丽的自然景物与可爱的儿童组成和谐的画面。在这幅图画里，诗人把散学归来迫不及待地放风筝的儿童作为主角，“忙趁”两字体现诗人完全站在儿童的立场，把那份童真与烂漫表现得十分逼真。诗人采用了动静结合的手法，将早春二月的勃勃生机展露无遗。本诗落笔明朗，用词洗练。全诗洋溢着欢快的情绪，字里行间透出了诗人对春天来临的喜悦和赞美。

儿童散学归来早，
忙趁东风放纸鸢。

龚自珍（1792—1841），字璱人，号定盦，浙江仁和（今杭州市）人。道光九年（1829）中进士，官至礼部主事。曾全力支持林则徐禁除鸦片。与魏源并称“龚魏”，为近代著名启蒙思想家。其诗笔力矫健，自成一家。有《定盦文集》。

己亥杂诗（其五）①

浩荡离愁白日斜，吟鞭东指即天涯。②
落红不是无情物，化作春泥更护花。③

（第二季 1 次，第三季 2 次，第四季 1 次）

① 己亥：道光十九年（1839）。
② 浩荡：离别愁绪很深广。吟鞭：马鞭。即天涯：意谓离开京城有如到了天涯海角。
③ 落红：落花。更：还要。

龚自珍的《己亥杂诗》共创作了 315 首，这是第五首，写诗人离京的感怀。前两句写离开京城时的沉郁心情，因为诗人此时已辞去礼部主事的官职，南归故里。“落红不是无情物，化作春泥更护花”两句，诗人笔锋一转，以落红自况，表达甘愿牺牲自己，为国家培养新生力量的志向和决心，由抒发离别之情转入抒发报国之志。这两句反用陆游《卜算子·咏梅》词中名句“零落成泥碾作尘，只有香如故”，但意蕴更加回环深广，境界更加高迈洒脱，充分表达出诗人不甘消极沉默、碌碌无为的壮怀，成为传世名句。落花本无情，诗人偏说它“不是无情物”，这就是“以我观物”的移情手法。

落红不是无情物，
化作春泥更护花。

己亥杂诗（其一二五）

九州生气恃风雷，万马齐喑究可哀。①

我劝天公重抖擞，不拘一格降人才。②

（第三季 2 次，第四季 3 次）

① 九州：中国。生气：生气勃勃的局面。恃：依靠。万马齐喑（yīn）：比喻社会政局毫无生气。喑，哑。究：终究、毕竟。

② 天公：天的泛称，暗指皇帝。重：重新。抖擞：振作精神。降：降生。

这是《己亥杂诗》中的第 125 首，是一首出色的政治诗。全诗脉络清晰，层次分明：作者一上来就厉声指出，中国的现状必须来一场风雷激荡般的变革。原因就是整个国家已处在万马齐喑、死气沉沉的困境中，如果不尽早改变此毫无生气的现实，国家民族就会日益衰亡。如何扭转这一颓势呢？作者鲜明地提出自己的主张，那就是靠人才来兴国。打破旧有的用人标准，及早地发现人才，破格荐用人才，因为社会国家是靠各界英才来推动的。诗歌说理的成分虽然多了一点，但寓意深刻，逻辑缜密，气势磅礴，其拳拳之心足以折服广大读者。成语“万马齐喑”“不拘一格”皆出自本篇。

我劝天公重抖擞，

不拘一格降人才。

佚名

劝学诗

三更灯火五更鸡，正是男儿读书时。[1]
黑发不知勤学早，白首方悔读书迟。[2]

（第二季 2 次，第三季 1 次，第四季 1 次）

① 三更灯火：三更半夜灯火不熄。五更鸡：天快亮时，鸡啼叫。
② 黑发：指少年。白首：指老人。

这是清代的一首诗，作者无名氏，最早用颜体字写成，常被误作颜真卿诗。前两句通过对学习环境描写来表达年少读书时应该勤奋，后两句通过头发颜色变化来表达年长时读书已晚。劝勉青少年要珍惜少壮年华，勤奋学习，有所作为，否则，到老一事无成，后悔已晚。“三更灯火五更鸡”已用为成语，意思是三更灯火不熄，五更鸡叫起床，形容勤学苦读。

三更灯火五更鸡，
正是男儿读书时。

【近现代】

离台诗（六首其一）

丘逢甲

宰相有权能割地，孤臣无力可回天。
扁舟去作鸱夷子，回首河山意黯然。

春　愁

丘逢甲

丙申稿，清光绪二十二年作

春愁难遣强看山，往事惊心泪欲潸。
四百万人同一哭，去年今日割台湾！

注：四百万人，台湾人口合闽粤籍约四百万人也。

狱中题壁

谭嗣同

望门投止思张俭，忍死须臾待杜根。
我自横刀向天笑，去留肝胆两昆仑。

（第二季 1 次）

读《陆放翁集》

梁启超

诗界千年靡靡风，兵魂销尽国魂空。
集中十九从军乐，亘古男儿一放翁！

满江红

秋　瑾

小住京华，早又是，中秋佳节。为篱下，黄花开遍，秋容如拭。四面歌残终破楚，八年风味独思浙。苦将侬，强派作蛾眉，殊未屑！

身不得，男儿列；心却比，男儿烈！算平生肝胆，因人常热。俗夫胸襟谁识我？英雄末路当磨折。莽红尘，何处觅知音，青衫湿！

黄海舟中日人索句，并见日俄战争地图

秋　瑾

万里乘风去复来，只身东海挟春雷。
忍看图画移颜色，肯使江山付劫灰。
浊酒不销忧国泪，救时应仗出群才。
拼将十万头颅血，须把乾坤力挽回。

蝶恋花

王国维

阅尽天涯离别苦，不道归来，零落花如许。花底相看无一语，绿窗春与天俱暮。

待把相思灯下诉，一缕新欢，旧恨千千缕。最是人间留不住，朱颜辞镜花辞树。

望大陆

于右任

葬我于高山之上兮，望我故乡；
故乡不可见兮，永不能忘。
葬我于高山之上兮，望我大陆；
大陆不可见兮，只有痛哭。
天苍苍，野茫茫，山之上，国有殇！

自题小像

鲁　迅

灵台无计逃神矢，风雨如磐暗故园。
寄意寒星荃不察，我以我血荐轩辕。

（第三季2次）

无　题

鲁　迅

惯于长夜过春时，挈妇将雏鬓有丝。
梦里依稀慈母泪，城头变幻大王旗。
忍看朋辈成新鬼，怒向刀丛觅小诗。
吟罢低眉无写处，月光如水照缁衣。

（第三季3次）

答客诮

鲁　迅

无情未必真豪杰，怜子如何不丈夫？
知否兴风狂啸者，回眸时看小於菟。

自　嘲

鲁　迅

运交华盖欲何求，未敢翻身已碰头。
破帽遮颜过闹市，漏船载酒泛中流。
横眉冷对千夫指，俯首甘为孺子牛。
躲进小楼成一统，管他冬夏与春秋。

题三义塔

鲁　迅

三义塔者，中国上海闸北三义里遗鸠埋骨之塔也，在日本，农人共建之。

奔霆飞熛歼人子，败井残垣剩饿鸠。
偶值大心离火宅，终遗高塔念瀛洲。
精禽梦觉仍衔石，斗士诚坚共抗流。
度尽劫波兄弟在，相逢一笑泯恩仇。

无　题

鲁　迅

万家墨面没蒿莱，敢有歌吟动地哀。
心事浩茫连广宇，于无声处听惊雷。

哀沈阳

马君武

赵四风流朱五狂，翩翩蝴蝶最当行。
温柔乡是英雄冢，那管东师入沈阳。

本事诗（其一）

苏曼殊

乌舍凌波肌似雪，亲持红叶索题诗。
还卿一钵无情泪，恨不相逢未剃时。

钓台题壁

郁达夫

不是樽前爱惜身，佯狂难免假成真。
曾因酒醉鞭名马，生怕情多累美人。
劫数东南天作孽，鸡鸣风雨海扬尘。
悲歌痛哭终何补，义士纷纷说帝秦。

初秋杂感二首（其一）

郁达夫

梧桐一叶海天秋，戎马江关客自愁。
五载干戈初定局，几人旗鼓又争侯。
须知国破家无寄，岂有舟沉橹独浮。
旧事厓山般鉴在，诸公何计救神州。

元旦因公赴槟榔屿闻有汪电主和之谣车中赋示友人

郁达夫

飞车高卧过垂虹，草驿灯昏似梦中。
许国敢辞千里役，忍寒还耐五更风。
神州旧恨遗徐福，南粤新谣怨蒯通。
卷土重来应有日，俊豪子弟满江东。

乱离杂诗（其十一）

郁达夫

千里驰驱自觉痴，苦无灵药慰相思。
归来海角求凰日，却似隆中抱膝时。
一死何难仇未复，百身可赎我奚辞。
会当立马扶桑顶，扫穴犁庭再誓师。

七绝·改诗赠父亲

毛泽东

（一九一〇年秋）

孩儿立志出乡关，
学不成名誓不还。
埋骨何须桑梓地，
人生无处不青山。

七古残句

毛泽东

（一九一七年）

自信人生二百年，会当水击三千里。

（第三季 1 次，第四季 2 次）

沁园春·长沙

毛泽东

（一九二五年）

独立寒秋，湘江北去，橘子洲头。看万山红遍，层林尽染；漫江碧透，百舸争流。鹰击长空，鱼翔浅底，万类霜天竞自由。怅寥廓，问苍茫大地，谁主沉浮？

携来百侣曾游，忆往昔峥嵘岁月稠。恰同学少年，风华正茂；书生意气，挥斥方遒。指点江山，激扬文字，粪土当年万户侯。曾记否，到中流击水，浪遏飞舟！

（第二季 2 次，第三季 6 次，第四季 3 次）

菩萨蛮·黄鹤楼

毛泽东

（一九二七年春）

茫茫九派流中国，沉沉一线穿南北。烟雨莽苍苍，龟蛇锁大江。

黄鹤知何去？剩有游人处。把酒酹滔滔，心潮逐浪高！

（第二季1次，第三季1次，第四季4次）

西江月·井冈山

毛泽东

（一九二八年九月）

山下旌旗在望，山头鼓角相闻。敌军围困万千重，我自岿然不动。

早已森严壁垒，更加众志成城。黄洋界上炮声隆，报道敌军宵遁。

清平乐·蒋桂战争

毛泽东

（一九二九年秋）

风云突变，军阀重开战。洒向人间都是怨，一枕黄粱再现。

红旗跃过汀江，直下龙岩上杭。收拾金瓯一片，分田分地真忙。

采桑子·重阳

毛泽东

（一九二九年十月）

人生易老天难老，岁岁重阳，今又重阳，战地黄花分外香。

一年一度秋风劲，不似春光，胜似春光，寥廓江天万里霜。

（第三季6次，第四季4次）

菩萨蛮·大柏地

毛泽东

（一九三三年夏）

赤橙黄绿青蓝紫，谁持彩练当空舞？雨后复斜阳，关山阵阵苍。

当年鏖战急，弹洞前村壁。装点此关山，今朝更好看。

清平乐·会昌

毛泽东

（一九三四年）

东方欲晓，莫道君行早。踏遍青山人未老，风景这边独好。

会昌城外高峰，颠连直接东溟。战士指看南粤，更加郁郁葱葱。

（第二季1次，第三季3次，第四季2次）

十六字令三首

毛泽东

（一九三四年到一九三五年）

其一

山，快马加鞭未下鞍。惊回首，离天三尺三。

其二

山，倒海翻江卷巨澜。奔腾急，万马战犹酣。

其三

山，刺破青天锷未残。天欲堕，赖以拄其间。

（第四季 2 次）

忆秦娥·娄山关

毛泽东

（一九三五年二月）

西风烈，长空雁叫霜晨月。霜晨月，马蹄声碎，喇叭声咽。

雄关漫道真如铁，而今迈步从头越。从头越，苍山如海，残阳如血。

（第二季 2 次，第三季 4 次，第四季 2 次）

七律·长征

毛泽东

（一九三五年十月）

红军不怕远征难，万水千山只等闲。

五岭逶迤腾细浪，乌蒙磅礴走泥丸。
金沙水拍云崖暖，大渡桥横铁索寒。
更喜岷山千里雪，三军过后尽开颜。

（第二季 2 次，第三季 2 次，第四季 5 次）

念奴娇·昆仑

毛泽东

（一九三五年十月）

横空出世，莽昆仑，阅尽人间春色。飞起玉龙三百万，搅得周天寒彻。夏日消溶，江河横溢，人或为鱼鳖。千秋功罪，谁人曾与评说？

而今我谓昆仑：不要这高，不要这多雪。安得倚天抽宝剑，把汝裁为三截？一截遗欧，一截赠美，一截还东国。太平世界，环球同此凉热。

（第三季 3 次）

清平乐·六盘山

毛泽东

（一九三五年十月）

天高云淡，望断南飞雁。不到长城非好汉，屈指行程二万。

六盘山上高峰，红旗漫卷西风。今日长缨在手，何时缚住苍龙？

（第二季 1 次，第三季 3 次，第四季 4 次）

六言诗·给彭德怀同志

毛泽东

（一九三五年十月）

山高路远坑深，
大军纵横驰奔。
谁敢横刀立马？
唯我彭大将军。

沁园春·雪

毛泽东

（一九三六年二月）

北国风光，千里冰封，万里雪飘。望长城内外，惟馀莽莽；大河上下，顿失滔滔。山舞银蛇，原驰蜡象，欲与天公试比高。须晴日，看红装素裹，分外妖娆。

江山如此多娇，引无数英雄竞折腰。惜秦皇汉武，略输文采；唐宗宋祖，稍逊风骚。一代天骄，成吉思汗，只识弯弓射大雕。俱往矣，数风流人物，还看今朝。

（第二季 3 次，第三季 7 次，第四季 1 次）

七律·人民解放军占领南京

毛泽东

（一九四九年四月）

钟山风雨起苍黄，百万雄师过大江。
虎踞龙盘今胜昔，天翻地覆慨而慷。
宜将剩勇追穷寇，不可沽名学霸王。

天若有情天亦老，人间正道是沧桑。

（第二季 4 次，第四季 2 次）

七律·和柳亚子先生

毛泽东

（一九四九年四月）

饮茶粤海未能忘，
索句渝州叶正黄。
三十一年还旧国，
落花时节读华章。
牢骚太盛防肠断，
风物长宜放眼量。
莫道昆明池水浅，
观鱼胜过富春江。

（第二季 1 次，第三季 2 次）

浣溪沙·和柳亚子先生

毛泽东

（一九五零年十月）

一九五零年国庆观剧，柳亚子先生即席赋《浣溪沙》，因步其韵奉和。

长夜难明赤县天，百年魔怪舞翩跹，人民五亿不团圆。
一唱雄鸡天下白，万方乐奏有于阗，诗人兴会更无前。

（第四季 2 次）

浪淘沙·北戴河

毛泽东

（一九五四年夏）

大雨落幽燕，白浪滔天，秦皇岛外打鱼船。一片汪洋都不见，知向谁边？

往事越千年，魏武挥鞭，东临碣石有遗篇。萧瑟秋风今又是，换了人间。

（第三季1次）

水调歌头·游泳

毛泽东

（一九五六年六月）

才饮长沙水，又食武昌鱼。万里长江横渡，极目楚天舒。不管风吹浪打，胜似闲庭信步，今日得宽余。子在川上曰：逝者如斯夫！

风樯动，龟蛇静，起宏图。一桥飞架南北，天堑变通途。更立西江石壁，截断巫山云雨，高峡出平湖。神女应无恙，当惊世界殊。

（第二季1次，第三季4次，第四季3次）

蝶恋花·答李淑一

毛泽东

（一九五七年五月十一日）

我失骄杨君失柳，杨柳轻飏直上重霄九。问讯吴刚何所有，吴刚捧出桂花酒。

寂寞嫦娥舒广袖，万里长空且为忠魂舞。忽报人间曾伏虎，泪飞顿作倾盆雨。

七律二首·送瘟神

毛泽东

（一九五八年七月一日）

其一

绿水青山枉自多，华佗无奈小虫何！
千村薜苈人遗矢，万户萧疏鬼唱歌。
坐地日行八万里，巡天遥看一千河。
牛郎欲问瘟神事，一样悲欢逐逝波。

其二

春风杨柳万千条，六亿神州尽舜尧。
红雨随心翻作浪，青山着意化为桥。
天连五岭银锄落，地动三河铁臂摇。
借问瘟君欲何往，纸船明烛照天烧。

（第三季1次）

七律·到韶山

毛泽东

（一九五九年六月）

别梦依稀咒逝川，
故园三十二年前。

红旗卷起农奴戟，
黑手高悬霸主鞭。
为有牺牲多壮志，
敢叫日月换新天。
喜看稻菽千重浪，
遍地英雄下夕烟。

七律·登庐山

毛泽东

（一九五九年六月）

一山飞峙大江边，
跃上葱茏四百旋。
冷眼向洋看世界，
热风吹雨洒江天。
云横九派浮黄鹤，
浪下三吴起白烟。
陶令不知何处去，
桃花源里可耕田？

七律·答友人

毛泽东

（一九六一年）

九嶷山上白云飞，帝子乘风下翠微。
斑竹一枝千滴泪，红霞万朵百重衣。
洞庭波涌连天雪，长岛人歌动地诗。

我欲因之梦寥廓，芙蓉国里尽朝晖。

（第三季 4 次，第四季 2 次）

七绝 · 为女民兵题照

毛泽东

（一九六一年）

飒爽英姿五尺枪，曙光初照演兵场。
中华儿女多奇志，不爱红装爱武装。

卜算子·咏梅

毛泽东

（一九六一年十二月）

风雨送春归，飞雪迎春到。已是悬崖百丈冰，犹有花枝俏。
俏也不争春，只把春来报。待到山花烂漫时，她在丛中笑。

（第二季 3 次，第三季 1 次，第四季 5 次）

七律 · 冬云

毛泽东

（一九六二年十二月二十六日）

雪压冬云白絮飞，万花纷谢一时稀。
高天滚滚寒流急，大地微微暖气吹。
独有英雄驱虎豹，更无豪杰怕熊罴。
梅花欢喜漫天雪，冻死苍蝇未足奇。

七律·吊罗荣桓同志

毛泽东

（一九六三年）

记得当年草上飞，
红军队里每相违。
长征不是难堪日，
战锦方为大问题。
斥鷃每闻欺大鸟，
昆鸡长笑老鹰非。
君今不幸离人世，
国有疑难可问谁？

满江红·和郭沫若同志

毛泽东

（一九六三年一月）

小小寰球，有几个苍蝇碰壁。嗡嗡叫，几声凄厉，几声抽泣。蚂蚁缘槐夸大国，蚍蜉撼树谈何易。正西风落叶下长安，飞鸣镝。

多少事，从来急；天地转，光阴迫。一万年太久，只争朝夕。四海翻腾云水怒，五洲震荡风雷激。要扫除一切害人虫，全无敌。

水调歌头·重上井冈山

毛泽东

（一九六五年五月）

久有凌云志，重上井冈山。千里来寻故地，旧貌变新颜。到处莺歌燕舞，更有潺潺流水，高路入云端。过了黄洋界，险处不须看。

风雷动，旌旗奋，是人寰。三十八年过去，弹指一挥间。可上九天揽月，可下五洋捉鳖，谈笑凯歌还。世上无难事，只要肯登攀。

（第三季 3 次）

念奴娇·鸟儿问答

毛泽东

（一九六五年五月）

鲲鹏展翅，九万里，翻动扶摇羊角。背负青天朝下看，都是人间城郭。炮火连天，弹痕遍地，吓倒蓬间雀。怎么得了，哎呀我要飞跃。

借问君去何方，雀儿答道：有仙山琼阁。不见前年秋月朗，订了三家条约。还有吃的，土豆烧熟了，再加牛肉。不须放屁！试看天地翻覆。

梅岭三章（其一）

陈 毅

投身革命即为家，血雨腥风应有涯。
取义成仁今日事，人间遍种自由花。

名句索引

芭蕉不展丁香结，同向春风各自愁。（李商隐《代赠二首（其一）》）42
爆竹声中一岁除。（王安石《元日》）125
悲欢离合总无情，一任阶前点滴到天明。（蒋捷《虞美人·听雨》）268
本以高难饱，徒劳恨费声。（李商隐《蝉》）31
闭门觅句非诗法，只是征行自有诗。（杨万里《下横山滩头望金华山四首（其二）》）223
遍身罗绮者，不是养蚕人。（张俞《蚕妇》）113
不到长城非好汉，屈指行程二万。（毛泽东《清平乐 · 六盘山》）323
不管风吹浪打，胜似闲庭信步。（毛泽东《水调歌头·游泳》）326
不识庐山真面目，只缘身在此山中。（苏轼《题西林壁》）139
不畏浮云遮望眼，自缘身在最高层。（王安石《登飞来峰》）127
不问苍生问鬼神。（李商隐《贾生》）40
不要人夸颜色好，只留清气满乾坤。（王冕《墨梅》）277
才子词人，自是白衣卿相。（柳永《鹤冲天》）103
采得百花成蜜后，为谁辛苦为谁甜？（罗隐《蜂》）62
曾是寂寥金烬暗，断无消息石榴红。（李商隐《无题（其一）》）37
曾因酒醉鞭名马，生怕情多累美人。（郁达夫《钓台题壁》）317
长笛一声人倚楼。（赵嘏《长安晚秋》）28
长恨此身非我有，何时忘却营营。（苏轼《临江仙·夜归临皋》）153
长记曾携手处，千树压西湖寒碧。（姜夔《暗香》）249
常娥应悔偷灵药，碧海青天夜夜心。（李商隐《常娥》）43
车如流水马如龙。（李煜《忆江南》）85
赤橙黄绿青蓝紫，谁持彩练当空舞？（毛泽东《菩萨蛮·大柏地》）321
冲冠一怒为红颜。（吴伟业《圆圆曲》）287
楚虽三户能亡秦，岂有堂堂中国空无人！（陆游《金错刀行》）215
吹面不寒杨柳风。（志南《绝句》）234

春蚕到死丝方尽，蜡炬成灰泪始干。（李商隐《无题》）36
春到人间草木知。（张栻《立春偶成》）231
春风十里扬州路，卷上珠帘总不如。（杜牧《赠别二首》其一）18
春风杨柳万千条，六亿神州尽舜尧。（毛泽东《七律二首·送瘟神》其二）327
春风又绿江南岸。（王安石《泊船瓜洲》）126
春江水暖鸭先知。（苏轼《惠崇春江晚景二首（其一）》）138
春去花犹在，人来鸟不惊。（佚名《画》）93
春去也，飞红万点愁如海。（秦观《千秋岁》）174
春色满园关不住，一枝红杏出墙来。（叶绍翁《游园不值》）254
春色恼人眠不得，月移花影上栏干。（王安石《夜直》）128
春未绿，鬓先丝，人间别久不成悲。（姜夔《鹧鸪天·元夕有所梦》）248
春宵一刻值千金。（苏轼《春宵》）135
春心莫共花争发，一寸相思一寸灰！（李商隐《无题（其二）》）35
此情可待成追忆，只是当时已惘然。（李商隐《锦瑟》）46
此情无计可消除，才下眉头，却上心头。（李清照《一剪梅》）190
此心安处是吾乡。（苏轼《定风波·南海归赠王定国侍人寓娘》）159
大江东去，浪淘尽，千古风流人物。（苏轼《念奴娇·赤壁怀古》）147
带雨方知国色寒。（罗隐《牡丹》）60
待到山花烂漫时，她在丛中笑。（毛泽东《卜算子·咏梅》）329
但愿人长久，千里共婵娟。（苏轼《水调歌头》）148
淡妆浓抹总相宜。（苏轼《饮湖上初晴后雨》）140
当时明月在，曾照彩云归。（晏几道《临江仙》）163
当时只道是寻常。（纳兰性德《浣溪沙》）294
稻花香里说丰年，听取蛙声一片。（辛弃疾《西江月·夜行黄沙道中》）238
滴不尽相思血泪抛红豆。（曹雪芹《红豆曲》）301
敌军围困万千重，我自岿然不动。（毛泽东《西江月·井冈山》）320
东风暗换年华。（秦观《望海潮》）176
东风不与周郎便，铜雀春深锁二乔。（杜牧《赤壁》）21
度尽劫波兄弟在，相逢一笑泯恩仇。（鲁迅《题三义塔》）316

多情只有春庭月，犹为离人照落花！（张泌《寄人》）72

多情自古伤离别。（柳永《雨霖铃》）101

多少绿荷相倚恨，一时回首背西风。（杜牧《齐安郡中偶题二首（其一）》）24

儿童急走追黄蝶，飞入菜花无处寻。（杨万里《宿新市徐公店二首（其一）》）224

儿童散学归来早，忙趁东风放纸鸢。（高鼎《村居》）306

二十四桥明月夜，玉人何处教吹箫？（杜牧《寄扬州韩绰判官》）26

粉骨碎身全不怕，要留清白在人间。（于谦《石灰吟》）278

风也萧萧，雨也萧萧，瘦尽灯花又一宵。（纳兰性德《采桑子》）295

风乍起，吹皱一池春水。（冯延巳《谒金门》）83

腹有诗书气自华。（苏轼《和董传留别》）143

亘古男儿一放翁！（梁启超《读〈陆放翁集〉》）313

苟利国家生死以，岂因祸福避趋之！（林则徐《赴戍登程口占示家人（其二）》）304

故乡何处是？忘了除非醉。（李清照《菩萨蛮》）195

管城子无食肉相，孔方兄有绝交书。（黄庭坚《戏呈孔毅父》）164

聒碎乡心梦不成，故园无此声。（纳兰性德《长相思》）293

过尽千帆皆不是，斜晖脉脉水悠悠。（温庭筠《梦江南》）9

好风凭借力，送我上青云。（曹雪芹《临江仙》）299

何处合成愁？离人心上秋。（吴文英《唐多令·惜别》）256

何当共剪西窗烛，却话巴山夜雨时。（李商隐《夜雨寄北》）39

何须浅碧深红色，自是花中第一流。（李清照《鹧鸪天》）194

横眉冷对千夫指，俯首甘为孺子牛。（鲁迅《自嘲》）316

红军不怕远征难，万水千山只等闲。（毛泽东《七律·长征》）322

红酥手，黄縢酒。（陆游《钗头凤》）219

红杏枝头春意闹。（宋祁《玉楼春·春景》）114

忽报人间曾伏虎，泪飞顿作倾盆雨。（毛泽东《蝶恋花·答李淑一》）327

蝴蝶梦中家万里，杜鹃枝上月三更。（崔涂《春夕旅怀》）78

画家不识渔家苦，好作寒江钓雪图。（孙承宗《渔家》）286

画眉深浅入时无？（朱庆馀《近试上张水部》）5

还卿一钵无情泪，恨不相逢未剃时。（苏曼殊《本事诗（其一）》）317

换我心，为你心，始知相忆深。（顾敻《诉衷情》）82
会当立马扶桑顶，扫穴犁庭再誓师。（郁达夫《乱离杂诗（其十一）》）318
机关用尽不如君。（黄庭坚《牧童诗》）170
鸡声茅店月，人迹板桥霜。（温庭筠《商山早行》）6
记得绿罗裙，处处怜芳草。（牛希济《生查子》）81
家财不为子孙谋。（罗隐《夏州胡常侍》）65
拣尽寒枝不肯栖，寂寞沙洲冷。（苏轼《卜算子·黄州定慧院寓居作》）152
剪不断，理还乱，是离愁。别是一般滋味在心头。（李煜《相见欢》）87
江东子弟多才俊，卷土重来未可知。（杜牧《题乌江亭》）20
江山代有才人出，各领风骚数百年。（赵翼《论诗五首（其二）》）303
江上往来人，但爱鲈鱼美。（范仲淹《江上渔者》）104
今朝有酒今朝醉。（罗隐《自遣》）57
今日长缨在手，何时缚住苍龙？（毛泽东《清平乐·六盘山》）323
尽日问花花不语，为谁零落为谁开？（严恽《落花》）49
惊回首，离天三尺三。（毛泽东《十六字令三首》其一）322
酒入愁肠，化作相思泪。（范仲淹《苏幕遮》）105
聚散苦匆匆，此恨无穷。（欧阳修《浪淘沙》）122
君今不幸离人世，国有疑难可问谁？（毛泽东《七律·吊罗荣桓同志》）330
君莫舞，君不见玉环飞燕皆尘土！（辛弃疾《摸鱼儿》）242
君向潇湘我向秦。（郑谷《淮上与友人别》）79
可怜无定河边骨，犹是春闺梦里人！（陈陶《陇西行（其二）》）27
可使食无肉，不可居无竹。（苏轼《於潜僧绿筠轩》）133
鲲鹏展翅，九万里，翻动扶摇羊角。（毛泽东《念奴娇·鸟儿问答》）331
蜡烛有心还惜别，替人垂泪到天明。（杜牧《赠别二首》其二）18
牢骚太盛防肠断，风物长宜放眼量。（毛泽东《七律·和柳亚子先生》）325
老夫聊发少年狂。（苏轼《江城子·密州出猎》）156
泪眼问花花不语，乱红飞过秋千去。（欧阳修《蝶恋花》）117
离恨恰如春草，更行更远还生。（李煜《清平乐》）88
帘卷西风，人比黄花瘦。（李清照《醉花阴》）189

两情若是久长时，又岂在朝朝暮暮。（秦观《鹊桥仙》）175
玲珑骰子安红豆，入骨相思知不知？（温庭筠《新添声杨柳枝词二首（其二）》）8
零落成泥碾作尘，只有香如故。（陆游《卜算子·咏梅》）217
刘郎已恨蓬山远，更隔蓬山一万重！（李商隐《无题（其一）》）34
刘项元来不读书。（章碣《焚书坑》）66
留得枯荷听雨声。（李商隐《宿骆氏亭寄怀崔雍崔衮》）41
流光容易把人抛，红了樱桃，绿了芭蕉。（蒋捷《一剪梅·舟过吴江》）267
流水落花春去也，天上人间！（李煜《浪淘沙》）89
柳絮池塘淡淡风。（晏殊《无题》）109
楼船夜雪瓜洲渡，铁马秋风大散关。（陆游《书愤》）210
落红不是无情物，化作春泥更护花。（龚自珍《己亥杂诗（其五）》）307
落花人独立，微雨燕双飞。（翁宏《春残》）91
落木千山天远大，澄江一道月分明。（黄庭坚《登快阁》）168
埋骨何须桑梓地，人生无处不青山。（毛泽东《七绝·改诗赠父亲》）319
满城尽带黄金甲。（黄巢《不第后赋菊》）52
梅花欢喜漫天雪，冻死苍蝇未足奇。（毛泽东《七律·冬云》）329
梅须逊雪三分白，雪却输梅一段香。（卢梅坡《雪梅（其一）》）257
梦魂惯得无拘检，又踏杨花过谢桥。（晏几道《鹧鸪天》）162
梦里依稀慈母泪，城头变幻大王旗。（鲁迅《无题》）315
名不显时心不朽，再挑灯火看文章。（唐寅《夜读》）283
明日黄花蝶也愁。（苏轼《南乡子·重九涵辉楼呈徐君猷》）155
宁可枝头抱香死，何曾吹落北风中？（郑思肖《寒菊》）265
蓬莱有路教人到，应亦年年税紫芝。（陆龟蒙《新沙》）54
拼将十万头颅血，须把乾坤力挽回。（秋瑾《黄海舟中日人索句，并见日俄战争地图》）314
平生不敢轻言语，一叫千门万户开。（唐寅《画鸡》）282
平芜尽处是春山，行人更在春山外。（欧阳修《踏莎行》）118
千古长如白练飞，一条界破青山色。（徐凝《庐山瀑布》）4
千古兴亡多少事？悠悠，不尽长江滚滚流。（辛弃疾《南乡子·登京口北固亭有

怀》）244
千里莺啼绿映红。（杜牧《江南春绝句》）14
千磨万击还坚劲，任尔东西南北风。（郑燮《竹石》）297
千秋功罪，谁人曾与评说？（毛泽东《念奴娇·昆仑》）323
千首诗轻万户侯。（杜牧《登池州九峰楼寄张祜》）22
憔悴江南倦客，不堪听、急管繁弦。（周邦彦《满庭芳·夏日溧水无想山作》）182
青鸟不传云外信，丁香空结雨中愁。（李璟《摊破浣溪沙》）84
青山依旧在，几度夕阳红。（杨慎《临江仙》）284
青山遮不住，毕竟东流去。（辛弃疾《菩萨蛮·书江西造口壁》）239
清风明月无人管。（黄庭坚《鄂州南楼书事（其一）》）167
清明时节雨纷纷。（杜牧《清明》）13
求田问舍，怕应羞见，刘郎才气。（辛弃疾《水龙吟·登建康赏心亭》）246
取义成仁今日事，人间遍种自由花。（陈毅《梅岭三章（其一）》）333
却疑春色在邻家。（王驾《雨晴》）74
人人尽说江南好，游人只合江南老。（韦庄《菩萨蛮》）68
人生到处知何似？应似飞鸿踏雪泥。（苏轼《和子由渑池怀旧》）136
人生若只如初见。（纳兰性德《木兰花令·拟古决绝词柬友》）291
人生失意无南北。（王安石《明妃曲二首（其一）》）129
人生易老天难老。（毛泽东《采桑子·重阳》）321
人生自古谁无死，留取丹心照汗青！（文天祥《过零丁洋》）263
人生自是有情痴，此恨不关风与月。（欧阳修《玉楼春》）119
人似秋鸿来有信，事如春梦了无痕。（苏轼《正月二十日与潘郭二生出郊寻春忽记去年是日同至女王城作诗乃和前韵》）145
任是无情亦动人。（罗隐《牡丹花》）59
日啖荔枝三百颗，不辞长作岭南人。（苏轼《食荔枝》）141
如何四纪为天子，不及卢家有莫愁？（李商隐《马嵬（其二）》）44
若是有情争不哭，夜来风雨葬西施。（韩偓《哭花》）71
洒向人间都是怨，一枕黄粱再现。（毛泽东《清平乐·蒋桂战争》）320
三更灯火五更鸡，正是男儿读书时。（佚名《劝学诗》）309

三十功名尘与土，八千里路云和月。（岳飞《满江红·写怀》）198
沙场秋点兵。（辛弃疾《破阵子·为陈同甫赋壮词以寄之》）241
山外青山楼外楼。（林升《题临安邸》）232
山重水复疑无路，柳暗花明又一村。（陆游《游山西村》）206
商女不知亡国恨，隔江犹唱后庭花。（杜牧《泊秦淮》）17
少年不识愁滋味，爱上层楼，爱上层楼，为赋新词强说愁。（辛弃疾《丑奴儿·书博山道中壁》）245
少年辛苦终身事，莫向光阴惰寸功。（杜荀鹤《题弟侄书堂》）76
少年易学老难成，一寸光阴不可轻。（朱熹《偶成》）228
少壮工夫老始成。（陆游《冬夜读书示子聿》）200
身不得，男儿列；心却比，男儿烈！（秋瑾《满江红》）314
身无彩凤双飞翼，心有灵犀一点通。（李商隐《无题》）33
生当作人杰，死亦为鬼雄。（李清照《夏日绝句》）186
诗酒趁年华。（苏轼《望江南·超然台作》）158
十年生死两茫茫，不思量，自难忘。（苏轼《江城子·乙卯正月二十日夜记梦》）157
十年一觉扬州梦。（杜牧《遣怀》）15
时来天地皆同力，运去英雄不自由。（罗隐《筹笔驿》）64
时人不识凌云木，直待凌云始道高。（杜荀鹤《小松》）77
始知锁向金笼听，不及林间自在啼。（欧阳修《画眉鸟》）116
世上无难事，只要肯登攀。（毛泽东《水调歌头·重上井冈山》）331
世事一场大梦，人生几度秋凉。（苏轼《西江月》）154
试问闲愁都几许？一川烟草，满城风絮，梅子黄时雨。（贺铸《青玉案》）180
疏影横斜水清浅，暗香浮动月黄昏。（林逋《山园小梅（其一）》）97
数风流人物，还看今朝。（毛泽东《沁园春·雪》）324
双燕归来细雨中。（欧阳修《采桑子》）121
霜叶红于二月花。（杜牧《山行》）12
谁敢横刀立马？唯我彭大将军。（毛泽东《六言诗·给彭德怀同志》）324
水是眼波横，山是眉峰聚。（王观《卜算子·送鲍浩然之浙东》）132
四百万人同一哭，去年今日割台湾！（丘逢甲《春愁》）313

他年我若为青帝，报与桃花一处开。（黄巢《题菊花》）51
踏遍青山人未老，风景这边独好。（毛泽东《清平乐·会昌》）321
桃李春风一杯酒，江湖夜雨十年灯。（黄庭坚《寄黄几复》）166
天地有正气，杂然赋流形。（文天祥《正气歌》）258
天阶夜色凉如水，卧看牵牛织女星。（杜牧《秋夕》）25
天若有情天亦老，人间正道是沧桑。（毛泽东《七律·人民解放军占领南京》）325
天下三分明月夜，二分无赖是扬州。（徐凝《忆扬州》）3
天涯何处无芳草！（苏轼《蝶恋花·春景》）150
天意怜幽草，人间重晚晴。（李商隐《晚晴》）32
铁马冰河入梦来。（陆游《十一月四日风雨大作》）203
童孙未解供耕织，也傍桑阴学种瓜。（范成大《夏日田园杂兴》）220
万紫千红总是春。（朱熹《春日》）225
王师北定中原日，家祭无忘告乃翁。（陆游《示儿》）214
往事越千年，魏武挥鞭，东临碣石有遗篇。萧瑟秋风今又是，换了人间。（毛泽东《浪淘沙·北戴河》）326
为君沉醉又何妨，只怕酒醒时候断人肠。（秦观《虞美人》）178
为他人作嫁衣裳。（秦韬玉《贫女》）70
为有牺牲多壮志，敢叫日月换新天。（毛泽东《七律·到韶山》）328
位卑未敢忘忧国。（陆游《病起书怀》）204
温柔乡是英雄冢。（马君武《哀沈阳》）317
问君能有几多愁？恰似一江春水向东流。（李煜《虞美人》）90
问渠那得清如许？为有源头活水来。（朱熹《观书有感二首（其一）》）227
问人间、情是何物，直教生死相许？（元好问《摸鱼儿·雁丘》）271
我劝天公重抖擞，不拘一格降人才。（龚自珍《己亥杂诗（其一二五）》）308
我生待明日，万事成蹉跎。（钱福《明日歌》）281
我未成名君未嫁，可能俱是不如人？（罗隐《嘲钟陵妓云英》）58
我以我血荐轩辕。（鲁迅《自题小像》）315
我欲因之梦寥廓，芙蓉国里尽朝晖。（毛泽东《七律·答友人》）329
我自横刀向天笑，去留肝胆两昆仑。（谭嗣同《狱中题壁》）313

无可奈何花落去，似曾相识燕归来。（晏殊《浣溪沙》）111
无情不似多情苦，一寸还成千万缕。（晏殊《玉楼春·春恨》）112
无情未必真豪杰。（鲁迅《答客诮》）316
无情最是台城柳，依旧烟笼十里堤。（韦庄《台城》）67
夕阳无限好，只是近黄昏。（李商隐《登乐游原》）30
西施若解倾吴国，越国亡来又是谁？（罗隐《西施》）63
细雨骑驴入剑门。（陆游《剑门道中遇微雨》）202
乡村四月闲人少，才了蚕桑又插田。（翁卷《乡村四月》）253
想当年，金戈铁马，气吞万里如虎。（辛弃疾《永遇乐·京口北固亭怀古》）236
小荷才露尖尖角。（杨万里《小池》）221
小楼一夜听春雨，深巷明朝卖杏花。（陆游《临安春雨初霁》）208
些小吾曹州县吏，一枝一叶总关情。（郑燮《潍县署中画竹呈年伯包大中丞括》）298
斜阳外，寒鸦万点，流水绕孤村。（秦观《满庭芳》）172
写不成书，只寄得、相思一点。（张炎《解连环·孤雁》）269
心似双丝网，中有千千结。（张先《千秋岁》）107
心在天山，身老沧洲。（陆游《诉衷情》）218
新来瘦，非干病酒，不是悲秋。（李清照《凤凰台上忆吹箫》）191
杏花春雨江南。（虞集《风入松·寄柯敬仲》）275
杏花疏影里，吹笛到天明。（陈与义《临江仙·夜登小阁忆洛中旧游》）197
雄关漫道真如铁，而今迈步从头越。（毛泽东《忆秦娥·娄山关》）322
须知国破家无寄，岂有舟沉橹独浮。（郁达夫《初秋杂感二首（其一）》）318
许国敢辞千里役，忍寒还耐五更风。（郁达夫《元旦因公赴槟榔屿闻有汪电主和之谣车中赋示友人》）318
烟雨莽苍苍，龟蛇锁大江。（毛泽东《菩萨蛮·黄鹤楼》）320
遥知不是雪，为有暗香来。（王安石《梅花》）124
夜深风竹敲秋韵，万叶千声皆是恨。（欧阳修《玉楼春》）120
夜月一帘幽梦，春风十里柔情。（秦观《八六子》）173
一唱雄鸡天下白。（毛泽东《浣溪沙·和柳亚子先生》）325

一寸丹心图报国，两行清泪为思亲。（于谦《立春日感怀》）280
一寸光阴一寸金。（王贞白《白鹿洞》）80
一将功成万骨枯。（曹松《己亥岁二首（其一）》）56
一年好景君须记，最是橙黄橘绿时。（苏轼《赠刘景文》）142
一骑红尘妃子笑，无人知是荔枝来。（杜牧《过华清宫绝句三首（其一）》）16
一去二三里，烟村四五家。（邵雍《山村咏怀》）123
一身报国有万死，双鬓向人无再青。（陆游《夜泊水村》）212
一蓑烟雨任平生。（苏轼《定风波》）151
一万年太久，只争朝夕。（毛泽东《满江红·和郭沫若同志》）330
一叶叶，一声声，空阶滴到明。（温庭筠《更漏子》）11
衣带渐宽终不悔，为伊消得人憔悴。（柳永《蝶恋花》）102
医得眼前疮，剜却心头肉。（聂夷中《伤田家》）69
易求无价宝，难得有心郎。（鱼玄机《赠邻女》）73
映日荷花别样红。（杨万里《晓出净慈寺送林子方》）222
悠然心会，妙处难与君说。（张孝祥《念奴娇·过洞庭》）229
有情芍药含春泪，无力蔷薇卧晓枝。（秦观《春日》）171
有三秋桂子，十里荷花。（柳永《望海潮》）99
有时三点两点雨，到处十枝五枝花。（李山甫《寒食二首（其一）》）75
有约不来过夜半，闲敲棋子落灯花。（赵师秀《约客》）251
于无声处听惊雷。（鲁迅《无题》）317
与君今世为兄弟，更结来生未了因。（苏轼《狱中寄子由二首（其一）》）146
雨打梨花深闭门。（李重元《忆王孙·春词》）196
欲将沉醉换悲凉，清歌莫断肠！（晏几道《阮郎归》）161
鸳鸯相对浴红衣。（杜牧《齐安郡后池绝句》）23
月上柳梢头，人约黄昏后。（欧阳修《生查子》）115
云横九派浮黄鹤，浪下三吴起白烟。（毛泽东《七律·登庐山》）328
云破月来花弄影。（张先《天仙子》）108
宰相有权能割地，孤臣无力可回天。（丘逢甲《离台诗（六首其一）》）313
葬我于高山之上兮，望我故乡。（于右任《望大陆》）315

乍暖还寒时候，最难将息。（李清照《声声慢》）193
丈夫非无泪，不洒离别间。（陆龟蒙《别离》）53
照花前后镜，花面交相映。（温庭筠《菩萨蛮》）10
枕前泪共帘前雨，隔个窗儿滴到明。（聂胜琼《鹧鸪天·寄李之问》）184
争渡，争渡，惊起一滩鸥鹭。（李清照《如梦令》）187
只恐双溪舴艋舟，载不动、许多愁。（李清照《武陵春》）192
只愿君心似我心，定不负相思意。（李之仪《卜算子》）179
只知事逐眼前过，不觉老从头上来。（罗隐《水边偶题》）61
知否？知否？应是绿肥红瘦。（李清照《如梦令》）188
直道相思了无益，未妨惆怅是清狂。（李商隐《无题（其二）》）38
指点江山，激扬文字，粪土当年万户侯。（毛泽东《沁园春·长沙》）319
中华儿女多奇志，不爱红装爱武装。（毛泽东《七绝·为女民兵题照》）329
众里寻他千百度，蓦然回首，那人却在，灯火阑珊处。（辛弃疾《青玉案·元夕》）240
壮志未酬三尺剑，故乡空隔万重山。（李频《春日思归》）50
浊酒一杯家万里。（范仲淹《渔家傲·秋思》）106
自是人生长恨水长东。（李煜《相见欢》）86
自信人生二百年，会当水击三千里。（毛泽东《七古残句》）319
纵被春风吹作雪，绝胜南陌碾成尘。（王安石《北陂杏花》）131
最是人间留不住，朱颜辞镜花辞树。（王国维《蝶恋花》）314
最无根蒂是浮名。（陆龟蒙《浮萍》）55
最喜小儿无赖，溪头卧剥莲蓬。（辛弃疾《清平乐·村居）》）235
昨夜西风凋碧树，独上高楼，望尽天涯路。（晏殊《蝶恋花》）110
坐地日行八万里，巡天遥看一千河。（毛泽东《七律二首·送瘟神》其一）327